參、貳、壹……這詭譎的倒數究竟是什麼？
是死亡的征途，還是關於人性最後一抹的救贖。

陰咒

Div 著

自序

開始寫《陰咒》這故事，其實是下了非常大的決心。

十年前，自己曾寫下一個故事叫做《抽鬼》，四年之後，我以《抽鬼》為前傳，完成了《惡靈地下道》，而地下道尾聲時留下了一個謎團，從此之後，讀者們無論是在簽書會上或是信件上，都不斷的詢問我，到底答案是什麼？

在簽書會上，我曾經信誓旦旦的說，我會給大家一個交代，暗示會寫續集。

但這個交代，卻拖了六年。

為什麼？

因為，我很清楚，當年的《抽鬼》與《惡靈地下道》，無疑的是我當時寫作階段中的一個高峰。

如果要我把自己的寫作區分成幾個階段，第一個當然是「創意爆炸期」，那個時間是大學，整日面對枯燥書本，想像力反而變得無窮無盡，加上時間自由，信手捻來就是一個創意十足的故事，《抽鬼》就是當時的重要作品。

第二個，則是進入第二本，第三本書的時期，這個時期創意力仍持續，但筆法卻因為經過幾本書的焠鍊，說故事的能力隨之提升，加上這時間剛好走到研究所，研究生整天與實驗為伍，時間是最大的資源，這個時期，我的巔峰之作，正是《惡靈地下道》。

我永遠記得寫完《惡靈地下道》那時，走在明亮的台中街道，身體卻因為興奮而一陣一陣發寒。

我知道，自己剛剛挑戰了自己的巔峰。

《惡靈地下道》是我當時的巔峰，沒錯，這就是我下一本書一口氣拖了六年的原因，六年真的很長，長到我滿心歉疚，但我真的沒有把握延續過去那才華洋溢的自己，因為我已經進入了第三個階段。

我有了一份辛苦忙碌的工作，家裡有兩個小孩，正是每個男人人生最忙碌最無法喘息的時間，這段時間我沒有時間，沒有精力，支持持續寫作的原因，真的都是因為一個字，「愛」。

我愛故事，更愛因為這些故事而感動的朋友，我想告訴你們喜歡故事的人不會孤單，更期待我的故事，能引出更多人寫下自己的故事。但，我知道自己終究得面對這個挑戰，因為這也是對我老婆的承諾。（我老婆可是當年《抽鬼》和《惡靈地下道》的編輯。）

然後，我寫了。第一個版本七萬字，名為《鏡子》，不滿意，重寫。第二個版本十六萬字，也就是你們看到的《陰咒》。

《陰咒》中的主角，不再是《抽鬼》的高中生，《惡靈地下道》的大學生，而是與我相同，進入社會的工程師。

他的想法，人生觀，態度也都隨之改變，一如現在的我，但唯一不變的，與我相同的，是對人性善與惡之間的信仰。

當我完成了《陰咒》，我終於明白了一件事，沒有一本書能超越《抽鬼》與《惡靈地下道》，因為那是當時的代表作，但我能創造的，是現在自己的代表作。

我努力，就算達不到，至少，我端出了一個讓自己滿意的故事出來。

這樣就夠了。請您翻開下一頁，欣賞《陰咒》吧。

這是一個跨越了十年的承諾，一個自我挑戰的歷程，也是一個信念的完結篇。

Div

陰咒

【陰咒規則】

一、中陰咒者，身體某部位會出現一個圖形，箭頭外畫了一個圓，以及一個數字，此陰咒只有陰陽眼或修道人可見。

二、數字代表壽命，當中陰咒者心中每產生一次「惡意」，數字就會減少一個，從柒開始倒數，到零時，中咒者則死。

三、當數字開始倒數，中咒者逐漸跨入死界，會開始看見亡靈，越接近零，死界越近，亡靈越清楚。

四、陰咒起於何時，無人得知，但它依循著某種規則蔓延。

五、至今，沒有人能中了陰咒後依然倖存。

至今，沒有人能在中了陰咒後，依然倖存。

沒有人。

楔子 屠殺

教室內，放置掃除用具的掃除櫃中，藏著五個小小的身影，他們正努力抑制著自己的呼吸，深怕洩漏了任何多餘的聲響。

而教室外，一個高大的男人剪影正在移動。

這剪影，一手提著刀，一手抓著一個汽油桶，桶內的液體，隨著男人的步伐，正不安的晃動著。

「我們該怎麼辦？」其中一個小身影，男生，語帶哭音，壓抑的聲音說，「我們該怎麼辦？」

「老師剛剛叫我們躲在教室別出去，她已經報警了。」另一個小身影，女生，「我們再等一下，老師就會帶警察來救我們了。」

此刻，隔壁教室傳來開門的聲音，乒乒乓乓，桌椅被踢倒，還有伴隨著宛如瘋狗般的低嚎。

「別想躲，我會一間一間找，找出所有的小孩，」那男人的聲音中帶著充滿殺意的瘋狂。「然後，一個一個殺掉！」

聽到隔壁教室的聲音，五個小孩不約而同靜默了數秒，這時，第三個小身影開口了，他是男生。「我覺得，在老師之前，那個瘋子可能會先找到我們……」

「那怎麼辦？」第四個小身影也說話了，她是女生，聲音與其他小孩相比，略顯稚嫩。

「我覺得，我們該逃。」最後一個開口的，也是第五個聲音，依然是女生。「他一定會比警察更快找到我們。」

「不行啦，老師說……」剛剛第二個女生，再次表達反對的意見，「她一定會找警察來！」

「來不及。」第五個女生聲音與其說是強勢，不如說是焦急。「真的來不及啦！」

此刻，隔壁教室翻倒桌椅的聲音停住，取而代之的，是隔壁教室門被踢開的聲音，他離開隔壁教室了？

然後，那提著刀，提著汽油的男子剪影，已經慢慢的移向了下一間教室，也是這五個小孩的藏身地。

「來不及啦。」第一個愛哭的男生，已經哭了出來，「救命，我要逃！我要逃！」

「那壞蛋只會隨便踢踢桌椅，想嚇小朋友出來，我們躲在掃除櫃子裡面，只要不要出聲音，撐五分鐘就沒事了。」第二個女生仍堅持著，「我們要相信老師，五分鐘後，老師一定會回來救我們的。」

「那被抓到怎麼辦？我們五個會一起死掉！」

「還記得我們意見不合的處理方式嗎？」這時，第三個男生開口了。「投票。」

「好，投票！贊成逃跑的舉手。」

下一秒，五個小身影陷入了極短暫的沉默，然後，有三隻手舉了起來。

剩下兩隻手，其中一隻猶豫了一下，舉了起來，剩下的最後一隻手，正是始終相信老師的第二個女生，她搖了搖頭，堅持不把手舉起來。

「美倫，妳最乖，老師最疼妳，但現在不是傻傻聽老師話的時候。」第五個女生說，「不逃，我們五個會一起死掉的。」

原來，那個始終堅持不逃的女生，叫做美倫。

「唉。」美倫嘆了口氣，對著第五個女生說，「印雪，那要逃，要怎麼逃？我們一逃，壞蛋一定會發現我們！他至少會抓到我們其中一個啊！」

第五個女生，叫做印雪，就是她堅持這個逃亡計畫，她看向了第三個男生，「阿竣，你有辦法嗎？你成績最好，剛剛又想出投票這法子。」

阿竣，正是第三個男生，他看著其餘四人，遲疑著。

「阿竣？」

「這掃除櫃的門太小，我們只能一個個跑，所以最會跑的，要先跑，讓他引開壞蛋注意，讓壞蛋去追前幾個，後面的才有機會逃走。」

「我們之間……誰最會跑？」眾人聽到要第一個衝出去，都吞了一下口水。

「我，五十公尺十秒，」阿竣苦笑了一下，看了第四個女生一眼，「我記得有一個人只比我慢一點，是妳吧？陳薇。」

第四個女生，聲音雖然稚嫩，但卻擁有一點都不遜於男生的運動神經。「是的，我跑十一秒。」

「那就這樣決定囉。」阿竣說到這，所有人沉默，只剩下第一個男生發抖的聲音。

「那我呢？阿竣？」始終害怕的第一個男生，「我跑第幾個？」

「小茂，你跑得很慢，你可以慢一點跑。」阿竣拍了拍小茂的肩膀。「那我決定順序了，第一個是我，第二個是陳薇，第三個是美倫，第四個是印雪，第五個是小茂。」

此刻，五個小孩的名字與順序都已決定，愛哭的男孩，排第五個，也就是最後一個。

「有意見嗎？」

「……」一直反對的美倫，似乎想說什麼，但想了想，又安靜下來，而就在此時，忽然，教室的木門傳來砰的一聲。

被撞開了？瘋子來了？

這剎那，所有的小身影都屏息了。

因為他們知道，瘋子已經進來了，任何的決定都已經沒有時間翻案了，就是要進行了。

又是一陣乒乒乓乓的聲響，那瘋子又開始踢著桌椅，而且從聲音聽來，他正朝著小身影們藏身的掃除櫃的方向，靠近著。

「數到三，」阿竣咬著牙，所有小身影的呼吸都粗重了起來。

「一。」

瘋子拿著刀，似乎也察覺到了異狀，他停住抬到一半的腳，猛然抬起頭，「什麼聲音？」

「在哪裡？」瘋子開始往前，順腳踢倒了桌子，桌子裡面的作業本，嘩啦垮落一地，「這教室裡面，還有小孩嗎？還有嗎？」

「二。」

瘋子不斷撞倒椅子和桌子，往前衝刺，最後，衝到了打掃櫃的前方，他的影子，甚至透過打掃櫃的縫隙，投射到了五個小孩臉上。

「三。」阿竣突然大喊。「我們出去！」

然後他拉開了櫃子門，開始往外跑。

跑！

阿竣猛然拉開櫃子門，埋頭往外衝，幾乎撞到瘋子，瘋子愣住，短暫的停滯一秒，讓阿竣衝了出去。

然後緊跟在後的，正是陳薇。

陳薇身材比阿竣小上一號，像是一個小精靈般，巧妙鑽過了瘋子的腋下，瘋子雖然有了準備，但手一撈，卻沒撈到陳薇。

「好樣的！不止一個啊？」瘋子露出殘缺帶血的牙，就要朝陳薇追上之時……第三個小孩也跳了出來了！

美倫，她身穿紅鞋，身材勻稱，邁步跑起來，有一種獨特美感，也因為瘋子的注意力被陳薇吸引，加上美倫算好時間與角度，剛好趁瘋子轉身要抓陳薇時，跳了出去，等到瘋子發現美倫，已經慢了。

「有三個？」瘋子連漏三個，正要發狂大吼，第四個也來了。

印雪。

印雪的身高是五個小身影中最高的，在這年紀，女孩發育略快於男生，所以她高眺的身材很醒目，她死命從掃除櫃中狂奔而出，想鑽過瘋子旁邊。

但瘋子連漏三個，其實已經有了準備，他這次不是用手撈，而是一甩手上的汽油瓶，朝著印雪的身體砸了下去。

跑。

砰。

印雪被打中，就在所有小身影尖叫之時，印雪不知道哪來的力氣，用力一蹬，又繼續往前跑。

瘋子嘶吼，他遲疑了一秒，似乎在考慮要抓誰？直覺上，他放棄了第一個男生，因為已經跑遠，第二個女生速度也快，加上身材嬌小，若藏入角落中，實在難找。

所以他能選的，只剩下第三個和第四個。

本能的，瘋子選了第四個。

印雪。

也許因為她高，也許因為她被汽油瓶打中，速度慢了些，更也許，只是因為瘋子就是瘋子，他根本沒考慮那麼多，別忘了他是成年人，一個成年男子要抓哪一個小孩，都能抓得到，他只是選一個他最想抓的。

那個人，剛好就是印雪。

於是，瘋子丟下汽油瓶，抓著刀，發出怪吼，鎖定了印雪的背影，開始加速。

只是，第五個呢？那個跑最慢，哭得最慘，最膽小的小茂呢？他沒有出來，因為他怕到跑不動，卻因為這樣，讓瘋子完全沒注意到他，讓他繼續藏在櫃子內，逃過了一劫……

而就在印雪已經被瘋子鎖定，整場殘殺的結局已經幾乎確定之時……忽然，一個奇怪的聲音響起，打亂整個情況！

嗶！嗶嗶！嗶嗶嗶嗶！

這是某個計時器的聲音，更是某個玩具裡面的計時器，突然莫名其妙的在教室中響起，而且，就在其中一個小學生身上。

那個小學生，是美倫。

聲音一起，百分之百的吸引了瘋子的注意，他轉頭，舌頭吐出，面目猙獰，宛如野獸陰鬼般充滿恨意的表情。

然後，他放棄了印雪，朝著美倫的方向狂衝。

美倫邊跑，邊拚命掏口袋，想掏出那個會害死她的玩具計時器。

但她掏不到，她不知道那個計時器被放在她身體衣服的哪個部位，她只能一邊跑，一邊哭，一邊任憑計時器嗶嗶嗶嗶響著，並精準的告訴著瘋子，自己的位置。

「嗚，嗚嗚，嗚……」她哭，不斷哭著，計時器不斷嗶嗶嗶響著，然後她背後的腳步聲，越來越近，已經近到了她的身後。

哭著，美倫哭著，她回頭了。

這一回頭，她驚恐的瞳孔中，映出了銀亮色的刀芒。

刀芒一閃而過。

劇痛中，美倫腳軟，一摔倒地，她哭著，她還在身上掏著，她想掏出那個害死她的計時器，但她依然找不到，就算到了此刻，她還是找不到。

嗶嗶嗶聲音還在持續。

第二刀，已經落下。

美倫尖叫，嗶嗶嗶聲持續，她伸手往身上亂掏，血不斷的噴著。

然後，第三刀，第四刀，第五刀……瘋子不斷的往下刺著，越刺越快，越刺越瘋，刺到血噴了滿臉，然後那宛如惡鬼的臉，像是在哭，也像是在笑。

「你以為我為什麼要找這間學校？因為，我就是這間學校畢業的，當時我被霸凌得好慘，好慘，所以我要報仇。」瘋子的刀不斷朝下亂刺，血也不斷亂噴。

浸在血泊中的美倫，小手動了幾下，她還在找，找計時器，找那個害死她的計時器！

嗶嗶嗶嗶，計時器仍響著。

「為什麼最後會選妳，妳知道嗎？」那瘋子最後的表情猙獰到極致，「因為我猜，這計時器是別人放在妳身上的吧？可憐，妳平常不是喜歡霸凌別人，就是容易被霸凌，無論哪一種，都該死，咯咯咯咯咯咯，都該死啊！」

然後，就在瘋子戳到第四十幾刀時，他的肩膀突然一痛，一發子彈摜入了他的肩膀，他回頭，看見一個披頭散髮的女老師，帶著大批警察來了。

「操。」瘋子才轉頭要站起，隨即，一個警察帶頭衝來，對著瘋子的頭，就是一記猛拳。

正當瘋子眼冒金星之際，他感到自己拿刀的手，被那警察用跆拳道的姿勢夾住，然後卡的一聲，瘋子的手脫臼，刀子也跟著落了地。

「操你媽的。」那警察揍得很用力，不斷揍著瘋子。「你殺小孩？操你媽的你殺小孩？我老莫最痛恨這種該死的混蛋！」

然後，那警察被拉住，瘋子被上了手銬，可是一直到瘋子被帶走，所有驚恐的小朋友都被找到，一一帶出來，那詭異的嗶嗶嗶聲都沒有停……都沒有停……………

一如美倫的眼睛，自始至終，都睜得又大又圓，沒有閉上。

美倫，一直到死，眼睛都沒有閉上。

第一章

「聽好，當我數到三，就把電壓由負轉正，一，二，」我一邊指揮著我的夥伴，一邊屏氣凝神，注視著眼前的電子儀器。「三！」

聽到這聲三，我身後負責操作儀器的夥伴，也同時把把手往下一拉。

而儀器上的數字，也在把手下拉的瞬間，由負號變為正號，也是幾乎同時，我眼前這個小小的電子儀器，閃了兩下藍光，突然活了過來。

電子訊號在小小的電路板上，以驚人高速交錯傳遞，在電壓轉換的瞬間，被徹底喚醒，然後化成一道明確無比的指令，送到了一旁巨大的機械手臂裡，機械手臂的氣閥噴出，五指張開，開始動作了！

「啟動了！」現場所有人同時歡呼。「成功，機械手臂啟動了！」

歡呼聲中，幾隻手臂拍上了我的肩膀，每一拍，都充滿了淚水與欣喜。

淚水，是因為要打造這客戶專用的機械手臂，我和我的團隊，花了將近一年的時間，反覆和客戶確認，仔細調教，加上機械電路的修正，一年，將近一年的沒日沒夜，終於讓這個其他人口中的「不可能任務」完成了。

因為成功，所以欣喜。因為努力，所以淚水。

在一片掌聲中，不知道是誰通知了總經理，這個肩負整個公司勝敗的男人，特地前來視察，連嚴肅的他都露出了讚美神情。

也因為總經理的出現，許多明明不相關的人，也都趁機擠到了前面，想要展現自己與這台機器的關連性，並偷偷分上一杯羹。

而我，堪稱這台機械手臂母親的我與團隊，則被悄悄的擠到了角落。

「老大，你不往前站，這樣好嗎？」一個團隊成員，頂了頂我肩膀。

「反正如果總經理問問題，他們也答不出來，到時候還不是要回頭問我們，別怕，這功勞搶不走的。」我好整以暇，也是因為自己不愛搶功，我要的東西，在這台機械手臂完成時，已經完成了。

那就是「突破自己」的快感。

快感已經完成，接下來，就是一堆人際關係，政治角力的拉扯，這些事，我沒興趣，要不是為了這個團隊，我可能連站都不會站在這裡。

而就在這片歡天喜地的氣氛中，忽然，我感覺到口袋傳來一陣震動。

手機？我掏出了手機，寬大的智慧型手機上，是一則未開啟的訊息。

「誰？」我點開了訊息，然後，我感到自己的心跳，漏了好大一拍。

傳訊者，竟然是她？

是她……

小雨。

我找了整整兩年的她，怎麼會突然出現？又為何要傳簡訊給我？就在這個歡天喜地的時刻？

我想，在故事開始前，我該介紹一下自己，我，今年三十二歲，單身，在某一家上市精密機械公司上班，職位是研發工程師，也是我們團隊的小領導者。

身為研發團隊，我們整合了團隊內的電路，程式，硬體，各方面的人才，以實現客戶那些被人認為是「天方夜譚」的設計，這台擁有超強性能的機械手臂，就是其中一個天方夜譚。

而我曾有一個女友，我與她交往了三年後，她卻突然消失了，她突然的消失，也成為我今生最大的遺憾。

那女友，就是小雨，她是帶著神祕色彩的雙子座女孩，不只善變，還充滿了神祕的魅力。

雖然她是如此善變且神祕，但與她交往的那三年，卻是我生命中最美好的三年，我們心靈相通，相知相惜，四處旅行，更經常去當義工幫助弱勢老人，我們的生活充滿了溫馨與歡樂，但就在我以為我們終將一起走到白頭偕老之際……

某天早上，她在枕頭上，留下了一張紙條，上頭寫著。

「D，我有事，得先走。」

然後，這個所謂的「得先走」，竟然就這樣過了整整兩年。

這兩年內，她不只消失，還與過去的所有朋友斷了聯繫，不只我找不到，所有人也找不到她，她消失得這樣徹底，讓我不禁開始懷疑，我生命中是否真的曾出現過這樣的一個人。

只是，懷疑歸懷疑，我衣櫃內她每件曾穿過的衣服，洗手台上淺綠色的牙刷，還有放在床頭的兔子娃娃，這些東西，都在在提醒我，生命中曾有那麼美好的三年。

然後再次提醒我，現在的自己，是如此孤單，如此落寞，如此的徬徨無助。

但也因為這段缺憾，讓我瘋狂的寄情於工作，藉由工作，我忘記了寂寞，我忘記了憤怒，我忘記了消沉，然後，這台機械手臂誕生。

超過以往機械手臂設計的十倍精密度，能忍耐以往機械手臂兩倍的高低溫，力量遠超過以往國內外紀錄，它不只是傑作，更是我這兩年來為了忘卻小雨，耗盡一切的心血結晶。

我和我的團隊，完成了這個任務，但這兩年，我卻從未停止過問自己問題，那些問題包括了……小雨到底遇到了什麼？到底想要什麼？她為何離開？又為何不與我聯絡？

這些問題在我腦海中不知道反覆了幾千幾萬次，甚至已經內化到我身體每個細胞裡，每次呼吸裡，每天洗澡沖水時，每天照鏡子發呆時，每天開車等紅燈時……那些問題，就像是鬼魅般浮現。

於是，這兩年，我又是積極，又是消極的活著。

直到，當我終於完成了這台機械手臂，創造工作上一個高峰之時，這封簡訊，卻突然來了。簡訊的號碼，更是我打了超過百次，打到深烙腦海的號碼。

小雨。

小雨，過了一年，竟然再次出現了！

一股衝動，我退出了這群歡欣鼓舞的人們，躲到了門後，以顫抖的手指，打開了簡訊。

接著另一個事實衝擊我的腦袋，原來，這簡訊發信者，並非小雨，而是另外一個人。

「你好，我是小裕，小雨姐姐的朋友。」簡訊這樣寫的，「她需要你的幫忙，因為，她只剩下貳了。」

貳？

「貳」是什麼意思？我看著自己的手機，眼睛眨動，貳是二的國字，但一般人怎麼會用貳這個字？一片混亂中，我做了最直覺的反應，我按了回撥。

電話響了兩聲，一個女生接起。

「喂。」

「喂。」我聽到自己的聲音正在發抖，「小……小雨嗎？」

「不是，我是小裕。」對方的聲音又急又低，「是我偷拿她電話但她很掛念你也許你有辦法救她。」

這一串字一口氣說出來，快到我有點聽不懂，「妳可以講慢一點嗎？小裕，我……」

「沒辦法啦我偷用她的手機我欠她很多所以才偷打這通電話，」小裕聲音又低又急。「她一定會發現我打電話給你所以你一定要快點來！」

「我聽不懂，慢一點慢一點。」

「沒辦法慢一點，她知道後一定又會離開她現在藏在台中第二菜市場……」

小裕講得實在太快，我只能拚命記憶，但就在小裕的地址講到一半，電話，忽然卡的一聲，然後就是一聲又一聲無奈的嘟嘟嘟嘟聲。

掛斷了？

我愣愣的放下電話，然後又急忙按了重撥鍵，只是這次不再有任何溫暖的人聲，只剩下拒人於千里之外的「嘟嘟嘟」聲。

等到我第三十四次撥不通之後，我終於死心了，我放下手機，看著眼前仍在歡欣鼓舞的人們，我下了一個決定。

一個重要無比的決定。

「什麼！你要請假？要請多久？」我的主管，原本宛如石斧鑿出來的冷酷線條，難得露出詫異的神情。

「先請一個月，視情況，會繼續請。」我說。

「一個月？雖然說機械手臂的案子才剛完成，也獲得好評，但你知道公司的文化，像你這樣的請法……」主管嘆氣，「可能會讓你以後在公司，考績不好喔。」

「嗯，我知道。」我點頭。

「這樣的情況下，你還要請？」主管再問。

「當然。」我語氣堅定。

而那主管眼睛瞇起，似乎從我的表情中，找不到一絲動搖的可能性。

然後，他嘆了一口氣，搖了搖頭，點開了電腦上的假單，選擇了「同意」。

「你們這些年輕人，知不知道創意這東西，是有『有效期限』的。」主管嘆氣，「過了一定的年紀，像我，要完成一個有創意的題目，已經越來越難了，難得完成一個東西，應該要珍惜一點啦。」

「嗯。」我眼睛垂下，我知道，只是這件事，我實在非做不可。

「也罷，我們當研發的，原本就要夠離經叛道。」主管選了同意後，把假單的頁面關掉，然後注視著我。「因為什麼？因為你那消失了兩年的女友？」

「啊，你怎麼知道？」我訝異，關於女友消失之事，我只對極少數的同事洩漏，而且每個人都說得片片段段，殘缺不全，位高權重的主管怎麼會知道？

「我就是知道。」主管觀察著我。「看你的表情，真的是這件事啊？好吧，去解決掉也好，我也不希望我的手下，整天帶著一朵烏雲上班，雖然這朵烏雲還挺有創意的，靠著瘋狂的工作才能創造出那台機械手臂。」

「嗯。」

「關於你長時間請假這件事，我以主管的身分，會全力保住你，」主管的眼中，少了以往的嚴厲，多了些許我從未見過的柔軟。「但你也要答應我一件事。」

「什麼事？」

「去把那朵烏雲解決掉。」主管認真的看著我。「然後帶個晴天來上班。」

「好。」我笑了，比起以前事事要求完美的主管，我發現，我更喜歡此刻溫柔貼近人心的長者。

「嗯，去吧。」

「謝謝。」

「別說謝謝。」主管揮了揮手，「等你成功弄個晴天回來，再和我說謝謝。」

「嗯。」

我用力鞠躬之後，關上門，退出了主管的房間。

決心已下，旅程，也才剛剛要開始而已。

這天，我難得的搭上電梯準時下班，當我走進電梯時，電梯內已經有了另一個同事，他的臉我有些面熟，但卻想不起名字。

他看見我，與我四目相對後，笑了一下。

「下班了？」他看著我一眼，「今天很早喔。」

「有事啊。」我也回他一個笑容。「想早點回去。」

「那個機械手臂的案子，幹得不錯。」

「你也知道？」

「這可是公司裡的大事。」那同事比了比自己的眼睛，露出得意的笑容。「更何況，你以為我是誰？我可是無所不知的……萊恩。」

萊恩？我試圖在記憶中找出這名字與我的關連，但仍朦朧難辨，我想，我一定在哪裡聽過這名字，只是現在想不起來。

「呵呵，但雖然是開創了機械手臂的英雄，但，你的氣色……」萊恩突然把臉湊近了我的臉。「烏雲罩頂啊。」

「烏雲罩頂……」我吞了一下口水，他是在暗示我這趟追尋小雨的旅程嗎？

「不過，有趣的是，這片濃厚烏雲之中，在眉心處，卻透露出一絲希望之光，」萊恩笑，「這種氣色，表示你即將面對困擾已久的問題，這問題將帶來巨大無比的危險，但……卻也是你解決那問題唯一的機會。」

「所以這是好？還是壞？」

「死神，逆。」萊恩聳肩。

「死神逆？」

「死神代表破壞與死亡，而逆卻可能是新生的開始。」萊恩笑，「大概就是這個意思。」

「嗯？」我看著這個同事，他到底在講什麼？死神逆？但，我內心卻隱隱同意他所說的每句話，破壞與死亡，但卻可能是新生的開始。

我必須找到小雨，不然她會成為我內心一個巨大的遺憾，但，小雨突然神祕出走的原因，肯定伴隨著可怕的危險，不然她不會走得這樣倉促，走得這樣無聲無息，走得讓人如此心痛。

「不過，在關鍵時候，也許我的名字幫得了你。」

「你的名字？幫得了我？」

「嗯，對啊，但也許也幫不上，要看你的決定啦。」萊恩咧嘴笑。

「這是……」我不解，正要追問，忽然，地板微微一震。

電梯到了。

「走啦。」這時，萊恩伸手用力拍了一下我的肩膀，然後就邁步朝電梯外走去，而我呆呆的注視他背影數秒，才像猛然驚醒般，也快步離開了這部電梯。

回到家，我重新整理了思緒，並開始收拾行李，因為那個名為小裕的女生，提到了「台中第二菜市場」，這串關鍵字，代表我將回到台中，回到那個讓我深深思念，又無比恐懼的城市。

在那裡，我曾經碰過兩次靈異事件，是的，就是撞過兩次鬼，兩次的經驗都非常的恐怖與可怕，這兩次經驗之後，讓我決定不再踏足那裡，只是，台中這城市非常奇妙，就算你留下的記憶並不愉快，但，你就是無法討厭它。

也許是因為這城市的陽光永遠飽滿而充足，也許因為這裡的人忙碌但又悠然的步調，也許因為這裡建築線條簡單卻充滿潛力，這是一個讓人無法真心討厭的地方。

我對台中有如此複雜情感，所以這趟旅程又要回到台中，讓我內心起了不小的波瀾。

但，回去就回去，也許，關於我內心裡頭「小雨失蹤」這個巨大疑惑，也真的只有「台中」這座城市能給我答案。

就這樣，我一邊準備著一個月旅行所需的物品，一邊下意識的打開了電視。

此刻，電視正報導著一則最近非常熱門的「詭異命案」。

現在的新聞媒體，似乎都學會了綜藝節目的手法，特別愛報導一些光怪陸離的案件，越是線索不明，荒誕不經的殺人案，越是媒體寵兒。一則怪案子再配上記者們豐富的想像力，不只讓案子內容越來越匪夷所思，更重要的，收視率也會越拉越高。

只是，雖然看過了許多「媒體製造」出來的詭異命案，但這個案子，連我都覺得有些不對勁。

死者，是一個醫生。

這醫生也不是資歷很深的名醫，只是一個執業大概三四年，年紀與我相仿的年輕醫生，他被人發現時，在台中某條地下道內，已經斷氣數個小時。

他的死法如果發生在一般遊民身上，還算可以理解，畢竟地下道原本就是遊民遮風避雨的基地，但，這個前途一片光明的醫生怎麼會死在這裡？

當法醫檢查了這醫生的死因，更帶出了兩個疑點，沒有外傷。

沒有被他人行搶的痕跡，也沒有被鈍物重擊腦部的傷口，調出死者的健康紀錄，更沒有足以造成猝死的危險因子。

醫生，一個未來有著大好前途的年輕醫生，就這樣躺在骯髒陰冷的地下道，雙腳伸直，歪著頭，死了。

不過，第一個法醫判定沒有外傷，卻有另一個陪同的法醫提出了疑點，也就是第三個疑點。

那第二位法醫的外型令人印象深刻，他雖是男生，但卻將長髮綁著馬尾，帥氣挺拔之餘，還有著一種玩世不恭的味道，不過真正讓我印象深刻到皺眉的，卻是當他面對麥克風時，手裡拿的東西……

那是一塊咬了一口的「巧克力新貴派」！

在一個發生了離奇命案，圍著黃線，陰沉溼冷的地下道，這男人才剛剛檢查過猝死的屍體，竟然還能悠哉吃著新貴派？

新貴派濃烈的巧克力與花生甜香，混著人死後散發的屍臭味，光想像兩種氣味的混合，我都覺得頭皮發麻，所以我知道，這個法醫，絕對不是正常人，而他的名字，叫做小馬。

這名為小馬的古怪法醫，做出的推論，更特別令人玩味。

「這屍體啊，真正的死因，是撞傷。」小馬嘴裡嚼著新貴派，「雖然外表看不出來，但其實他五臟六腑都被巨大的力量撞傷，而你如果要問是什麼巨大的力量，我可以告訴你……」

這時，這個嘴裡嚼著新貴派的法醫，忽然把臉湊近了鏡頭，聲音壓低，帶著神祕而詭異的氣息。

「那是他自己撞的。」

自己撞的？當所有的記者嚇到鴉雀無聲時，那醫生突然笑了。

「嚇到你們了吧，哈哈。」法醫笑，「人怎麼可能有這麼大的力氣，把自己的臟腑全部撞爛，不過話說回來，如果他有這樣的力氣，要殺幾個人肯定沒問題，不，搬台車也許都可以。」

「哈哈。」這些記者表情抽筋，也只能陪這馬尾法醫乾笑兩聲，然後將這幾句話東剪西剪，剪得支離破碎，剪到失去法醫的原意。

但，這一瞬間，的確在這些記者腦海中留下了一個冰冷的問號，這醫生死者內臟全部撞爛，但卻沒有顯著外傷？這究竟是什麼古怪死法？到底是什麼東西殺了這年輕醫生？

不過也許太過古怪，另外一個保守的法醫，當場駁斥了小馬，他說：「一切死因還需要釐清，我承認他體內有傷口，但這是否為死因，還須討論！」

好一個睜眼說瞎話，無顯著外傷下，體內內臟爛成漿糊，當然是唯一死因，只是因為無法解釋，就決定丟到一旁，果然是一般公務員的作風。

不過，這只是第三個疑點而已，第四個疑點很快就跟了上來，那就是醫生死前的表情。

雖然在新聞中被馬賽克擋住，但根據記者的描述，醫生的雙目突出，嘴巴張大，舌頭僵直，似乎在斷氣前，正經歷了無比的驚駭與痛苦。

這個疑點，是否和體內撞爛的五臟六腑有關？為此，新聞媒體又熱烈的討論了一陣。

第五個疑點，又回到醫生身上，而焦點集中在醫生的左手手臂，那裡被挖去了一大塊肉。

而且古怪的是，根據小馬判斷，這傷口其實挖了不止一次，每次挖，每次都做了相當專業的消毒與善後處理，只是挖了太多次後，已經略成潰爛，只是小馬的結論更驚人，他直接說：「從下刀角度和事後處理來判斷……這是死者自己挖的。」

醫生自己挖自己手臂上的肉？而且挖了不止一次？每次挖完還會進行消毒處理？為什麼？這猝死的醫生死前到底經歷了什麼？

但疑點，事實上不止五個，還有第六個，那就是醫生死前的異常舉止。

那是醫院護士私下爆料，她們說，醫生在死前的一個月，有不少怪異行徑，有次更是像發瘋一樣，埋著頭，咬著牙，不斷在紙上亂寫著，好幾張紙，甚至因為用力過度而被劃破。

護士靠近一看，竟然都是數字，「伍」。

而又過了幾天，醫生的瘋狂紙條，又變成了「參」。

伍與參，這都是數字，但醫生為何不用慣用的阿拉伯數字，而用少見的國字？而這些數字是在減少嗎？又為什麼減少呢？

除了前面六個疑點，事實上疑點仍有，只是後面的疑點眾說紛紜，已經無從考證，那就是兩週前，曾有個女人來找醫生，有護士在門外聽到醫生發出了低吼，那低吼的聲音除了絕望，還有嘶吼。

更有護士說，醫生左手的傷口上，好像有什麼圖形，但也有其他護士跳出來說，她沒看到，那只是幻覺……

這個醫生之死，不只佔滿了兩週的新聞版面，讓許多知名的八卦談話節目為此瘋狂，像是……

「陰陽路五十六號」節目，不但討論醫生猝死命案，還花了一整個禮拜介紹國內外所有的奇怪刑案，看過後包管你每晚想睡都會做惡夢。

「不關鍵時候」節目，則是畫了一張又一張的關係圖，去追查醫生的交友關係，而關係圖的終點，都指向外星人，他們合理懷疑外星人是這命案的真正兇手。

「新聞吼吼吼」節目，也跳入其中，他們以民俗風水的角度去探討醫生命案，最後結論是，這是一個因果輪迴前世今生的命案。

而我看著電視，等到看一段落，才赫然發現，一個小時已經過去。

「連我，都會被這種綜藝節目的手法吸引嗎？」我苦笑了一下，伸個懶腰，打開了網路的地圖，找到了台中第二菜市場的位置。

小雨，妳在哪裡？

也就在此刻，我無法自拔的，陷入了與小雨的回憶之中。

我和小雨在一起時，發現她有一個奇妙的習慣，就是戴護腕。

打從我認識她那一天開始，她的左手就套著一個護腕，當時覺得這女孩有趣，似乎頗有運動風格，但後來才知道，運動不是她的興趣，「戴護腕」可能才是她的興趣。

而且這護腕似乎比我記憶中的護腕來得大，寬度長達十五公分以上，幾乎包住了小雨三分之一的前臂。

後來與小雨開始交往，她依然戴帶著那個護腕，無論是吃飯，睡覺，看電影，她都戴著。

而洗澡呢？當然會脫掉，只是我看不到，因為她總是走到了浴室內，才會褪下身上的衣物，而她的護腕有好幾組，她洗完澡，會換上另一組洗乾淨的護腕。

交往的第一年，基於好奇，我問了許多關於護腕的問題，像是「妳的手腕長期運動傷害嗎？」「妳的手腕下面有傷疤嗎？」「這是一種運動少女的裝飾嗎？」

小雨永遠搖頭，溫柔而神祕的她，總是笑笑不說話，每次我問起了這問題，她會小力抱住我，就像是媽媽抱住小孩，肢體語言透露著，「別問了，媽媽不會說的，但媽媽愛你。」

這樣的小擁抱，真的是我的剋星，我只能無奈停止詢問，假裝護腕這件事不存在。

但當我與小雨的關係越發展越密切，甚至已經同居一室，就會有特殊情況發生，那一天晚上，我的的確確見到了小雨護腕下的樣子。

當時，我和她共騎摩托車在外，恰巧遇到了一場傾盆大雨，一回家，我立刻催促全身淋溼的小雨快進浴室，而我也走到浴室拿毛巾準備擦頭髮，也就在這兵荒馬亂的時刻，我見到小雨在浴室中，脫下了她的護腕。

是的，交往了超過兩年，那是我第一次看到小雨護腕下的手臂。

那是終年沒有晒到太陽，宛如白玉般的手臂，但，那是標準而正常的手臂，一隻漂亮而纖細，美女的手臂。

而同一時間，小雨也發現了這件事，只見她眼睛睜大，過了幾秒，才用微抖的聲音問我。

「你，你看到了什麼？」

「妳的手臂。」

「就這樣？」

「就這樣。」

「嗯。」小雨似乎鬆了一口氣。「看不到？所以你……其實看不到？」

「其實也不是這樣。」

「咦？」

「我看到妳手臂上都是金色的毛，毛還會說話，啊，妳是外星人嗎？」我擠眉弄眼。「啊，手臂上的皮膚是鋼鐵盔甲，其實妳是基因改造鋼鐵人？」

「呸，呸呸呸呸，亂說話！」小雨笑了，拿蓮蓬頭，就要朝著我沖來。「你是『不關鍵時候』看太多？還是『陰陽街五十六號』看太多？快出去啦，我要洗澡了！冷死了！」

「冷？不如……一起洗？」

「去死吧你！哈哈哈。」小雨罕見的大笑，然後這次認真的舉起了她的腳，而我也只好帶著笑容，抓著毛巾，逃出了浴室。

那是我唯一一次看到小雨護腕下的手臂，在驚訝中開始，在笑聲中結束。

但，我必須坦白一件事，我沒有說實話，事實上，我看到了小雨那白皙美麗的手臂上，多了一個東西。

那是一個印記，深紅色，像是用口紅畫在她的手臂上。

它的形狀是一個箭頭，被圓圈圍住，與其說是印記，更像是小學生的塗鴉，筆觸帶著古怪的拙劣。

不過，讓我印象深刻的，卻是印記旁的數字，隱約寫著一個少用的國字，「肆」。

對，就是「肆」。

第二章

這天，當我收拾行囊，搭上高鐵，花了四十分鐘，到了台中，不，更正說法，應該是回到了台中。

我的行囊並不多，但我還是找了一間舒適的旅館安置自己的物品，稍微休息之後，我換上了公車，目標是小裕口中的「台中第二菜市場」。

這市場很大，就算不是清晨或是黃昏的尖峰時間，人潮依然不少，多數以婆婆媽媽為主，她們提著菜籃，神色精明的在蔬菜中翻找，由她們銳利的眼神可知，她們不只挑菜的優劣，她們腦中的「加減乘除，代數微積分與聯立方程式」正在快速運算，肯定能算出一個讓全家剛好全部吃飽，又最省錢的方式。

這就是菜市場，如果有人把數學運算化成一股氣，這裡氣的強度，絕對可以和銀行相抗衡，只是金額少了點，交易的東西不是股票期貨，而是一根又一根的蔥與蒜。

我走在菜市場內，然後鼓起了勇氣，用了一個我想了很久，雖然不熟但卻是唯一的辦法。

我拿著小雨的照片，開始詢問每個菜市場的攤販。

這方法真的不太聰明，而且不小心還會吃上閉門羹，幸好現在並非尖峰時間，攤販還願意回答我。

「沒看過。」賣菜的阿婆頭都沒抬。

「不知道。」賣魚的阿姐，眼睛看著菜市場外的天邊，完全不知道她眼神定焦在何處？

「啥？」正在切豬肉的大伯，手起刀落手起刀落手起刀落手起刀落，四個手起刀落之後，豬肉完整分離。「你剛說什麼？啥？」

「沒事。」我看著大伯手上那鋒利的殺豬刀，退了一步，決定繼續先問下一攤好了。

「阿哉。」賣熱食的年輕人，正在抽菸，操著滿口不標準的台語與國語，「我不哉啦。」

唯一反應不同的是賣水果的妹妹，原本在整理指甲的她，眼睛瞇起，看了我的照片一眼，然後又看向我。

「你是警察？」

「我，我不是。」我說。

「我以為只有警察會這樣辦案。」妹妹說。「那你幹嘛找這個女生？」

「我，很喜歡她。」不知道為何，內心話脫口而出，也許問了太多攤位，我已經感到疲倦了吧。

「是喔，」妹妹眼睛瞇起，笑了，「那你是跟蹤狂嗎？」

「我像嗎？」我抓了抓頭，我可是剛剛替公司創造新技術，價值好幾億營收的工程師領隊欸。

「看起來人模人樣，是不太像。」忽然，那水果妹妹抬起了手，比著菜市場那一頭，「那我跟你說一個可能有用，也可能沒用的情報，前面那個轉角彎過去，其實，還有一個市場。」

「咦？還有一個市場？」

「是，那裡才是第二市場舊址，雖然大多數的攤位都搬過來了，但那裡還有四五個攤位還留著。」水果妹妹看著我，「也許可以去那裡問問？」

「好，謝謝。」我的語氣因為興奮而上揚，邁步朝第二市場的舊址奔去。

舊的台中第二菜市場，果然如水果妹妹所言，真的已經舊了。

沒有遮風蔽雨的屋頂，只有幾只老舊的大洋傘撐著，更沒有人來人往的人潮，整個市場只有三個老闆打著呵欠，無所事事的坐著。

第一攤賣豬肉，老闆手上沒有拿刀，他只是坐在椅子上，仰著頭抽著菸，似乎在思考人生大事，不過走近一看，才從他手上的報紙看到，所謂的人生大事，可能是樂透的六組號碼。

第二攤賣菜，只有一個穿著素衣的老婆婆，駝著背，默默的揀著菜，而她周圍散發著一股「千萬別靠近我」的沉重壓力。

第三攤賣水果，這老闆大概是三四十歲的中年人，顯然也不太在意生意，他一副懶散無力的樣子，邊用手指滑著手機，邊打著呵欠。

最後一攤則是空的，但從內部擺設來看，應該賣的不是雞肉就是豬肉。

但，我看著舊市場的這些人，一股奇怪的感覺油然而生，這些人，平常應該不是這樣的才對！

因為，就算我這個外行人，都可以感覺到豬肉攤上的豬肉，紅透白，白透紅，是品質很好的豬肉。

菜攤裡擺放的蔬菜，有的沾著水珠，有的黏著泥土，鮮綠而清脆，散發出一股清晨才從泥土中拔起的鮮甜氣勢。

而水果攤中的每顆水果都被細心擦拭過，老闆更將不同顏色的水果交錯排列，將水果攤變成了賞心悅目的一幅圖畫。

由此可見，這幾個攤位之所以能夠留在舊市場而不被淘汰，除了個性如牛之外，更代表他們有著對自己專業的堅持。

但不知道為何，此刻每攤的老闆們看起來都消沉而落寞，到底發生了什麼事？這是和小雨有關嗎？

奇怪的感覺一閃而逝，但我仍必須貫徹我此行的目的，於是我再次拿起小雨的照片，展開探詢的任務。

只是萬萬沒想到，我才問第一個人，就得到令人驚喜的答案。

「有啊，這女生前陣子來過幾次。」賣豬肉的老闆，起身看了看我手上的照片，毫不猶豫的說，「所以我記得她。」

「來過幾次？通常都什麼時候？今天有可能嗎？」一聽到有小雨的線索，我語氣也急了起來。

「什麼時候來啊……？」豬肉攤老闆抓了抓頭，似乎想不起來，但同時間，原本的水果攤老闆，已經探過頭來。

「這女生啊，她之前常來，但最近幾個禮拜，好像幾乎都沒來了。」

「最近幾個禮拜……」我感到一陣氣沮，幾個禮拜不短欸？難道小雨已經離開這裡了嗎？

「那你們知道她去哪了嗎？」

「少年仔，你是她的誰？怎麼問這麼多？」這時，那個一直低頭揀菜的阿婆，插口道。

「我是她朋友。」我頓了一下，從口袋拿出另外一張照片，照片內，我與小雨正牽著手，對著鏡頭笑，背後是一株盛開的日本京都櫻花。

這是我們第一次出國旅行，這張照片一直被我珍藏在皮夾內，當時的我們，單純而美好，對未來的每一天都充滿著期待。

「喔，你們感情很好喔。」阿婆把臉湊近了我照片看了幾眼，「嘿，你被甩了嗎？」

「是。」我低下頭。「但我希望找回她。」

「是喔。」只見阿婆，豬肉阿伯，與水果中年男子彼此交換了一個眼神，似乎在對方的眼中找到了共識，接著，率先開口的是賣水果的中年人。

「少年仔，你看起來也不像是壞人，所以，我們會把知道的事情，盡量跟你說。」中年人這樣說，「你口中的這個女孩，前陣子來過幾次，但我想，除了買菜，她真正的目的，應該是找阿珠。」

「阿珠？」

「對，就是那個空著的攤子。」中年人比了比旁邊的攤位，「賣雞肉的阿珠，我想，就是你女友常來的原因。」

「請問，那，那阿珠呢？」我回頭看向那空著的攤子。「我可以請問她嗎？」

「這就是比較麻煩的地方了，」中年人說到這，原本就略老的面容，變得更加愁慘。「前幾天，阿珠因病過身了。」

過身？我一呆，隨即明白，這是過世的意思，更在這一瞬間，我找到了這三人如此消沉的原因。

四個約好一起守護舊市場的人，其中一人竟然先走了，才讓他們意志如此消沉，更何況，市場之所以能成為市場，完整性是最重要的關鍵，所謂的完整，就是能夠同時購買「肉」，「菜」，「水果」。否則顧客來了市場，卻買不齊全部的食物，最後還必須繞路去別的地方，時間一久，自然就會捨棄這座舊市場。

這就是現實，就是這三個人就算想要振作，也無力振作的原因。

「你們說，小雨不是為了買菜才來找阿珠，那她是為什麼來找阿珠？」

「坦白說，我們也不知道。」中年人苦笑。「你女友每次來，幾乎都是找阿珠說話而已，但談話的聲音她們刻意壓低，我們也聽不到……」

「其實，我有聽到一些。」這時，那個阿婆說話了。

「咦？」所有人同時看向阿婆，看她駝背揀撿菜，老態龍鍾的模樣，實在很難想像她的耳朵如此敏銳，竟可以聽到阿珠與小雨的談話。

「別看我年紀大，我的耳朵可是很靈的。」阿婆哼的一聲。「我聽到一些片段，她們談的，是數字。」

「錢嗎？」

「不像，因為數字不大，」阿婆說，「大概就是四，三，二，之類的。」

「什麼東西是四，三，二？」

「我哪知。」阿婆又搖頭，「但聽久了，大概有感覺，數字正在減少。」

「減少……」

「就是一開始聊的是五四，過幾天，又聊成了二三，不過，阿珠也是死得早了點，她算是苦命，唉。」阿婆說到這，又矮下身子，繼續揀她的菜，不時發出嘆氣。

「那……我可以再請問，你們有阿珠家人的聯絡方式嗎？」

「有。」市場內，那個中年男子滑了滑手機，滑到一個畫面後，擺到我面前，那是一組電話。「這是阿珠表妹的電話。」

「好，謝謝。」我把電話號碼記下。「雖然阿珠已經過世兩個禮拜，但我至少知道，小雨曾來過這裡，並且找一個叫做阿珠的老太太。」

「不對喔。」這時，少言的那個豬肉販，忽然打斷了我們的話。

「不對？」

「阿珠不是老太太。」

「咦？」

「阿珠才三十幾歲而已啊。」豬肉販滿臉奇怪，「她哪裡是老太太？」

「你們不是說她因病過身嗎？她不是病死的嗎？」

「她是因病過身。」豬肉販那肥到細長的眼睛，閃爍著令人費解的光芒。「但，沒有人知道她生了什麼病。」

「啊？」

「死前的一個禮拜，還聽到她大呼小叫，精神挺好，完全沒病的樣子！但是說死就死，真的莫名其妙。」豬肉販邊說邊搖頭。

「突然死了……」我感到背部升起一股古怪的戰慄，不到四十歲的女子突然猝死，的確不太對勁。

「是的，」胖豬肉販說，「少年仔，坦白和你說，我們不是那麼隨便的人，會隨便把阿珠表妹的電話給你，因為我們覺得阿珠的死因不對勁，你那女友小雨可能知道一些，所以我們希望你能找到你女友，也請你替阿珠的死，討一個公道。」

「嗯。」我看著這群固執守著舊市場，不肯搬走的幾個人，他們的眼神，都透露著相同的光芒，那光芒注視著我。

那光芒，是一種堅定的請託。

請託於我，他們的夥伴猝死了，請替那個夥伴，爭一口氣吧！

「去找阿珠的表妹吧。」豬肉販把刀用力的剁在桌上後，一屁股坐下，「麻煩你啦，少年仔。」

「好，謝謝。」我點頭，對這三個人微微鞠躬後，轉身就朝舊市場的出口大步走去。

少了阿珠，這舊市場已經不完整，被迫解散已經是遲早的事情，但我卻深信，以他們三人對自己攤位專業的固執，會挑最好的豬肉，會賣新鮮的蔬菜，以及會仔細整理照料水果。

這份堅持，會讓他們不管到哪裡，都能成功的生存下去！我是這樣深信著！

而我，背負著這三人的期望，我一定要找到小雨，透過小雨，找到阿珠死因，讓阿珠可以瞑目。

於是，我離開了舊市場，並打了電話，電話那頭，傳來了一個年輕的女子聲音。

「不好意思，請問是阿珠的表妹嗎？」我說。

「我就是。」那女子說，「什麼事？」

「我是……」我聽著那女子聲音，莫名的，湧現一股似曾相識的感覺，我聽過這女生的聲音，雖然只有一次，那一次是就在不久前……

「果然是你，你終於來了。」那女生聲音興奮，「我就知道你會來，我就知道你會來！我就知道！」

「啊？」我一呆，阿珠表妹為何知道我會來？聲音又為何如此似曾相識？那種只聽過一次，既陌生又熟悉的古怪感覺。

「來吧，」那女子聲音說，「我把我所知道，關於我表姐和小雨姐姐的一切，都告訴你。」

小雨姐姐？

聽到這四個字，我腦袋靈光一閃，我懂了！為何我會對這聲音似曾相識，又無法明確分辨，因為上次我聽到這聲音，她語氣又急又亂，急到完全沒有斷點。

因為，阿珠的表妹，就是小裕。

就是偷拿小雨電話，並將第二菜市場這位置告訴我的那個女孩，小裕！

第三章

失去小雨的這幾年，她的身影仍不斷的出現在我夢中，也許是因為，我依然睡在同一張雙人床上，也依然固執的睡在床的左邊。

而床的右邊，始終空著。

就算偶爾翻身睡到右邊，也會莫名的驚醒，急忙翻回到左邊。

每次驚醒，彷彿都在提醒著自己，不可睡到右邊去，因為一但習慣了右邊的床，小雨就回不來了。

這張床，竟就像是我的愛情，保留著右邊，也保留著專屬於小雨的位置。

小雨，是我見過最善良的人，雖然她始終將自己左手用護腕包住，小心隱藏著自己的祕密，但，依然不減她善良的心。

她從不害人，甚至連害人的心我都感受不到，就算別人欺負了她，別人辜負了她，她不只不生氣，連惡意的想法都不曾出現。

看到這樣的小雨，奇妙的是，我的內心，總是出現一種「違和感」。

因為我所知道的小雨，雖然溫柔善良，但同時也是意志堅定，會執著於保護家人的人，但，這樣的人怎麼會百分之百的包容別人的侵犯，而完全不起壞念頭，實在不太合理。

但，這就是小雨。

美麗，可愛，神祕，又帶著強烈違和感的女子。

一個，始終佔據著我床的右邊位置，自始至終都從未離開的女子。

和小裕通過電話之後，我們約在台中某家粥品店，台中這裡，匯集了南與北兩種截然不同的食物風格，又融合自身的氣候與步調，創造了獨一無二的美食版圖。

不少震動全台灣的平民美食，誕生地都是台中，那些平民美食往北直上台北，往南遍佈高雄，不只因為台中文化多元，更因為台中居民有著對美食強大的包容性，任何新鮮的食物都願意嘗試，也讓很多創意美食可以在這裡生根，茁壯，並且進化，直到蔓延整個台灣。

這就是台中，就算我在這裡曾留下不忍回顧的悲傷回憶，我仍愛這座城市。

而我坐在這家粥品店中，嚐著用新鮮螃蟹熬煮而成的海鮮粥，這時，店裡面的小電視，又播放著最近熱門的新聞，醫生兇殺案。

案情似乎陷入了膠著，警方調查了醫生的交友狀況，查無可疑人物，又調查醫生臨死前的生活作息，同事們雖然說醫生出現精神緊繃的狀況，但從這條線去尋找兇手，卻又徒勞無功。

但最近的一則新聞，則是獨家新聞，有某個記者找到了當天晚上，曾出現在命案地下道的流浪漢，並詢問他當晚發生的事。

「那個人，那個人，」流浪漢一看到醫生死者的照片，突然尖叫一聲，整個人縮在一起。

「不要！不要過來！」

「怎麼了？那晚到底發生了什麼事？為什麼你會這麼害怕？」記者急忙湊前問道。

「我不知道，」那流浪漢聲音依然如尖叫，「那男人走在地下道，搖搖晃晃，好像喝酒醉了，然後，然後，他罵了一聲，『老子不忍了，老子就是要詛咒這個世界！你他媽的什麼惡意！』罵玩，忽然用力踢了我的同伴一腳，那腳踢得我同伴痛到在地上打滾，但可怕的還在後面……」

「可怕的還在後面？」記者問。

「那男人突然抱住頭，開始尖叫！好像鬼在哭，嗚嗚，好可怕喔！」

「然後呢？」記者嗅到了醫生的死因，急忙再追問，但接下來不知道是流浪漢驚嚇過度，或是意識錯亂，開始口齒不清起來。

「對，然後好恐怖，好恐怖，恐怖到嚇死人。」流浪漢語無倫次。「救命啊救命啊。」

「哪裡恐怖？」記者再次把麥克風湊近，「可以請你講清楚……」

「就是超級恐怖，他臉好白，都是血，嘴巴裡面都是血，然後一直亂抓，好恐怖，好恐怖……」

「可以再講清楚一點嗎？」記者拚命想要理解，這流浪漢語詞中的意義。

「不過，當我以為我和同伴會死，會被他殺死，還好，那個人很漂亮。」說到這，流浪漢鬆了一口氣，不過依然語無倫次。「真的是美女。」

「那個男生很漂亮？」

「不是啦，是頭髮啦，很漂亮的長頭髮，當然眼睛和鼻子都不錯，哎啊，我若早生十年，肯定追他。」

「男生變漂亮了？他留長髮？」

「誰說是男生。」

「咦?」

「明明就是女生。」流浪漢生氣的說,「全靠她,我才沒死喔,如果以後遇到那女生,要好好謝謝她。」

「你到底在說什麼啊?」記者幾乎抓狂。

「你不懂啦,真的要謝謝那女生哩。」流浪漢露出痴傻的笑,「因為她不只漂亮,還很厲害欸。」

一瞬間,記者靜默,因為他隱約懂了,地下道中,男生死前發狂,而後來可能還有一個人來了,那個人,是女的。

而那個女生,似乎拯救了兩個流浪漢的性命,但,她是誰?

命案現場中,還有一個女生,她是誰?

「她是誰?」的消息一傳開,不只引起警方的注意,更讓那些已經在翻老梗的名嘴節目再次陷入瘋狂,紛紛猜測流浪漢那些話語的含意,以及,是否真的有一個美女最後出現?

當然,警察也朝那「神祕女子」的方向進行調查,就在大家以為這案子即將露出曙光之時……

另外一台新聞卻亮出了一段影片,影片內容是記者付錢給流浪漢的畫面,畫面上流浪漢還開心的數著鈔票。

標題更寫上,「用錢換來的新聞,真的是新聞嗎?流浪漢話語存疑!」

這一鬧,名嘴們更開心了,「陰陽街五十六號」,「不關鍵時候」,「新聞吼吼吼」這下子不只探討醫生死前遭遇，更開始探討新聞從業道德，用錢買新聞應不應該，命案焦點被扭曲得亂七八糟。

當然，後來那記者也有上節目，年紀很輕的他，坦承給錢，但堅持自己沒有指導流浪漢怎麼說，但事實的真相已經不重要，重要的是，「你作弊比較有新聞梗」，於是媒體就自己下了判定，這記者作弊。

而我呢？

看著電視的我，只能苦笑。「真是一群瘋子。」

但那流浪漢說的內容，卻忍不住讓我留上了心，醫生死前為何會變得可怕？法醫說他五臟六腑被自己撞爛，又是什麼狀況？當然，最讓我好奇的，還是那可能存在的漂亮女生。

她是誰？以及她最後做了什麼？

但這一切要從流浪漢口中聽出答案，恐怕已經難上加難了。

而就在我陷入思索之際，一道纖細嬌俏的陰影，忽然遮住了我眼前的視線。

在這陰影下，我抬頭。

「你好。」那陰影主人露出微笑。「我是小裕，我終於見到你了。」

「終於見到我？」

「是啊，」小裕雖然笑著，但笑容中有著失去親人的疲倦與悲傷。「因為小雨姐姐很厲害，但我想，你應該就是她心裡的那個人吧！」

當小裕坐定，點完餐之後，她開始說起了她表姐阿珠的故事。

她表姐的爸爸很早就不在了，而她高工畢業之後，做了幾份工作都不順利，後來就回到家裡幫媽媽賣雞肉，媽媽過世之後，她就自己接下那攤子，靠著殺雞與賣雞為生，收入與同年齡的朋友相比，算是相當不錯。

但，阿珠矮胖的外表，不太能吸引男生，又或者說，當她最年輕貌美的時刻，仍在幾份不安定的工作間擺盪，後來更回到市場與殺雞和攤販為伍，讓她錯過了與男生交往的最適合年齡，以致到了三十餘歲，還沒談過戀愛。

不過，就小裕的說法，就在半年前，阿珠突然有了些許改變。

她開始化妝，會買漂亮的衣服，三不五時，還會拉小她四五歲的小裕，聊起男生。

「小裕，妳覺得男生最喜歡女生什麼？」

「外表？」小裕的外表可愛，圓圓的眼睛加上小虎牙，從求學階段開始，就不乏男生追求。

「因為那是一群『大頭管不住小頭』的傢伙。」

「不是不是，男生不是這樣的，也有男生喜歡女生的內涵的喔。」

「有嗎？」小裕眉頭皺起。「真的有這樣的男生嗎？」

「對啊。」說到這，阿珠露出有點害羞又有點神祕的微笑。「我就認識一個喔。」

「咦？」

「其實是我暗戀他啦，沒想到暗戀了那麼久，那麼久……以為會斷掉聯繫，但萬萬沒想到，他又出現在我面前哩。」

「誰又出現？」我聽到這裡，忍不住發問。「阿珠暗戀了很久的男生……」

「其實我也不知道。」小裕嘆氣。「但當時的阿珠姐姐真的好開心，好幾次還瞞著我去約會，而我也始終沒見到那男生的真面目。」

「嗯。」

「而阿珠姐姐突然變得奇怪，卻也是從遇到那個男生開始的，時間，就在半年前。」

基於小裕無法理解的理由，阿珠始終不洩漏那個男生的真實身分，但就在阿珠開心了一段時間後，阿珠突然變了。

變得憂愁而恐懼，更常變得沉默不語。

阿珠的改變令小裕感到憂心，幾次詢問阿珠，阿珠也是語帶含糊，只有一次，當那晚雞肉攤收攤之後，阿珠突然抓住了小裕的手。

「小裕，妳一定要幸福喔。」

「咦？」小裕一頭霧水，當時的小裕雖然是單身，但她從不缺男生，所以完全沒想過要追求幸福這件事。

「不過，這也是我自己的決定啦，怪不得別人，真的怪不得別人啦。」阿珠笑了一下，只是這笑容好苦，苦到小裕感到心疼。「而且，他答應過我，一定會想出辦法的，他一直這麼聰明，這麼聰明……」

「到底怎麼了？」小裕眉頭緊皺，「阿珠姐姐，妳到底遇到了什麼事？可以和我說嗎？和那個男生有關嗎？」

「他是……沒事，沒事，」阿珠露出笑容，摸了摸小裕的頭。「要記得找一個愛妳，妳也愛他的男生喔。」

「阿珠姐姐……」

「真的沒事，沒事啦！」阿珠微微一笑，這一笑，眼淚在眼眶中打轉。「現在的姐姐，真的很幸福喔。」

「幸福……」

只是，小裕說起這段時，她說，一直記得當時阿珠姐姐的表情，那是融合了悲傷與幸福的複雜表情，彷彿在巨大的悲傷陰影下，阿珠姐姐正用力擁抱著，那快要失去溫度的幸福。

那男生到底是誰？正當小裕深深困惑之際，就在阿珠說完這些話的第二天，又有一個新的人物來了。

那個人，留著及肩長髮，身材窈窕，一雙大眼，笑起來雖然溫順，但內心卻隱含強大的意志。

她，不用多說，當然就是我一路追逐的神祕女子，小雨。

小雨，終於在小裕的故事中出現了。

「小雨？」我聽到她的出現，精神一振。「真的是她。」

「就是她，小雨姐姐。」

「那她有說什麼嗎？」

「請聽我繼續說下去。」小裕說到這，眼睛微微閉起，似乎正強忍著這段回憶帶給她的巨大痛苦，「因為，接下來就是阿珠姐姐人生，最後一段路了。」

小雨找到了阿珠，兩人長談一兩次之後，小裕就感覺到，阿珠的祕密，這個神祕的大眼女生……她知道很多，甚至比小裕知道的還多。

而且從那幾天開始，阿珠變得越來越古怪。

開始常自言自語，開始伸手對著空中想要抓什麼，卻什麼也抓不到，在小裕眼中阿珠那巨大的悲傷陰影越來越強大，已經快要完全淹沒阿珠姐姐懷中，那僅存的幸福了。

然後，小裕還發現，阿珠姐姐開始穿起了長袖，明明就是宜人的三四月時節，阿珠卻堅持穿起長袖，並且套住脖子。

時間越過去，阿珠的行為越古怪，好幾次在半夜，小裕聽到住隔壁房間的阿珠發出慘烈的尖叫。

尖叫的聲音忽高忽低，隱約可以聽到「不要！」「不是我放的！」「不要找我！」「那東西不是我放的！」

而當小裕衝入房間，阿珠會緊緊抱住表妹的腰部，不斷的啜泣著。

「表姐，告訴我，到底發生了什麼事？好嗎？」

「不能和妳說，不能說。」阿珠的臉埋在小裕的腰部，聲音聽起來好微弱。「妳不該知道，因為他說，現在還不能確定傳染方式。」

「傳染？什麼傳染？表姐，妳得到傳染病了嗎？」

「不是，不是，這不是病。」聽到小裕這樣說，阿珠像是嚇到般，急忙把小裕推走。「妳誤會了，沒事的。」

「表姐……」

「我好害怕，」阿珠披頭散髮，語無倫次，「但他說他有辦法的，只要再等一下下，再等一下下。」

「表姐！」這時，小裕下意識的瞄了一眼掛在牆上的月曆，四月二十九，只是小裕萬萬沒料到的是，此刻距離阿珠的死期，已經剩下四天。

僅存，最後的四天。

第二天，小裕和公司請了假，她去等到小雨和阿珠聊完之後，瞞著阿珠，小裕在大街上追上了小雨。

「對不起，可以請妳等一下嗎？」小裕拚命跑著，終於追上了小雨。
「咦？」小雨長髮飄動，已然回頭。
「我是阿珠的表妹，我想……我想知道……」小裕喘著氣，看著小雨。
「想知道什麼？」小雨轉過身子，定定的看著小裕，而小裕一邊彎腰喘氣，讓肺部的氣息能得到短暫的紓解。
而就在這一剎那，小裕對小雨的眼睛留下了極深的印象。
這女孩的眼睛，原來不只大而已，深邃而柔情，宛如海洋，但在這片明亮的海洋之下，卻又藏著許多不為人知的波濤洶湧。
為什麼，一個人的眼睛，可以美成這樣？小裕雖然同是女性，但卻忍不住看呆了。
「嗯，阿珠表妹，妳說妳想知道什麼？」小雨再次開口，聲線柔而低，那是讓人一聽就會心靈沉靜的聲音。
「我想知道，這些日子以來，我表姐到底發生了什麼事？」小裕語帶哭音，「她為什麼會在半夜驚醒？為什麼會感覺又開心又害怕？她為什麼……」
「妳表姐沒和妳說？」
「沒。」小裕搖頭。
「原來如此，妳表姐想保護妳。」小雨露出了心疼的笑容，但小裕明白，這份心疼的對象是阿珠表姐。「既然她想要保護妳，我也不方便和妳說。」
「可是……！」
「可是，無論如何，妳都要陪著妳表姐。」這時，小雨突然伸出雙手，用力抱住小裕的肩膀，雖是女生細瘦的手臂，卻意外的有力氣。

「陪著阿珠……」

「因為已經剩下壹了。」小雨咬著牙，那雙深邃大眼睛中，淚光隱隱。「她只剩下壹了，妳一定要陪她，直到最後，可以嗎？」

四天後，阿珠就死了。

最後四天，小裕的確就陪在阿珠身邊，她也親眼目睹了阿珠的死去。

恐懼，尖叫，害怕，在阿珠眼中，彷彿見到了什麼極度恐怖的事物，不斷的推門進來，不斷在她的床邊嘶吼，在她耳邊低喃，糾纏著阿珠。

好幾次小裕想要拉阿珠去看醫生，阿珠總是拒絕，她頭髮散亂，眼睛因為恐懼而泛紅，「沒用的，醫生沒辦法的。」

「為什麼？」小裕看著阿珠，其實小裕也知道，阿珠現在一定正遭遇著醫學無法解釋的恐怖。

「因為，就是沒辦法！」阿珠咬著牙，準備迎接不時出現的恐怖體驗。

事實上，能讓阿珠稍微平靜的，的確不是醫生，而是神祕女子，小雨。

這四天內，小雨也會不定期出現，纖瘦的她，總是在阿珠深陷最巨大痛苦的時候出現。

然後伸出她的手，放在阿珠的脖子處，阿珠的扭動，掙扎，慘叫也會在接觸小雨手心的片刻，慢慢的安靜下來。

「別想。」小雨語氣溫柔，像是媽媽對著哭鬧的孩子。「若想了，會變快的。」

「我不會去想的，謝謝，謝謝。」阿珠不斷喘氣，睜著血紅的眼睛，她伸手抓住小雨，「謝謝妳來。」

「不客氣。」小雨溫柔的說，「別忘了，我們同是天涯淪落人。」

「呵呵。」阿珠笑了兩聲，「我想，他一定正在拚命想辦法，解我身上的這東西吧。」

「嗯。」小雨輕輕的嗯了一聲，不置可否。

「妳不相信嗎？」阿珠眼睛一睜，恐怖的氣息在她的雙瞳瞬間凝聚。

「當然相信。」小雨伸出雙手，抱住了阿珠的脖子。「他一定會幫妳找到解法的。」

「是啊，那就不枉我，不枉我……」阿珠眼神的恐怖氣息，再次被小雨安撫。

「別想了好嗎？」小雨再次溫柔的叮嚀。「別想了。」

「嗯。」

「睡一下。」小雨拍著阿珠的背，像極了母親哄著不滿一歲的小嬰孩。「累了，就睡一下。」

而阿珠，總是在小雨輕柔的安撫下，回到了本來正常的樣子，然後閉眼睡去。

只是，第二天的某個時刻，阿珠的恐懼又會再次發作，而且一次比一次慘烈，好幾次，小裕都以為阿珠姐姐撐不下去了，最後全靠小雨的安撫，才驚險的撐過去。

但，就在第四天的晚上，一件事發生了，阿珠因為很想念那個男生，於是打了電話給那男生，但卻沒人接。

於是，阿珠傳了簡訊給那男生，似乎是想問那男生，究竟想到好辦法了沒有？

就在阿珠傳訊後的三十秒，她的手機也響起了有新簡訊的聲音。

當阿珠懷著興奮的情緒，打開了那訊息，那瞬間，她的臉整個垮掉，跟著身體猛然一顫。

然後，小裕今生永難忘懷的恐怖畫面，就這樣發生在她的表姐臉上。

阿珠的眼睛，眼白的部分，竟然像是被墨水污染般，慢慢的轉黑，等到眼白處全部翻黑，一雙眼睛竟然開始順著眼窩，慢慢陷了進去。

「這是什麼！」小裕尖叫，急忙衝去電話那頭，她要撥電話給小雨。

「什麼事？」

而小雨一接到電話，話語中透露出難得的焦急。「小裕，妳聽我說……做一件事。」

「讓妳表姐一個人在房間，然後把門鎖上，」小雨語氣堅定，「然後，不管聽到什麼聲音，都……不要進去！」

「不要進去……」

「聽懂了嗎？」小雨說，「別進去！」

「為什麼，那是我表姐，我怎麼可以……」

「她想保護妳，才不告訴妳事情的始末，所以也請妳答應我，因為，妳若進去，會讓妳表姐想保護妳的心意，全部……」小雨堅定的語氣中透露著哀傷。「化為烏有。」

會讓表姐想要保護妳的心意，全部化為烏有？

為什麼？

這秒鐘，小裕掛上了電話，回頭，她看見了阿珠的臉，正不斷的變化著。

她的眼睛全部翻黑，朝著眼窩深處陷落，然後眼窩邊緣長出一條一條盤根錯節的皺紋，皺紋不斷往下爬，最後爬到了阿珠脖子處，那個套頭衣物罩住的地方……

接著，更古怪的事情發生了，那就是衣物底下，開始冒出一條一條的細毛，毛色通紅，散發陣陣詭異之氣。

小裕好怕，她很想陪在阿珠身邊到最後一刻，但又想起小雨的叮嚀，只能一咬牙，退離房間，然後砰的一聲把房門關上。

「不能讓阿珠離開房間，」小裕把背靠在門上，雙眼緊閉，全身發抖，「小雨姐姐說，這是，這是阿珠姐姐想要保護我的方法……」

只是，小裕感到心驚的是，她聽到背後門內的聲音不斷改變，從本來的尖叫，嘶吼，到後來，突然停了。

死寂般的停了。

「阿珠姐……」小裕才要回頭，忽然背部一陣怪力撞來，整個門板竟然被一撞而飛，而小裕更隨著門板在地上滾了兩圈。

而這一滾，更讓小裕眼角餘光看見了那怪力來源。

長髮，套頭衣，身材福態，那不是阿珠是誰？

但，此刻的阿珠雙眼都已經陷入眼窩，宛如兩個黑洞，而嘴巴張開時，牙齒碎裂，變得殘缺而尖銳，更可怕的是她的皮膚，佈滿了一條條如皺紋的紋路，彷彿是一只乾屍，會活動的乾屍。

這宛如乾屍的阿珠轉了轉頭，那漆黑一片的眼窩，對準了小裕所在的位置。

「嘎。」阿珠乾屍陡然張開大嘴，猛然往前一撲，朝著小裕猛撲而來。

小裕渾身顫抖，她無法動彈，只能哭求著，「小雨姐姐，快來!小雨姐姐，求求妳快來啊!阿珠表姐到底怎麼了?」

而就在阿珠乾屍撲到了小裕身上，張開尖銳碎齒大嘴，正要咬下之時……忽然，外頭的門，砰一聲，打開了。

小雨。

這一剎那，當小雨看見阿珠的樣子，小雨把眼睛別開了。

這眼睛的一別，是不忍，是心疼，是小雨這個數十年老同學，發自內心的疼惜。

但，她畢竟是小雨，下一瞬間，她的目光再次凝聚。

而阿珠這具乾屍也感覺到了小雨，抬起頭，發出如鬼哭般的嘶吼，朝著小雨撲來。

「壹也用完了嗎?」只聽到小雨輕嘆一口氣，然後一個輕盈的側身，避開了阿珠的猛撲，隨即小雨手一抖，右手手心內，似乎多了一個東西。

阿珠第一撲沒有成功，腳往地上一踩，以乍看之下拙劣，但事實上卻異常敏捷的姿態，再度咬向小雨。

但阿珠快，小雨更快，她的右手已經在阿珠回咬時，直接按住了阿珠的額頭。

而一旁的小裕則忍不住揉了揉眼睛，因為她彷彿看見了，小雨在揮動手臂時，右手掌心縈繞著一圈圈黃色的靈絲。

那不屬於陽世人們該看到的美麗金線。

「啊啊啊啊啊。」阿珠的額頭，被小雨右手按住之後，一剎那，在那雙深陷的眼眶中，一對眼睛慢慢浮了出來。

「回來。」小雨咬牙，低聲在阿珠耳畔喚著。「老同學，保持清醒，回來。」

阿珠這剎那，眼睛似乎重新從眼眶中浮了出來，只是她扭動了兩下，又再次發出哭吼，張大嘴，就要朝著小雨的右手咬下。

「回來。」小雨面對阿珠滿嘴的利牙，面色完全不變。右手再翻，離開了阿珠額頭，畫出了一個美麗的金色半圓之後，直接壓向了阿珠的脖子。

也就是阿珠這半年來一直用套頭衣物，遮掩的地方。

而這一壓，彷彿帶著巨大的力量，阿珠竟然應聲跪下，跪在小雨的面前。

小雨右手掌心周圍不斷浮現美麗的金線，金線像是有生命般，一直鑽入阿珠的脖子內。

短短數秒後，阿珠眼睛不只翻回了正常，連原本不斷蔓延的皺紋，也變淡了不少。

但也在這個動作後，小裕看見了小雨右手內的物體，那是一個小香包，香包內似乎包著某個堅硬的物體。

那物體究竟是什麼？為什麼會有這樣奇異的金線？又為什麼能壓制發狂的阿珠呢？

「小雨姐姐……阿珠姐姐她，好了嗎？」小裕在一旁，小聲問。

「還沒，只是暫時壓住，不過，」小雨眼神溫柔，看著阿珠。「也許阿珠本質上就是一個溫柔的人，所以她的病變不算嚴重。」

「這樣算不嚴重？」小裕愣了一下。「那嚴重的到底是……」

「之前醫生那個就很嚴重。」小雨笑了一下，搖了搖頭，似乎不想再提這個話題。

「小雨姐姐，那，那我表姐究竟發生了什麼事？」小裕瞄了一眼跪在地上，定住不動的阿珠，語氣恐懼。「為什麼，為什麼突然變成這樣，好可怕，到底發生了什麼事？她還有救嗎？」

「有救嗎？唉，這麼久了，還沒有一個人逃離這詛咒。」小雨嘆氣，「他們開始病變前，好像進入了某個類似夢境的地方，但目前為止，沒有人能夠順利從那個夢境中脫逃，所以……我也只能暫緩她病變的時間。」

「類似夢境的地方？」小裕問。

「對，他們都做著同一個惡夢，從惡夢中逃脫似乎是唯一倖存的方式，但，這麼多年了……沒有人成功逃離過，唉。」小雨才說到一半，忽然，一個虛弱的聲音，打斷了小雨的話語。

那聲音雖然虛弱無力，卻是小雨與小裕共同熟悉的聲音。

她，是阿珠。

「……小雨……」阿珠那剛剛才回復的黑白眼珠，周圍盡是溼潤的眼淚。「妳來了啊？」

「是啊，」小雨微微一笑，眼眶也跟著泛淚，「我來了，妳放輕鬆，沒事了。」

「……是這樣嗎？」阿珠苦笑著，「我剛剛做了一個夢喔……」

「嗯。」

「我夢見我們那年的教室，」阿珠閉上眼，嘴角揚起一個淺淺微笑，「我們大家都在同一班裡面，一起聽老師講課，一起在下面偷傳紙條，一起偷笑，然後一起被老師罰站……」

「阿珠……」

「只是，他來了！啊啊！他來了！他，他，他來了！」阿珠說到這，眼神中的溫柔突然消失，取而代之的，是宛如地獄深淵般的驚恐，畏懼，與悔恨，「他來了！那個下午！他來了！」

「誰？誰來了？」小雨急忙抓住阿珠的手，她意識到，阿珠要說的夢境，無疑的，就是這些年來的謎底之一。

「就是，就是，就是，他，那時候，是誰，是誰，對了還有那個人，我看到那個人了，就是他，他寄了那樣的簡訊給我……」忽然，阿珠頭一仰，猛一咬牙，恐怖的是，阿珠的眼睛竟然又開始往眼眶陷落！

「怎麼?阿珠，冷靜!糟糕！」小雨見狀，右手再次用力，金色靈絲數目激增，再次湧向了阿珠套頭衣物下的脖子。

但，這次卻沒用。

因為此刻的阿珠，咬牙切齒。

「我好恨。」阿珠的眼睛，又開始陷落了。「小雨，妳知道那個男人，傳了什麼簡訊給我嗎?」

「妳說他?阿珠，別想，」小雨語氣惶急，「不管怎麼樣，都別想，別想惡意的事！」

「才怪！」阿珠尖叫，「妳懂什麼!那男人，那可惡的男人!我要殺了他!我要在夢境中殺了他！」

「阿珠不要！」

「我……」但阿珠的話語聲突然停了，不，不是話語聲停了，而是接下來她所說的話，已經模糊且尖銳到完全讓人無法分辨她究竟在說什麼了！

而一旁的小裕忽然抬起頭，她發現，周圍的溫度變低了，天花板，地板，牆壁，似乎有什麼東西不斷的流入，灰色的，陰森的，發出尖銳嘲笑聲的，不屬於這世界的東西，正不斷的湧來。

「阿珠，不要……」小雨語氣悲傷，但她已經沒有辦法了，因為阿珠的眼珠已經完完全全陷入了眼窩之中，眼窩中，只剩下絕望般的黑暗。

「嘎！」然後阿珠發出尖吼，砰的一聲，從地板上站了起來。

這一站，頓時將小雨的右手彈開，也在這一站之下，阿珠套頭處衣物被扯開，露出了完整的脖子……

「那東西」，小裕終於看到了「那東西」。

那是一個像是用蠟筆畫上去的符號，圓形，裡面有一個箭頭，上面有一個數字，數字正在顫動，本來是壹，而轉眼就要消失了。

「這到底是什麼？小雨姐姐！」小裕見狀，失聲喊道，「那個符號，那個符號是什麼？」

聽到小裕的聲音，小雨回頭，微微詫異。「妳看得到？」

「那圓形的箭頭，我當然看得到！那到底是什麼？為什麼上面的數字正在消失？」小裕抓著頭髮，她突然明白，她正在經歷的事情，絕對不是正常世界的邏輯可以解釋的。

包括眼前的圖騰與數字，還包括小雨那飄著金線的香包，甚至是眼前阿珠這瘋狂的病變。

「原來，妳看得到？唉，難怪妳姐堅持不讓妳知道，她是真心想保護妳。」小雨語氣極輕，宛如自言自語。「我懂阿珠的心情，因為我也有一個想保護的人。」

「小雨姐姐，什麼保護？什麼夢境？什麼簡訊，我不懂。」小裕看見阿珠直挺挺的站著，鬼氣森森，不禁大喊。

「是什麼啊……那是詛咒。」

「詛咒？」

「綿延了二十幾年的一個惡意，變成詛咒，來找我們了。」小雨語氣哀傷，只是當小裕聽得一頭霧水，想要繼續追問之際，阿珠卻已經不給她們任何時間了。

「嘎嘎嘎！」她突然放聲大吼，這吼聲如猛虎似餓狼，完全不像一個年輕女子能發出的聲音，而這聲大吼之後，就這樣一個轉身，朝著小裕撲來。

小裕完全沒料到阿珠會選擇自己攻擊，錯愕之際，小雨已經追了上來。

金色靈線後發先至，就這樣按住了阿珠的肩膀，金色靈絲顫動，但此時的阿珠已經完全失控，她雙手同時往外一震，這一震的力量好強，竟把四十餘公斤的小雨，硬是震了五六公尺，然後背部撞向了牆壁。

「小雨姐姐！」小裕才喊，突然脖子一緊，她看見阿珠雙目全黑，面無表情，正緊緊的掐著小裕自己的脖子。

「別怕，小裕。」小雨可不是省油的燈，就在她身軀要撞上牆壁的剎那，她左手一轉，輕壓了牆壁一下，就這樣抵消了衝力，從牆上輕盈的滑了下來。

「小雨……小雨姐姐……」小裕覺得自己的脖子已經快被掐斷。「救命……」

「小裕，現在的我，只能盡力，讓妳表姐，留下全屍。」小雨語氣哀傷，她雙腳剛剛落地，立刻如一只彈簧，陡然往前彈去，飄忽且迅捷，以肉眼難辨的速度，朝著阿珠躍去。

然後小雨用了她的左手，左手，也是另一個香包，但這次卻不是燦爛的金絲，而是深沉而美麗的藍絲。

藍絲拍向了阿珠，只是一拍，就逼迫阿珠放開了小裕，然後更將阿珠一口氣逼退了兩步。

「全屍……」小裕喃喃自語，然後，她看到了一輩子難忘，心痛且美麗的畫面。

心痛的，是她表姐阿珠生前的最後模樣，而美的，卻是飄忽且輕盈的小雨。

阿珠狂吼，猛抓猛咬，而小雨的身形卻像是美麗的影子，不斷繞著阿珠飛躍。

小雨飄忽的身影，毫無滯怠的動作，讓人看得是目不轉睛，而繞行的過程中，可見小雨的雙手盡情揮舞，右手金光，左手藍光，金藍雙色化成一條又一條細而夢幻的光絲，不斷纏繞上阿珠。

每纏一圈，阿珠的動作就慢了一點，當小雨繞到四四十六圈之時……阿珠已經完全無法動彈，砰一聲倒在地上，只是身軀僵硬，所以不自然的拱了起來。

當阿珠倒下，她神智又短暫的恢復了正常，但她的眼睛已經無法翻回白色，她苦苦的笑了一下。

「老同學，」

「嗯。」

「我沒救了，對吧？」

「嗯。」小雨只是閉上眼，沒有回答。

「呵呵，」阿珠嘆了一口好長的氣，「其實，能在人生最後的一段時間，有妳，有我表妹，甚至遇到了他，其實我……我已經沒有遺憾了……」

垂死的阿珠，此刻有如迴光返照，披頭散髮，滿臉瘡痍的她，露出了好淺好淺的笑容。

「阿珠……」

「只是，我還有最後一個心願，看在老朋友的份上，妳可以幫忙嗎？」

「……嗯。」小雨輕輕點頭。

「簡訊……幫我把那則簡訊刪掉，好嗎？」阿珠淡淡的笑著。「我不想讓表妹對某人懷著恨，可以嗎？」

「嗯。」小雨身體顫動了一下，「到現在，妳仍要保護他？」

「沒關係的，沒關係的，」阿珠聲音細弱到像是蚊子飛舞。「這是我自願的。」

「……」

「是我自願的……」

是我自願的……

自願的……

這句話才說完，阿珠突然發出一聲慘烈的大吼，吼聲又長又尖銳，吼到最後，竟然宛如哭泣，哭聲如同小貓，然後，哭音越來越低，直到聲音漸漸弱了下來……

然後，一切安靜了下來。

阿珠因為僵硬而拱起的身體，開始緩緩的下降，下降，最後終於平躺了下來。像是鬆了一口氣般，她不動了，再也不動了。

現場，一片死寂，只剩下眼角仍帶著淚，像是發呆般看著阿珠屍體的小雨。

「小雨姐姐，我表姐她……」小裕起身想要說話，卻突然止住，因為小裕發現了一件事，那就是剛剛也許太過混亂，小雨姐姐始終不肯脫下的左手護腕，竟然移位了。

這一移位，讓原本的肌膚露了出來。

那光滑白皙的皮膚上，竟然，竟然有著跟阿珠姐姐脖子一模一樣的符號……一個圓圈，裡面一個箭頭，然後上面還有用國字書寫的數字！

更讓小裕驚訝的是，小雨姐姐手臂上的數字，是……貳。

僅僅比阿珠姐姐多了一的，貳。

第四章

在我記憶中，小雨真的是一個非常神祕的女孩，連她的出現，都異常的神祕。

那是新竹一場突然落下的大雨，雨下得太突然，讓原本漫步在街道上的我，被淋得如同落湯雞，慌亂中，我看見了一家掛著木頭招牌的咖啡館。

於是，我帶著溼淋淋的狼狽，推門而入。

也是這推門而入的瞬間，我赫然發現，我尚未瞧清楚咖啡館內的佈置，連吧台與餐桌都搞不清楚之時……我就在茫茫的人群中，見到了那一雙眼睛。

又大又亮，像是一片海洋般的眼睛，在咖啡館的角落，與我的目光相對。

這一剎那，我只覺得整個咖啡館的燈光都暗了下來，只剩下那宛如燈塔的雙目，專注與我對望。

「先生，不好意思，我們客滿了喔。」這時，一個禮貌的聲音在我耳邊傳來，把我從虛幻中喚回了現實。

這時，我才發現身邊正站著一名穿著綠色圍裙的女店員，對我露出歉意的笑。

「沒……沒位子了嗎？」我抓了抓頭，這一抓，可以感覺到我頭髮上都是水珠，而當我往窗外看去，外頭狂風暴雨，這時候出去外面，可能會被大雨淹沒吧。

「真抱歉，」那店員對我又一鞠躬，身為僱員的她，無權也無法幫我。「我們每一桌都有人了，實在抱歉。」

「嗯嗯，」我笑了一下，明明沒位子，還躲在人家咖啡館裡面避雨，也實在怪不好意思的。「不會不會，我馬上就走。」

只是當我又抓了抓溼掉的頭髮，無奈的準備回到外頭的滂沱大雨中之際……一個聲音，一個柔細但沉穩的女子聲音，卻在這時候傳了過來。

「我不介意那先生和我一起坐。」那聲線柔而低，讓人心靈頓時沉靜下來。「讓他喝杯咖啡吧，外頭雨大得很。」

我帶著一股強烈的直覺回頭，果然，這聲音的出處，就是那雙眼睛的主人，她正在店內的雙人座上，而她面前的那椅子，是空的。

「謝謝。」我對她微微欠身，小心的拉開了椅子，然後背脊打直，正襟危坐的與她面對面。

這種一對一的桌椅配置，如果對面是與自己完全不熟的陌生人，一時半刻，還真的不知道怎麼開口，反而是她先打破了沉默。

「雨很大？」她說。

「很大，很大。」我苦笑，撥了撥頭髮，細微水珠就跟著我的頭髮，撒了開來。「嚇死人的大，大到我以為路上會掉下貓和狗。」

「貓和狗？」她睜著大眼睛看著我，忽然，眼睛彎起。「你講的是英文的笑話嗎？」

「是啊。」我看著她展露溫柔的笑容，莫名的，我心情也好了起來，我臉上一定也浮現了相同的笑容吧。

「糟糕，不怎麼好笑欸。」她嘴裡說不好笑，但那雙微彎美麗的眼睛，卻透露出她的好心情。

「嗯，那怎麼辦？其實外面的雨真的很大喔！」我抓了抓腦袋，「更奇怪的是，外面的地上，有好幾把沒人拿的傘，在地上漂流……」

「拿傘的主人呢？」

「大概被雨水沖走了吧。」我說到這，眼睛突然睜大，張開雙手，「妳看，雨，就是這麼大。」

「哈。」她笑了一聲，隨即又趕快把嘴巴摀起。「騙人，而且不好笑。」

「真的很大啊。」我喜歡她大眼睛彎起的樣子，彷彿眼中那片海洋正受到美麗陽光的照耀，變得閃亮無比。「我想那些人應該不是被雨水沖走了，因為我還發現水裡浮著別的東西，那東西應該才是主因……」

「什麼東西？」

「我發現了，」我把聲音放低，然後湊近了那女子，小聲的說。「鯊魚的鰭。」

「鯊魚的鰭……你說鯊魚把他們吃掉了？哈哈，」她的眼睛再次彎起，笑了出聲，「不好笑，這又更不好笑了，我想外面的雨一定沒那麼大！」

「都大到把人沖走，都大到鯊魚可以游泳了，還不大？」我抓了抓頭髮，忽然，我的手停住，像是握住某種東西一樣，在她面前微微揮動。「有東西。」

「什麼東西？」她看著我。「你說頭髮裡面有什麼東西？」

「當然是，」我把手握成拳，慢慢伸到她的鼻子前十公分處。

「是什麼……？」

「是……」這一剎那，我陡然把手張開，「……螃蟹！」

我的掌心怎麼可能有螃蟹？但手掌在她面前突然打開這件事，則是嚇了她一跳，一個嫻靜美麗的女子，被這一嚇，不但沒有生氣，反而像是小孩般咯咯咯咯的笑開了。

「太爛了啦，哈哈哈哈，」那女子已經笑到身體微顫。「哈哈哈，真是爛，你平常一定很少逗女生笑吧？」

「對啊，被妳發現了，」我拚命搔頭。「我是工程師，實在很少碰女生，笑話不好笑，請見諒，但，我想和妳說……」

「說什麼？」

「謝謝妳讓我進來，妳知道，外面雨真的很大，又會把人沖走，又有鯊魚出沒，身上還會掛著螃蟹，」我很誠懇的說。「所以我真的謝謝妳讓我坐這。」

「不客氣。」

「那，」我深吸了一口氣，這一瞬間，看著這個萍水相逢，不只好心，更深深觸動我內心的女孩，我決定要做一件這輩子最勇敢的一件事，「我想要……」

「可以。」那女孩微笑了。

「咦？可以？妳怎麼知道什麼東西可以？」

「我知道。」她微笑，「你可以和我要電話，而且，下次可以約我。」

「呃。」我睜大眼睛，眼前這女孩有通靈能力嗎？為什麼她完全知道我在想什麼？

然後，看著她的笑容，我也笑了。

「那我就不客氣了。」

「嗯。」女孩拿起熱水果茶喝了一口，在杯子後方的那雙大眼睛，再次因為微笑，彎成了美麗的半圓形。

這女孩，當然就是小雨。

只是，在未來的日子裡，從約會，表白，交往，到同居，認定對方為終生伴侶，一直到她不告而別的這幾年裡面，我還是常常想起那個下起傾盆大雨的午後。

一切，彷彿都像安排好的。

突然的大雨，突然看見的那家咖啡館，咖啡館突然的客滿，以及那雙美麗的眼睛突然的拯救了我，然後向來對女生內向的我，突然對小雨說的那幾個笑話……以及明明是無聊的笑話，卻偏偏讓嫻靜的她笑得好開懷。

一切一切，都像是安排好的一樣，是許多完美的巧合，才能讓我和小雨相遇。

我很珍惜與小雨共享的每分每秒，而我深信，小雨也是這樣想的。

所以，我至今仍不懂，為何小雨要走？

到底哪個環節錯了？到底哪部分是我不知道的？到底我忘記了什麼？到底，到底，到底……

到底……

此地，台中，我正和小裕兩人聊著不久前阿珠的猝死。

阿珠的死亡過程驚悚且可怕，而講完這段之後，小裕去了一趟洗手間，也許是為了讓自己的心情稍微放鬆一下吧。

然後，當她走回來，換我提出問題了。

「那天晚上之後，妳是怎麼拿到小雨手機打電話給我的？妳又怎麼知道哪支電話是我？」

「嗯，」小裕一邊拿著衛生紙擦手，一邊說著。「那天晚上，當阿珠表姐過世之後，小雨姐姐坐回了沙發上，看起來累了，而她累的時候，下意識的拿出了手機，盯著其中一支電話號碼看，原本以為她會撥電話出去，但事實上她只是看著，看了好久好久，卻沒有撥通。」

「看著一支電話號碼……」

「也許小雨姐姐真的累了，也許她心神不寧，連我在看她，她都沒注意，所以我就直接偷看了那電話上的名字與號碼。」

「什麼名字？」

「空白。」

「啊？」

「不過空白也是一個很好認的記號，一般在手機內存電話，不會存成空白，反而讓我留下深刻的印象。」小裕笑了一下。

「空白啊，」我低下頭，我可以猜到那支電話一定是我的名字，只是小雨為何將它設成空白？

「接下來，我真的很感謝小雨姐姐，她知道阿珠身邊唯一的親人是我，所以特地多留了幾天，幫我處理很多善後的事情，她看起來安靜，但辦事能力好強，很多警察或是葬儀社的事情，都是她領著我做的。」

「嗯。」我點頭，小雨雖然看起來漂亮嫻靜，宛如瓷娃娃，但事實上意志力堅強，辦事手腕俐落。「這個故事後面的部分，我還有點搞不懂，那阿珠不是病變了嗎？警察沒起疑？」

「這部分我忘了說，表姐死後，身體就慢慢恢復了原狀，如果她還保持臨死前的樣子，我想，警察的事情，我們就處理不完了。」

「也是。」

「但也是小雨留下來幫忙的這幾天，我才有機會拿到她的手機，事實上我很在意，她與阿珠姐姐死前的那段對話，以及，她手上的數字，那個『貳』。」

「貳……」

「哥，不介意我這樣叫你吧？你一定也猜到了吧！那數字的含意？」小裕看著我，忽然，我感受到小裕眼中帶著挑戰的眼神。

她是在考我嗎？

「嗯，我想，應該是……」我嘆了一口氣。「是倒數吧！」

「對欸，我也這樣想，好險好險你答對了！」小裕用力點頭，咧嘴笑了，「幸好你不是笨蛋，不然就辜負小雨姐姐了。」

「嘿。」而我沒有回應小裕自以為是的評斷方式，只是想著『倒數』的含意。

倒數，是的，應該就是倒數。

這一路上緊跟著我們的數字謎團，沒錯，一定和「倒數」有關，從我在小雨手臂上看到的「肆」，菜市場阿婆聽到阿珠與小雨談論的「伍」與「參」，還有小裕前幾天看到小雨的「貳」，以及阿珠死前的「壹」，這些數字組配起來，唯一的解釋，只有一個……那就是「倒數」！

死亡的倒數。

然後，那一晚，阿珠發作致死，就是當「壹」要轉為「零」的時候。

換言之，零，就是死期。

只是我更知道，死亡倒數絕對只是第一層謎底而已，因為，還有許多謎團未解，第一個謎團，就是那些數字怎麼來的？

阿珠身上有，小雨身上也有，那些數字究竟是怎麼來的，這就是第一個謎團！

第二個謎團，就是傳簡訊給阿珠的「他」是誰？他似乎也知道這數字的祕密，他去找阿珠，肯定也和數字有關？而且，我隱約可感覺到，小雨也認識「他」，換句話說，被死亡倒數糾纏的人不止兩人，至少有三個，他們的共通點是什麼？

當然，還有第三個謎團，第四個謎團，第五個謎團……這些謎團，肯定就是小雨離開我的原因。

「喂！」忽然，小裕把整個臉湊近，然後拍了一下我的額頭，而我則是嚇了一跳。「你幹嘛發呆！」

轉頭看向小裕，這個比我小上四五歲的女孩，正對我露出可愛的虎牙笑容。

「想問題啊。」我揉了揉額頭，現在的女孩都這樣嗎？和第一次見面的人就可以動手動腳的嗎？「不行嗎？」

「可以想，但想出來以後，要和我說。」小裕嘟起嘴巴。「不可以偷藏。」

「為什麼？」

「因為我也是受害者家屬，我把我所知道的一切都和你說了，所以，你一定要告訴我。」

小裕嘟著嘴，「這樣才公平。」

「公平嗎？」我看著小裕，隨著剛聽完那事件的恐怖感慢慢退散，我發現，小裕也算是一個可愛型的美女，短髮，靈活的眼睛，笑起來有小虎牙，這樣的容貌如果被我公司的年輕工程師們看到，肯定會為她而瘋狂吧，搞不好還會成立後援會。

「是啊。」小裕雙手扠腰，「而且我剛剛做了一個決定。」

「什麼決定？」

「我不知道你是做什麼的?但我想你沒有去上班，為了小雨姐姐特地來這裡，一定懷抱著一定的決心吧，」小裕伸出了小拇指，對我比出打勾勾的姿勢。「所以，我決定了一件事。」

「啥事？」

「我要和你一組。」

「欸？」我眼睛睜大。

「我們一起破解害死我表姐的謎團，然後，一起救小雨姐姐好不好？」小裕看著我。

這一剎那，我發現這個看起來活潑甚至稍嫌輕浮的可愛女孩，她眼中，透露著和我相同的堅強意志。

她想替她表姐找公道，一如我想找回小雨。

「嗯。」我閉上眼，吐出了一口氣。「好吧。」

「太好了，」小裕開心的舉起雙手，「那我們現在該幹嘛？」

「為什麼問我？」

「因為你通過問題的測試，又是小雨姐姐思念的男人，一定有辦法的。」

「唉。」我嘆了一口氣，腦袋則是快速整理阿珠死前的資訊，要破解倒數之謎，一定要從小雨與阿珠的關係上動手，「小裕，妳能找到妳表姐以前念書時的……畢業紀念冊嗎？」

「畢業紀念冊？為什麼？啊。」小裕眼睛陡然睜大。

「妳忘了，」我淡淡的笑了，「妳阿珠姐姐最後的請求中，對小雨說了什麼？『這是老同學的請求』，所以……」

「所以，她們是同學。」小裕拍了一下腦袋，「但我們從幼稚園開始念書，國小、國中、高中，還有大學……有好多同學欸。」

「從國中和國小開始。」

「為什麼？」

「因為，阿珠用了『老』這個字。」我看著小裕，嘴角微揚。「那表示，她們當同學的時間，一定很久了，所以，她們肯定不是國小，就是國中同學，不是嗎？」

我們兩人一起來到阿珠的家，礙於禮貌，小裕獨自一人進去阿珠的房間找畢業紀念冊，而我則坐在客廳，看著小裕怕我無聊，替我打開的電視新聞。

電視新聞中報完了「號稱史上最精密的無差別扣款技術」和「可憐之黃色小鴨」的新聞後，照慣例，又開始討論起醫生猝死在地下道的事件。

過了一天，記者沒有找到真正新奇的梗，只是重複拍著地下道內，圍著黃色封鎖線的地板，電視節目則繼續找名嘴繼續爆一些「只有我和線人知道」的祕密。

不過，在記者不斷去現場與警察周旋，試圖找到新線索時，倒是有一個小插曲發生了。

有一名警察對記者動手了。

那個警察的模樣與一般制服警察不同，他年紀約莫五十餘歲，身穿便衣，理著小平頭，嘴巴兩端總是不自覺的往下凹陷，看起來很像鄰居阿伯，而且是最頑固的那一種鄰居阿伯。

他似乎對記者如吸血蚊子的行為感到不耐煩，所以在採訪時，故意推了記者一把，這剛好對了正缺新聞的記者胃口，就把這畫面盡情放大，用力重播，甚至報出了他名字，老莫。

這一連串沒有意義的新聞，也讓我對這警察老伯的臉，留下了一定程度的印象。

只是，這新聞太無聊，只看了一遍就不想再看，正當我要轉開時，新聞又再次重複的回顧了醫生死亡的幾個疑點。

像是他沒有外傷，死前曾經把自己的手臂挖去了一大塊肉，然後，死前一個月，舉止越來越怪異，還有……年輕醫生死前不斷在紙上寫著「陸」，不久之後，又換成了「參」。

陸？參？聽到這裡，我感到心臟一跳，急忙再將電視轉了回去，再次確認這幾個疑點。

陸？參？

難道……我急忙起身，全身戰慄，又是數字，比柒還小，不斷的減少，這不就是……死亡倒數！

而且另一個疑點，醫生自己在手臂上，挖去一大塊肉，做完消毒處理後，卻又繼續挖肉，就這樣反覆了好幾次，直到潰爛難以治療，醫生為什麼會做這樣的事？

這件事，不自覺的，讓我想到了小雨手上的那一大塊護腕，還有阿珠的套頭衣物。

醫生究竟在挖什麼？他的手臂出現了什麼，要讓他瘋狂的以刀狂挖自己手臂的肉？

圖形，一定是那個死亡倒數的圖形！

數字，也出現在醫生的身上嗎？只是他出現的位置是左手臂？而他對倒數感到驚恐，於是便拿刀開始刨，刨掉了皮，再刨掉肉，刨出了一個大洞，正當他以為數字符號已經消失……

那個箭頭，那個圓，以及那個不知為何倒數的數字，又再次出現！

於是，醫生雙眼佈滿了血絲，他再次拿起刀，以他受過的專業訓練，再次下刀，刨掉了肉，緊急消毒，當數字又出現，他又下刀，再刨掉肉，再消毒，數字卻仍未消失！

醫生只好再下刀，刨肉，消毒……下刀，刨肉，消毒……刨肉，消毒……刨肉，刨肉，刨肉，刨肉……

但，數字沒有消失，就是沒有消失，而且還從「陸」倒數到了「參」。

當數字逼近到壹，意識到自己死期將近的他，攻擊了流浪漢，於是，與阿珠完全相同的恐怖死亡陡然降臨。

年輕醫生發狂，就要拉流浪漢陪葬之際，小雨出現了。

小雨，就是流浪漢口中，『漂亮到想追的美女。』

在地下道中，在血與靈異的竄流中，在陰陽兩界的交錯中，小雨壓制住了這個醫生，最後，醫生死了。

倚在地下道的牆邊，睜大滿是怨恨與驚恐的眼睛，斷了氣。

第二天，有路人發現，報案，記者與警察都到了，然後開始被渲染，化成連續三四個禮拜的新聞熱點。

一定是這樣，對！想到這驚人的發現，我急忙起身，對著正在阿珠房間翻找畢業紀念冊的小裕，發出大喊。「我發現一件事，最近新聞的那個醫生命案！也有……」

而我喊到一半，就發現小裕不知何時，竟直直的站在房門口，雙手捧著深紅色的畢業紀念冊，表情滿是驚駭。

「怎麼？」我見狀，急忙住了口，看著小裕，問道。

「紀念冊，畢業紀念冊上……」小裕喃喃自語。「上頭有……」

「有什麼？」我看著小裕，滿臉疑惑，「小雨和阿珠真的是同學嗎？」

「是的，她們真的是國小同學，同班，而且……」小裕的眼睛瞄向了電視，正好播到那個醫生的大頭照。

「而且什麼？」

「他們的同班同學之中，還有一個人，我看過，」小裕猛力吞了一下口水。

「妳看過？」

「對，那名字，就在電視裡。」小裕嘴唇發白，雙眼直直的瞪著電視，「和那個死掉的年輕醫生……一模一樣！」

一模一樣？我也看向電視，電視上那個醫生的照片，戴著斯文的金框眼鏡，細長的眼睛，彎曲幅度略大的眉毛，與照片上的國小學生，除了年紀的差別外，簡直就是同一個模子印出來的。

他們不只名字一樣，根本就是同一個人啊！

所以，年輕醫生、小雨、阿珠，三個人竟然是國小同班同學！

那個死亡倒數的咒語，就在這一刻，隨著電視那不斷播放的血腥畫面，突然巧妙而詭異的串連在一起了！

「……竣。」我仔細看著醫生的名字，不禁在嘴裡喃喃自語。「年輕醫生和小雨，阿珠是國小同學？」

「會不會……那個數字詛咒和他們國小班級有關？」小裕展現了令人驚奇的推理能力。

「會嗎？」

「會。」我點頭，「我也是這樣想，三個中了詛咒的人，都是國小同班，其中一定有關連性，也許，當年那間國小發生過什麼事情，所以埋下了這個詛咒！」

「哥，我們現在該怎麼辦？」

「小裕，我們現在有兩件事要做。」

「哪兩件事？」

「第一件讓我來，我會去網路找尋關於這間國小的資料，看有什麼蛛絲馬跡？」我說。「而第二件，我想由妳來做，應該會比較順利。」

「哪一件？」

「把畢業紀念冊上的電話號碼，全部打一輪。」我說。「這件事讓妳做，我想，應該會比我做來得會順利一點。」

「由我來做……比較順利？」

「因為，妳是女生。」

小裕微呆了零點一秒，立刻懂了，「因為我是年輕女生，所以他們接起電話比較沒有戒心？」

「沒錯，聰明。」我對她豎起大拇指。「我猜想這些國小同學在電視上看到年輕醫生的死，多半會想起他們與年輕醫生的關係，態度一定變得更小心，所以最好讓妳來，小裕，請妳多費心了。」

「我懂了。」小裕外表看起來可愛，像是時下追求時髦的女孩，其實有顆聰明而成熟的心靈，一聽我提及，馬上心領神會。「沒問題，這件事交給我，不過，哥……」

「幹嘛？」

「目前看起來，和你一組果然是對的欸。」小裕踮起腳尖，伸出手，假裝兄弟般要環住我的肩膀。「你算是有點資格喜歡小雨姐姐啦，除了外表呆了點，你反應還算不錯。」

「哼。」我微微側了一下身子，避開了小裕拍肩膀的動作，與不熟之人的肢體觸碰，對我來說，還是不太習慣。

「嘿，」但小裕似乎對我的閃避，完全不以為意，只是嘻嘻笑著說，「尤其是看你這麼冷靜，還真的會以為……你曾經遇過類似的事？」

「嗯？」我動作頓時僵硬。

「怎麼？」

「沒事。」我笑了一下，「妳快去打電話吧。」

「喔好。」說完，小裕就跳到沙發椅上，開始對著畢業紀念冊，展開她的電話尋人任務。

「呼。」而我也收斂了心神，借了阿珠的電腦，連上網路，展開我的搜尋工作。

二十幾年前，小雨念的那間小學，到底發生了什麼事？為什麼過了這麼多年之後，突然死亡倒數開始在同學間蔓延？

為什麼？

小雨，妳當年究竟遭遇了什麼事？

只是，在我思考之際，我的眼睛不自覺的再次瞄向桌上那本畢業紀念冊，那一張張的小學生照片之中，忽然有一種奇怪的感覺，猛然衝擊了我的腦門。

那感覺像是陰冷而猛烈的電，透過我的視線，瞬間竄滿我的全身。

「啊！」我低喊。

「怎麼？」小裕抬頭看我。

「剛剛……剛剛……咦？沒事……」我沒有回答小裕的原因，不是我藏私，而是我發現，我也不知道。

我不知道那一瞬間，打從我心底竄上的冷意是什麼？

就算我再次看向畢業紀念冊，裡面一張又一張純真的童顏，我也再沒有那種陰冷的感覺。

但，真的是這樣嗎？

剛剛那陰冷的直覺，是在告訴我什麼嗎？是有什麼線索早就出現，但被我視而不見嗎？是嗎？那線索是什麼？是什麼？

而就在我感到驚疑之際，耳邊，已經傳來小裕帶著撒嬌的可愛女音。

「你好，我叫做小裕，我想找一個叫做XXX，啊？你不認識？你是四年前才搬到那裡的？所以不知道。」小裕語氣依然溫柔，那是一種讓人完全無法拒絕的女聲。「沒關係沒關係，謝謝你喔。」

而我，只能深吸一口氣，再瞄了一眼畢業紀念冊，確定沒有其他線索之後，我回到電腦前，發揮工程師的能力，開始搜尋。

搜尋任何與那國小相關的新聞，任何相關的都可以……

為了小雨，因為，她剩下貳，已經剩下最後的貳了啊！

第五章

在小雨離開後的那幾年內，我經常夢見過去的點滴，有個夢，是這樣的……

那時，我和小雨正躺在床上，兩人剛剛經歷過一段美好的肉體結合，而我躺在床上，已經昏昏欲睡。

這時，小雨正用手指輕輕摳著我胸膛的肌膚，那輕輕癢癢的感覺，讓我覺得又舒服又甜蜜。

「欸，我記得你高中在台中念過書，對不對？」

「嗯……」昏昏欲睡中，小雨的聲音在我聽來，變得遙遠而飄忽。

「那怎麼從來沒聽你提過台中的事啊？」小雨趴在我的肚子上，那柔細的長髮，散在我有些柔軟的肚子上，癢癢的，又好舒服。

「嗯……」我昏昏欲睡，「因為有發生不開心的事啊。」

「什麼事？」

「嗯。」我眉頭微微皺起，「很悲傷的事喔。」

「真的啊？」小雨把頭靠在我的肚子上，「那可以講給我聽嗎？」

「有兩件喔，妳要聽哪一件？」

「有兩件？」

「是啊，一件在我高中時期，一件則是我念大學的時候，」我嘆了一口氣，語氣迷濛，

「唉。」

「大學那時是十年前，對吧？」小雨說，「那我要聽大學的那一段。」

「嗯，那是發生在地下道的……」我實在很睏，說話語無倫次，與夢話沒啥兩樣。「一開始死了一個女生，我表弟叫我去幫忙招魂，沒想到那地下道因為發生過火災，其實死過很多人，結果把那些亡靈都弄醒了……結果，最後，我表弟也死掉了。」

「表弟也死了？」小雨的語氣溫柔而憐憫，「啊，難怪你都不喜歡提。」

「既是悲傷的過去，何必再提？」我閉上眼，「我好想睡，可以讓我睡了嗎？」

「可以啊，可是，在你睡之前，可以回答我最後一個問題，最後一個問題了。」小雨語氣帶著可愛的央求。

「嗯……好啊。」

「當時的倖存者中，有誰變得不對勁嗎？」

當時的倖存者中，有哪一個人變得不對勁嗎？

「當時的倖存者，就是我、胖子，還有一個叫做黑皮的男生，」我喃喃自語，「我想，變得不對勁的，應該是……」

是「黑皮」……我永遠記得，當時黑皮臉上詭異陰森的笑容，當清晨時分，我們三個終於從「此去大凶的地下道」逃出時，我回頭，看見黑皮臉上，出現那絕對不屬於他的陰冷笑容。

柔媚、詭異、恨意、陰沉、冷血、妒恨，那應該是來自地獄的冤魂，而不是一個人類男孩該有的笑容。

然後，每次當我夢到這裡，就會像是被按下了停止鍵般，一片空白，後面的部分被完全截斷。

醒來時，我摸著頭，唯一剩下的感覺，是小雨那慵懶溫柔的語氣，還有她手指在我肚子上輕輕摳著的微癢觸感。

然後，當我從夢中驚醒，我忽然困惑起來，當時的小雨，究竟要問什麼？

十年前，地下道，一段我不堪回首的記憶，還有不對勁的倖存者……小雨，妳想知道什麼？

時間，回到現在，我與小裕，從找到畢業紀念冊開始算起，已經過了兩個多小時，但事情卻出乎我的意料之外……因為，它完全沒有進展。

先是我上網搜尋那間國小的消息，但畢竟是二十五年前的事情了，網路發達不過是最近十幾年的事情，更早的事情若能被記錄下來，大多是仰賴紙本的報紙，或是留有記憶的老人。

我不斷的在各大搜尋引擎，如孤狗、雅虎上尋找，並且不斷的變化關鍵字，想要找到蛛絲馬跡，但卻沒有重大斬獲。

但說完全沒有相關線索，卻又不太對，因為網路上的確有人討論過那間國小，討論過那一年發生的事情，字裡行間大多夾著驚恐的情緒，而文章出現的地方也都是一些如「恐怖夜話」、「鄉野奇談」之類的論壇。

只是，當我連入了那篇文章，想要閱讀更詳細的資訊時，卻又讓我失望了。

彷彿被人刻意破壞似的，文章不是已經被移除，就是根本不存在。

「怎麼回事？」我眉頭皺起，對於網路搜尋資訊，我雖然稱不上玩家級，但也靠這項技巧完成了大學不少報告，怎麼會……如此不順？

看起來，是這幾年來，有人非常有耐心的，一項一項破壞掉這些訊息，我不知道是誰？也不知道這樣的推論是否正確？但，我心裡就是有這樣的感覺。

「找不到嗎？」一旁的小裕聽到了我的聲音，轉頭問我。

「不順。」我嘆氣，整個人靠在椅背上，重重喘了一口氣。「好像有看到一些線索，連進去又是一片空白，小雨與阿珠就讀的那所國小，似乎發生過一件慘案，但事隔接近三十年，所有的訊息都已經消失了！」

「有人可以破壞網路上的資料，很難想像哩。」小裕歪著頭。

「我也是這樣覺得，」我嘆氣，「但這幾年網路更迭速度很快，很多大型網站開了又關，關了又開，有很多資料的完整版本，也隨著這些快速替換的網站，消失了吧。」

「這也是有可能啦，畢竟二十幾年啦，嘿，聽完你的壞消息，接下來……就換聽我的壞消息了吧。」小裕砰一聲蓋上了畢業紀念冊。

「妳也是壞消息？」

「是啊。」小裕拍了拍畢業紀念冊，然後露出些許疲倦的微笑。「那就是，我打了所有同學的電話，全部摃龜。」

「全部摃龜？」我睜大眼睛。「妳是開玩笑的吧？」

「沒錯，從一號到四十四號，全部都摃龜，多數是已經搬家，查無此人，少數是家人不願意透露他們的行蹤。」

「不，不對吧。」我抓了抓頭髮，「這是國小欸，多數人都會在故鄉老家念國小，故鄉的老家，怎麼會這麼輕易搬家，或是查無此人？」

「真的是這樣喔。」小裕用力點頭。「這些人在二十年內陸陸續續搬家，根本就像是在大遷徙，不，應該說是大逃亡。」

「逃亡？他們在逃什麼？」

「阿哉。」小裕聳肩，然後用台語回答了我。

「網路找不到，畢業紀念冊的同學也都聯繫不上，那該怎麼辦？怎麼辦呢？」我繼續頂著椅背，眼睛看著天花板，努力思索著，而這時，小裕卻又開口了。

「事實上，每個同學都聯絡不上沒錯，但……」小裕臉上綻放一個笑容，笑容中帶著些許得意。「我還是找到了一個人。」

「所有同學都聯絡不上，那妳怎麼可能找得到一個人？」我皺眉，這女孩是經歷喪姐之痛，變得語無倫次了嗎？

「當然可能，別忘了，還有一個人同樣屬於那個班級，但，他卻不在同學之中喔。」小裕伸出食指，搖了搖。「而且，百分之百確定，他是重量級人物。」

「有一個人也屬於那個班級，但卻不是同學？更是重量級人物？妳是在考我嗎？」忽然，我腦袋靈光一閃，隨即脫口而出。「妳說的該不會是……老師？」

「賓果！」小裕咧嘴笑，兩個小虎牙露出，相當可愛。「我打完了所有同學的電話，都無法聯繫上，於是我打給老師，沒想到，老師還在，她已經退休了，依然住在老家，就在台中市北區。」

「那我們還等什麼？」我起身。

「等你說三個字。」小裕仰頭看著我，露出甜笑。

「走？」

「還差兩個字。」

「我們走？」

「嗯，正確答案。」小裕笑了，「這樣才有一組的感覺嘛，不是嗎？」

「是啊，呵呵。」

說完，當我們開始準備出發之際，我忍不住多看了小裕幾眼，忽然間，我有種感覺，這趟找尋小雨的悲傷之旅，有了小裕這個可愛而聰明的女孩，搞不好也不賴喔。

也許，我天生就喜歡聰明的女生吧，像是小雨，就是我見過最聰明的女生之一。

「就是這裡了！老師的家！」

拿了老師的地址，我與小裕坐了幾站的公車，又步行了十餘分鐘，終於到了當時國小老師的家。

老師的家，屬於台中較為清幽的郊區，是一間有著自己庭院的獨棟民宅，而我和小裕站在庭院木門前，按下了電鈴。

鈴，鈴，鈴，電鈴響起，當電鈴響到第三聲，木門的鎖，咖嗒一聲開了，一個滿頭白髮，表情祥和的老婦人，出現在木門的後方。

「請問……」我正要開口詢問，沒想到對方已經直接回答。

「我就是你們要找的人。」對方語氣簡潔。「我就是那個班級的老師。」

「那……方便問您幾個問題嗎？」

「當然，我們到裡面坐吧。」

「謝謝。」我和小裕互對老師小小鞠躬，然後走進了木門內。

一走入這屋子中，立刻被這屋子獨有的清幽氣氛所感染，神智頓時舒爽起來。

小庭園被整理成一個明亮的小花園，種滿了各種植物，這些植物中沒有爭奇鬥豔的華麗花卉，取而代之的，是高雅的竹子或是其他低調的花朵。

光看這庭院，就可以想像老師退休之後的生活，是如何的平靜，又如何的與世無爭了。

在老師的引領下，我們在乾淨而明亮的客廳坐下，老師則走進廚房，端了兩杯水出來。

沒有飲料，沒有茶，只有平淡的白開水，這一切似乎都說著同一件事，老師退休後的生活，平淡與寧靜，一如白開水。

「問吧，你們要問什麼？」老師看著我，眼睛帶著慈祥與尊嚴，與我印象中的國小老師一模一樣。

「不知道老師知不知道，」我躊躇了一下，決定以年輕醫生的死作為破題，「最近一陣子，電視不斷播放的那個新聞……」

「我很久不看電視了。」老師笑了，「你就直接說吧。」

「喔，對不起，就是有個年輕醫生在地下道猝死……」我往四周看去，對，這間客廳中，沒有電視機的影子，只有一台老舊的收音機，我倒是疏忽了。

「啊，有聽過，怎麼了？」

「那醫生，叫做阿竣，妳對這個名字有印象嗎？」

「嗯。」老師眼睛瞇起，然後輕輕嘆了一口氣，「阿竣嗎？他們班畢業，也超過二十五年了吧？」

「妳記得？」

「每個當老師的，都會記得自己的學生，這是一種職業本能，呵。」老師淺笑，沒有回答是否知道年輕醫生的死，只是繼續回問我。「然後呢？你們想要問什麼？」

「老師，既然您記得阿竣的班級，那我就直接的問了喔。」我吸了一口氣。「當年，妳帶的那個班級，有沒有發生過什麼奇怪的事？讓妳印象深刻的事情？」

「嗯，為什麼會這樣問呢？」老師依然保持著她的溫柔與閒適。

那雙經過歲月歷練，滿是皺紋的雙眼，看不到任何的驚訝與錯亂。

一如剛剛聽到自己曾帶過的國小學生，竟是最近離奇命案的主角之時……她依然不動如山。

與其說是她對眼前的一切冷漠，還不如說，那是一種孤獨。

一種看透世事的孤獨。

我認識的退休老師並不多，但多半都是積極參與登山、跳舞，甚至再組退休老師協會，因為老師退休的年資通常較私人企業來得早，所以他們仍保有一定的活力，但……眼前這個國小老師，卻是如此平靜與孤獨，這是特例嗎？還是別有原因？

「因為，」我和小裕再次互望一眼，這剎那，我發現我實在摸不透這老師的想法，所以，我決定單刀直入了。「我和這女孩，都在找一個女孩。」

「那，你們為什麼要找那女孩呢？」老師語調依然悠緩。

「因為我表姐死了。」這時，小裕忍不住搶了話。「她的名字叫做阿珠。」

「阿珠？」這時，我彷彿看到老師的眼球顫動了一下，隨即又回復了原本的平靜。「她與阿竣同班啊，真不幸，他們還這麼年輕哩。」

就是老師眼球這一顫，我有種強烈的感覺，這老師一定知道些什麼。

她有感覺，只是她太深沉，太平靜，將所有的情感都藏匿在內心深處，為什麼？她是不是經歷過什麼事件，才造成她變成現在的樣子？

「唉，阿珠其實是一個很介意外表的孩子，唉，在我帶他們的那幾年，我一直努力給阿珠很多機會，讓她能找到自己的自信。」老師搖了搖頭。「沒想到，她也走了？」

「嗯，她走了。」小裕說到這，拿起袖子擦了擦眼淚。「表姐走了。」

「真令人難過呢。」老師嘆氣。

這時，我開口了，「老師，那個我們要找的女孩，她曾在阿珠死前，陪伴阿珠數天的時間，替阿珠舒緩了不少死前的痛苦，而那個女孩，曾經是我的伴侶，我與她相戀三年，但她卻在兩年前不告而別，現在，我好不容易得到了她的消息，決定不顧一切來找她！」

此刻，我決定將一切都告訴老師，因為我們需要她的幫忙，我們需要知道老師所知道的真相。

因為，這件事情實在太詭異了，醫生、阿珠與小雨在國小同班，還有那不斷出現的數字，所有詭異的現象一定有一個起頭，而那起頭，我有種強烈的直覺，老師一定知道。

「那個女孩，在阿珠死前陪了她一段時間，感覺是一個很溫柔的孩子，」老師溫和的笑了一下。「她是誰呢？」

「老師，我想，妳也認識。」

「喔，我認識？所以他們同一班？她和阿竣與阿珠同班啊，」老師伸手，輕輕撫摸著眼前杯子的杯緣，彷彿在思索著。「……是小雨嗎？」

「啊。」我與小裕再次互望，這老師的記憶，竟然如此驚人，超過二十五年前的事情，不只記得而已……竟然透過細微的蛛絲馬跡，準確猜出小雨的身分！

「小雨從外表看，是一個不愛講話，很沉默的孩子，其實她很聰明，懂很多事，但卻老是把心事往心裡塞……對了，你剛剛說，你曾經和小雨在一起？三年？」

「是。」我用力點頭。

「三年，不短呢。」老師看著我，那雙慈祥的眼睛中，出現了一種溫柔的光彩。「那她一定很喜歡你吧。」

「我不知道，但是她不告而別……」

「小雨這女孩，如果不是真的喜歡，不會和一個男生在一起三年的。」老師溫柔的笑著，同時伸手拍了拍我的手背。「她很喜歡你，你千萬不要懷疑這件事，只是，她又突然離開你？」

「是。」

「那她一定有苦衷。」老師輕嘆了一口氣，「也許，只是想要保護你吧。」

「保護？我不知道，但，老師，我必須把她找出來，」在老師溫柔的安慰中，我語氣激動起來，「不只是因為她不告而別，而是，而是……」

「而是什麼？」

「她只剩下貳了。」我語氣哽咽，發現自己在老師面前，竟然真的如同一個穿著國小制服的孩子，就算外表再剛硬，但只要一聽到老師溫柔的聲音，馬上就會毫無克制的說出一切。「只剩下貳了啊。」

「剩貳？」

「老師，那是一個很可怕的東西，會不斷倒數，」我激動的說著。「一旦到零，就會——」

「嗯，別急，別急……」忽然，老師伸出手，阻止了我說話，然後臉上綻放一個慈祥的笑，慢慢的，慢慢的把自己的左手衣袖拉起來。

然後，這一剎那，我獃住了。

連小裕都震驚到無法說話。

因為，我們真真切切的，在老師的左手手臂上，再次看到了那個東西。

暗紅色，如血液乾掉的顏色，一個圓圈，裡面一個箭頭，然後圓圈裡面，還有一個數字。

數字，是壹。

那是距離死亡，只剩下一步之遙的壹。

「你說的貳，是這東西嗎？」老師溫柔的微笑。

「老師，老師，妳也有？」我聽到自己的聲音乾啞，「妳……也……有……這數字？」

「是啊，它的名字，叫做『陰咒』，原來你們兩個都看得到啊？果然是緣分。」

「我們都看得到？」我和小裕互望一眼。

「事實上，這陰咒要有一些通靈能力的人才能見到。」老師淡然一笑，然後把衣袖再次拉上，「不過，這並不是最近才有的，它在十年內第一次出現，後來陸陸續續的增加，而我認為，我就是第一個中陰咒的人，因為這陰咒在我手上，已經十年了。」

「那……」這一秒鐘，我和小裕實在太震驚了，完全不知道自己該如何問起。

「你們不用多問，」老師拿起杯子，又喝了一口溫水，語氣溫柔。「接下來，就換我說了吧。」

「啊？」

「畢竟，」老師笑起來，眼睛瞇起，真的好慈祥。「你們一個是阿珠的表妹，而另一個……可是小雨想要保護的男生呢，你們可以聽這個故事，也許會讓你們明白，你們的摯愛，正在面對著多麼可怕而沉重的事情。」

你們的摯愛，正在面對多麼可怕而沉重的事情。

接下來，老師開始講起了她的記憶，那是一段悲傷的故事。

時間，一口氣推回二十五年前，那是一個天空很明亮的秋天，時間逼近下課，老師正在教室中四處走動，看著學生的作品。

忽然，她聽到了窗外一片混亂的尖叫聲，尖叫聲中夾雜著驚恐，害怕，還有紛亂的腳步聲。

於是，老師打開窗戶一看。

她看見了那個人，那是一個男人，渾身散發著變態的殺氣，一手拿著專門剁骨的大刀，上面還沾著不知道是什麼動物的血，一手則提著白色的桶子，桶子內黃色的液體晃動，一看就知道是會毀人面容的可怕溶液。

轉眼間，男人已經衝入了某間教室內，而教室內的學生發出慘叫，不斷從小小的門內湧出，有人跌倒了，有人哭叫，有人歇斯底里的大喊。

「有變態瘋子！」老師第一個反應，是立刻叫所有學生快跑，「所有人快點離開這裡！依序離開，不要推擠，一離開教室的門，就開始用跑的，跑到校門口去！我們在那裡點名！」

而訓導處則用最快速度撥了電話給警察，請警察過來支援。

只是情況極度混亂，因為變態不斷發出古怪的笑聲，不斷追逐學生，所以到處都是學生在哭喊，在奔跑，在尖叫。

而這老師跟隨著這片混亂，盡其所能的將學生們疏導到校門口，因為一出校門口，就有許多商家，情況會安全得多。

混亂，大概持續了五分鐘，就平靜了下來。

大混亂之後，校門口站了黑壓壓一大片學生，學生群中還不時傳出啜泣的聲音。

然後，各班級紛紛開始點名，當老師清點自己的學生，忽然，她感到一陣強烈的寒意，背上的雞皮疙瘩，甚至因為這份寒意，一顆顆浮了起來。

有少。

有少學生，少了一，二，三，四，五個學生。

「少了誰？」老師聽到腦袋中發出轟然一聲巨響，「是他們五個！阿竣，陳薇，美倫，阿茂，還有印雪！他們五個平常感情最好，都沒有出來！」

「不行！身為老師，怎麼可以放他們不管！」老師用力吸了一口氣，強行壓下她看到那變態時產生的驚恐，她轉過身子，就要朝教室方向奔去。「我要回教室帶他們出來！」

但也在這時，一旁的同事急拉住她，「不要衝動，那些學生也許不在教室啊，可能也逃出來了，只是混在別的班級裡面。」

「我……」老師感到驚慌，「可是，可是，可是……」

「妳身為該班的導師，妳該負責的是妳整個班級，而不是其中幾個學生……」另外一個同事也過來阻止老師。「而且，警察就快來了，沒事的，那些小朋友又不是笨蛋，一定會找地方躲的。」

「可是，可是，」老師看著遠方的教室，內心焦急之外，更感受到時間正在一分一秒的過去，那個變態瘋子會找到那五個孩子嗎？那五個孩子真的還在教室嗎？

「別可是了，妳就算進去又能怎麼樣？妳以為妳能阻止那變態嗎？」又一個同事拉住老師的手，已經有三個同事在阻止老師了。「搞不好最後死掉的是妳！妳想清楚！」

想清楚，想清楚，想清楚，在同事你一言我一語下，老師看著教室方向，她熱血衝動的腳，就這樣不知不覺慢慢的退了回來。

她有家人，她有丈夫，她不過是領一份薪水來這裡工作，沒錯，照顧學生是她的責任，但那是指一般情形吧？現在可是非常狀況啊！

她，也許該等一下，小孩們會躲好，裡面的美倫很乖，她平常就會聽我的話，遇到危險會躲好，躲到警察來救，她很聰明，一定會帶著其他的同學，沒事的。

警察快到了，你們千萬不要輕舉妄動，那變態沒有那麼聰明，他也許會靠近你們，但未必會發現你們！

最後，就在反覆的遲疑之下，老師的腳終究沒有跨出去，她只是瞪著教室的方向，雙手用力緊握，不斷的緊握，握到指節泛白，握到幾乎沒有任何的血色。

終於，十分鐘後，警察到了。

荷槍實彈的警察，聽到消息之後，踏著快速憤怒的步伐來到學校，而老師則帶領著警察，往自己教室的方向狂奔。

狂奔時，她懷疑自己耳朵產生了錯覺，因為她不斷聽到「嗶嗶嗶，嗶嗶嗶嗶」計時器響起來的聲音。

她祈禱，她用盡全力祈禱，變態不要找到那五個孩子，一個都不要找到，這是她一輩子以來最清楚的願望……但，當她來到了教室門口。

她手鬆了，一直緊握到幾乎麻痹的手，鬆了。

因為她看到了變態正坐在地上的背影，手上的刀子不斷的往下揮著，而在變態的屁股下，正壓著一雙穿著紅鞋的小腳。

那雙紅鞋，老師記得，因為那是紅鞋主人的爸爸送她的，要替紅鞋主人慶祝九歲生日送給女兒的禮物。

那紅鞋，隨著變態每次揮刀，都顫動一下。

那紅鞋主人很喜歡老師，所以常穿著紅鞋來學校，她總是在老師耳邊，輕輕說：「老師，我的紅鞋很漂亮吧?因為我很喜歡妳，所以常穿給妳看喔。」

變態繼續揮刀，紅鞋繼續顫動。

「啊啊啊啊啊啊啊啊!」老師發出尖叫，她眼眶滿是淚水，也不顧自己手無寸鐵，朝著那個變態直衝過去。

但，老師尚未奔到變態身邊，她突然感到一聲槍響，咻的一聲，擦過她的耳畔。

然後眼前的變態身體突然一僵，右手肩膀一沉，隨即，那變態轉頭，猙獰可怕的臉上，濺滿了鮮紅的血。

「老師！低頭！」背後一個警察聲音傳來，而老師基於本能，頭一低。

接著，她又聽到了第二聲槍響，輕巧，精準的，擦過她頭頂的髮絲。

槍聲響，子彈過，變態身體往後一彈，這次射中的，是變態的手臂，因為刀鏗鏘一下，落地了。

刀一落地，那警察的聲音再次傳來，「老師，讓開，讓我老莫來！」

「嗯。」但，老師的腳步卻沒有停，她依然往前衝，直到那個叫做老莫的年輕警察，快一步繞過老師，然後，朝著那變態的臉，就是一拳。

變態吃拳，仰頭一倒，老莫一個旋身，施展了警察教育訓練出來的搏擊術，將變態的手往背後一扭，然後腳再一踩，頓時將變態壓制。

老莫剛壓制了變態，其他的警察也一湧而上，將變態徹底制伏，這片混亂中，那個叫做老莫的警察，又趁機痛擊了變態好幾拳，嘴裡還唸著，「該死，你殺小孩！該死！我要替我女兒報仇，揍死你們這種人渣！」

而老師呢？她只是愣愣的看著地上紅鞋的主人。

然後，老師的身邊，其他四個小朋友一個一個從躲藏的地點現身，聚集起來。

跑得最快，成績老是名列前茅的阿竣，古靈精怪總是讓人無法摸透的陳薇，身材高䠷活潑外向的印雪，還有仍躲在掃除工具櫃內發抖的阿茂。

他們聚在老師身邊，有的啜泣，有的安靜，有的全身發抖。

而老師只是跪下，然後伸出手，慢慢的把美倫的眼睛，闔上。

她內疚，痛苦，掙扎，悔恨，但這些情緒無論再怎麼巨大，都已經無濟於事，她只能慢慢的脫下美倫的紅鞋子，然後開始痛哭，無法抑制的痛哭起來。

只是，在她痛哭之際，腦袋卻閃過一個疑問。

剛剛不斷聽到的嗶嗶嗶聲，透露著詭異氣氛的計時器嗶嗶嗶聲，從什麼時候，停了？

是從什麼時候停住的？老師發現自己怎麼都想不起來。

聽完了老師講述二十五年前的變態殺人事件，我與小裕連續數分鐘，都說不出話來。

因為老師描述的場景實在太逼真，太驚人，更可以說，也許這二十五年，這場景不斷在老師的記憶中反覆翻騰，所以就算過了這麼長的時間，在老師口中說來，依然歷歷在目。

這也許就可以解釋，為什麼老師會變得如此對世事冷漠。

因為嚐過世間極限的痛，所以才會對其他的事物，從此失去了感覺。

「那，老師，」我吞了一下口水，「妳後來……」

「後來，警察有來簡單調查一下整件事的始末，但因為兇手就是一個變態瘋子，對象又是國小學生，所以整件事基本上也沒有什麼蓄意殺人的疑慮，就這樣結案了。」老師嘆氣。「倒是那個叫做老莫的警察，後來有特地來找我。」

「老莫？」我記得老師故事中，第一個出手制伏變態的威猛刑警，就是老莫。

「是的。」老師點頭，「他也沒說什麼，他只是說有疑點想和我確認一下，但他也強調這些疑點其實根本稱不上疑點，只是單純問一下而已。」

「哪些疑點？」

「那就是，為什麼死者是美倫。」老師嘆了一口氣，那平靜而溫柔的雙眸，此刻起了一陣一陣的波瀾。「她很乖，應該是會躲得很好的學生，但，有時候只是運氣，五個小孩中，變態就是挑上了她，這也沒辦法，但，那個老莫刑警又提起了另外一件事。」

「嗯。」

「那就是古怪的嗶嗶聲。」老師歪著頭，「事實上，這也是我感到很奇怪的地方，我當時帶著警察衝入班級時，也聽到了嗶嗶聲，像是電子錶鬧鐘的聲音，但最後制伏變態的時候，嗶嗶聲卻不見了。」

「嗯。」我和小裕互看了一眼。

「但是，老莫警察又說，這可能是一件無關緊要的事情，但基於一個警察的直覺，這嗶嗶聲不太對勁，所以他想問我，有沒有什麼線索？」老師說，「我說沒有，並且對他說，這是一個悲劇，不該再繼續追查下去，老莫也默認，之後就走了。」

「是啊，這就是一個悲劇……」我閉上眼，回想變態殺人魔整個殺人過程，內心不只戰慄，更充滿了悲傷。

五個活潑可愛的小朋友，在班上感情極好，形影不離，卻一起遭遇了這場致命的災難，其中一個孩子還因此喪命。

那肯定是一輩子無法磨滅的陰影吧。

「整件事就是這樣。」老師又喝了一口溫水，「小雨當時的確也在我們班上，她算是很特別的孩子，沒有特定的朋友，喜歡與教室後方的狗玩，如果她也中了陰咒，我真心希望她能得救，更希望我的這個故事可以幫到她。」

「老師，」整個話題延續到這邊，已經過了一個多小時，我繼續問，「不好意思，謝謝妳告訴我們這段悲傷的故事，但我們仍有幾個疑問想要問妳，這可能才是拯救小雨的關鍵。」

「說吧。」老師淡然一笑。

「您說，陰咒是這十年開始出現的。」我抬起頭，目光直視著老師，老師的雙眼迎接著我銳利的目光，卻依然溫柔平靜。「那這陰咒，到底是怎麼來的？」

「呵呵。」老師笑著搖了搖頭。「問得這麼犀利啊，孩子，這樣不怕小雨討厭你嗎？」

「呃。」

「呵呵，我出現陰咒的時間是十年前，那是一個下著大雨的夜晚，」老師說到這，輕輕的深呼吸了一口。「那個男孩子，突然來找我。」

那個男孩子，突然來找我。

忽然間，我感到心臟一跳，全身又被冰冷且猛烈的電所貫穿。

一種熟悉的冰冷感瞬間湧上，那與我看到畢業紀念冊的感覺，一模一樣！

那男孩子，絕對就是整個陰咒的核心謎團之一，只是，為何我會出現這種感覺？那男孩子，到底與我有什麼關係？

到底，有什麼關係呢？

第六章

在與小雨相處的三年裡，她總是優雅而溫柔，彷彿一個能包容一切的母親，她參與我大部分的朋友聚會，多數時間安靜聆聽，偶爾說上一兩句話，總能讓朋友們留下深刻的印象。

而且每次帶小雨和朋友見面後，朋友們總會私底下用手肘頂一頂我，帶著些許羨慕的語氣虧我說：「好正喔，你哪撿到的美女啊？」

「咖啡館。」

「咦？你搭訕？」

「是啊。」

「真是喔。」朋友們總是滿臉驚訝，「原來搭訕會搭出這樣的氣質美女？你也太狗屎運了吧！」

但，除了在外人面前端莊能幹的模樣外，其實小雨仍有調皮可愛的一面，那是只有我才能見到的一部分，當我們兩人獨處時，她會大笑，而且當我伸手擁抱她時，她會回報我，我可以感覺到她纖細雙臂的力道，那是全心全意的擁抱。

所以我「曾經」確信，我們是相愛的，我們一定會走到最後的。

不過在三年內，倒有一次事件讓我印象深刻。

那一次，我和小雨正好在路邊散步，每個晚上，當我們吃飽飯，若無事，總會手牽手走上半小時，一邊幫助消化，一邊天南地北，沒有電視沒有家務干擾的情況下，隨意的聊天，那是我記憶中最美的時光之一。

而某次散步聊天，卻發生了一件插曲。

那時，我正和小雨在馬路上散步，忽然，眼前的人砰的一聲，撞了我的肩膀一下。

「嘿。」我正要出聲抗議，才發現對方雖然身穿西裝，但襯衫衣襬卻露在褲子外，走路東倒西歪，還帶著濃濃酒氣。

看到對方的樣子，我就不再多說了，因為我知道，和一個酒醉的人抗議，是沒有用的。

但隨即我又感到訝異，因為那個酒醉的男子，正牽著一個約莫七八歲的小男孩，搖搖晃晃的走著。

而當我回頭瞪那名醉漢時，我發現那個小男孩也同時看向我，那雙無辜且無奈的眼睛，與我的眼神瞬間交會。

而就在這一眼神交會，讓我的腳步遲疑了。

就在我遲疑之時，酒醉男子已經帶著那小男孩，繼續往前，眼看就要消失在人群中。

這時，我聽到一旁的小雨，溫柔的問。

「怎麼了嗎？」

「沒，那個醉漢……」我抓了抓頭髮，「不知道要帶那個小男孩去哪？那男孩有點可憐。」

「喔。」小雨眼睛瞇了一下，也順著我的目光往回看，思考了幾秒以後，她才開口，「是啊，只是……是誰帶著誰，好像弄反了。」

「什麼意思？誰帶誰，弄反了？」

「沒事。」小雨轉過身子，正要往前走去，忽然，她啊的一聲，蹲下身子，伸手往地下一撈。

「剛剛那個醉漢掉了一個東西。」

「咦？有嗎？」我的精神仍貫注在那奇怪的醉漢與小男孩身上，沒多留意。「是我剛剛和醉漢相撞時，他掉下來的嗎？」

「我拿去還他。」小雨說完，纖手輕輕滑出我的掌心，然後小跑步，追著醉漢而去。

「我來拿吧。」我在後面喊著。

「不用，還個東西而已。」小雨一邊小跑步，一邊回頭對我微笑，那是一個可愛而美麗的笑容。

然後，我看見小雨跑到了醉漢面前，蹲下身子，和小男孩講了幾句話，但小孩卻搖了搖頭。

小雨又繼續說了些話，小孩同樣搖頭。

但，當小雨伸出手，摸了摸小孩的頭，又附在小男孩耳邊說了幾句話之後……那小男孩的身影，似乎遲疑了，終於，他點頭了。

只見小雨露出一個讚賞的微笑，站起身子，朝我的方向走來。

「妳到底還了什麼東西給醉漢，我怎麼看不太清楚？」看見小雨走來，我忍不住問。

「小東西而已。」小雨微笑，伸出手，握住了我的手，同樣纖細的手掌，掌心溫度似乎比剛才冰涼了幾分。「走了，我們剛剛聊到哪了？你剛說美國也有人用鞋子丟總統？」

「是啊。」只是，當我再次回頭看向醉漢時，卻發現醉漢已經不堪酒意而倒地，周圍是圍觀而來的人群，還有人拿起手機，似乎正在報警。

「走啦，別看啦，那男人醉成這樣，大概是因為工作不順吧，我想他本來是一個疼愛女兒的好爸爸，只是暫時失志而已。」小雨拉了拉我的手，催促我向前。

「呵，妳又怎麼知道他是一個好爸爸？而且除了兒子之外，還有一個女兒？」我笑。

「嗯，」小雨沒有立刻回答這個話題，只是臉上浮現一抹淺笑，忽然間讓我時空錯亂，彷彿又回到第一次在咖啡館時，看見她一個人喝咖啡時，那沉靜而神祕的模樣。「他啊，應該只有『一個』女兒。」

一個女兒？我有些不懂小雨的意思，忍不住再次回頭，圍著那醉漢的人群中，竟然不見那名小男孩，是被大人擋住了？還是跑去一旁吃糖了？又或者是……

「嗯，你還記得，有次洗澡時，你看到我脫下護腕那件事嗎？」這時，小雨忽然提起了那件往事。

「嗯，有啊。」

「上面真的佈滿了外星人的毛嗎？」

「哈哈，才不是，」我笑了，雖然不懂她為何再次提起這個奇怪的梗。「其實是……一條龍的刺青，妳是黑道吧！」

「騙人。」小雨伸手捏了我的手臂，「不認真說就算了。哼。」

「哈哈。」

然後，小雨忽然抬起頭，對著當時皎潔的明月，用力的吸了一大口氣，接著，我們就終止了這個話題，繼續討論歷史上拿鞋子丟總統的事件。

我記得，這是距離小雨不告而別之前，約莫一年的事情。

只是，這件事還有一個小小的後續。

在小雨離開我之後的四個月，某天，我在餐廳又再次見到了那名醉漢。

只是這一次，醉漢沒有醉，他穿著輕便的POLO衫，神情輕鬆而清醒，手裡牽著一個小孩，並細心且溫柔的替那小孩張羅點餐。

只是，有些奇怪，這次的小孩是個女生，與我印象中的小男孩似乎不太一樣。

也許是因為我一直看著那醉漢，引來醉漢的注意，他與我四目相對之後，對我禮貌性的點了點頭。

「你女兒很可愛。」我簡單的與他寒暄。

「謝謝。」

「看你的樣子，就知道你是好爸爸，把女兒照顧得很好。」

「呵呵，有點寵她啦。」那醉漢抓了抓頭髮，害羞的笑。「不過，我就一個小孩而已，難免比較寵啦。」

「嗯，你，只有『一個』小孩？」我看著那醉漢爸爸，忽然，那晚的一切湧上了心頭……

『這爸爸，只有一個女兒。』

『是誰帶誰，好像說反了？』

忽然，我感到背脊微涼，所以當時我看到的男孩……是打算牽著這醉漢去哪裡？

以及，在當時小雨就已經發現，我其實……看得到「那個小男孩」了！

時間，回到了現在，我和小裕正在老師的家，聆聽著關於「陰咒」的起因與過往，剛聽完了老師講述二十五年前，那變態狂入侵校園，殺死小學生的慘絕人寰事件。

而接下來老師要講的，則是「神祕男孩子」在那個下大雨的夜，突然來拜訪老師的回憶。

只是回憶說到這，老師說她需要去一下洗手間，於是，我和小裕兩人便獨自在客廳內，等待故事的延續。

這時，小裕起身，在客廳繞來繞去，東看西看，老師的客廳極度簡樸，除了一張沙發和茶几外，只有一台舊式的CD音響，連電視都沒有，可以想像她退休的這幾年，心念簡單，離群索居，只專心照顧花草。

「哥，我覺得這老師很厲害。」小裕邊繞著客廳，邊說。

「怎說？」

「按照她的說法，她中陰咒已經十年，但她竟然還活著。」小裕嘆了一口氣，「我表姐只撐了不到半年，就發作了。」

「是啊，她應該是陰咒的第一批，卻能撐十年，陰咒到底有什麼祕密？為什麼有人能活十年，有人卻撐不過半年？」我沉吟，「這陰咒到底是怎麼來的？以及怎麼傳染的？倒數又是怎麼計算的？我們一定要搞懂這些事，才能救小雨。」

「沒錯，還要替阿珠姐姐報仇！」小裕走著走著，像是又想起了什麼事般，轉過頭。「哥，我還發現一件事。」

「什麼事？」

「老師沒結婚啊。」小裕歪著頭，「不然怎麼一個人生活？」

「我不覺得欸。」我搖頭。

「怎麼說？」

「按照邏輯推論，妳如果沒結婚，或不打算結婚，會買這樣的房子嗎？」我環顧四周，「這可是獨棟的房子，三層樓，再加上一張雙人沙發，如果老師她個性簡樸，更不可能沒事買一間大房子來讓自己整理，所以我認為，她應該結過婚。」

「也是，不過沒看到她戴戒指。」小裕歪著頭，「不知道師丈怎麼了？過世了嗎？」

「這就是他人隱私了。」我聳肩。「但我的直覺告訴我，老師和師丈的感情，應該不錯才對。」

「呵呵，感情不錯？」這時，小裕忽然話題一轉，「哥，其實啊，我好羨慕你和小雨姐姐喔。」

「咦？」

「雖然你們兩人現在分隔兩地，但是，你不遠千里，放棄一切來找小雨姐姐，而小雨姐姐也是，我表姐過世那晚，當她感到心力交瘁的時候，也是盯著你的手機號碼一直看，我想，她一定在忍耐不要打電話給你訴苦吧。」

「有嗎？」我苦笑。

只是，如果我們真是如小裕所言的彼此牽掛，小雨又何必不告而別？妳究竟在顧忌什麼？妳又想保護我什麼呢？

「呵，阿珠姐姐就沒有這樣的命。」小裕嘟起嘴，「還有我也是，那些老是在嘴裡，或是網路上說喜歡我的人，也沒有一個像哥這樣可靠的，真討厭。」

「哪裡討厭，妳年紀還輕，長得又不差，妳是在擔心什麼？」我雙手放在後腦勺，靠在老師家的沙發椅上。

「長得不差？」小裕聽到這，回過頭，甜甜一笑，「哥，你真的這樣覺得？」

「嗯，還算可以。」我看著小裕的甜笑，燦爛而甜蜜，宛如濃到化不開的蜂蜜，令人心臟怦然加速。

「但和小雨姐姐比，還是差一些吧？」

「呵呵，這就有點個人喜好了。」我深吸了一口氣，急忙收斂心神。「在我心中，應該沒人能取代小雨吧。」

「我就知道。」小裕嘴巴再次嘟起，這樣可愛的表情實在很有殺傷力，如果被我公司那些年輕工程師看到，包準有人馬上成立一個『小裕後援會』，不只宣示效忠，還會印T恤和製作旗幟，從此為小裕赴湯蹈火，至死不渝吧！

「別擔心啦，妳以後一定會碰到很愛妳的男生。」

「最好是。」小裕對我扮了一個鬼臉，就在這時候，老師走了進來，她對我們展現一個歉意的笑容。

「抱歉，讓兩位久等了。」老師對我們露出溫和的笑。「接下來的故事其實並不長，這一切要從……那個下雨的夜晚說起，那個男孩子來了。」

聽到這裡，我不禁屏氣凝神，因為從此刻開始，我們即將一步步踏入，陰咒之謎的核心！

那個男孩子，那個帶來陰咒的男孩！

十年前的那晚，夜晚九點，向來晴朗的台中罕見的下起了大雨，老師家的門鈴響起，鈴……鈴……鈴……聲音不疾不徐，悠長而緩慢。

在這讓人煩躁的大雨夜裡，這樣的節奏，透露著一絲古怪。

老師聽到門鈴，穿上外套，拿著雨傘，穿過小花園，在木門的縫隙中，看到了那個男孩。

一個撐著傘的男孩子，只是他的臉被傘的陰影遮去了大半，直挺挺的站在木門外，大雨中。

「你是？」老師問，因為她並不認識這男孩。

「老師。」男孩的臉，被罩在傘的陰影之下，透露著一股不屬於這個世界的詭異氣氛。

「我，可以問妳一個問題嗎？」

「老師？所以你是我的學生嗎？」老師把臉靠得離門再近一點，她對自己記憶學生的能力有信心，但她卻完全無法從這男孩的五官中，找到可以相符合的五官，這男孩是誰？為何他稱自己為老師呢？

但，令老師感到古怪的是，一股內心更深層的直覺，卻告訴老師不是這麼一回事！

其實，老師應該認得他，應該。

既熟悉又陌生，古怪的不協調感，著實讓老師內心深處，感到不安，極度的不安。

「外面雨大，要不要進來坐？」老師想要知道，這男生的口齒、談吐、氣息，為什麼讓她如此不安？

「老師，我只要問一個問題。」男孩的五官在傘的陰影下，如殭屍般冰冷。

「說吧。」老師吸了一口氣，她看著那男孩，那不安的感覺，宛如冰冷的蛇，不斷沿著老師的背脊蜿蜒往上。

「老師。」這剎那，那男孩聲音瞬間轉高，竟然宛如女童。「計時器是妳放的嗎？」

計時器是妳放的嗎？

「什麼？」這一剎那，老師獃住了。

計時器，什麼計時器？她記憶中，何時出現過計時器？聽不懂？

但真的不懂嗎？老師這一剎那，好像想到了什麼？關於計時器的記憶……

「老師，計時器是妳放的嗎？」那男孩又問了一次。

「我，我不知道。」老師發現自己正在發抖。「什麼計時器！你是誰？你到底是誰？」

「老師，如果不是妳。」傘陰影中男孩的嘴角，慢慢升起一個笑容，聲音又變高了，宛如女童。「那是誰？」

如果不是妳，那是誰？

「什麼我？我聽不懂你的意思，你到底在指什麼？」老師聲音顫抖，她發現，從這男孩古怪的女音，竟然找到了一塊符合的記憶拼圖。

老師不認得這男孩，但卻認得女童的聲音。

「老師，不找到，我就沒辦法瞑目啊，咯咯……」那男孩慢慢的後退，表情陰森。「下面好冷好冷喔。」

「什麼下面？你是誰？你到底是誰！」老師聲音已經接近尖叫。

「妳不知道沒關係，不承認也沒關係，但我知道那是惡意，放計時器的人，一定充滿了惡意！老師，陰咒，就從妳開始好了。」

「惡意？陰咒？」聽完，老師渾身一顫，一股強烈冷意貫穿了她的身體，傘也隨之落地。

「老師，掰掰。」說完，男孩伸出手，做出了如小孩般的揮手姿勢，理應很可愛的動作，但在這男孩手上，卻透露著讓人膽寒的不協調。「我們，去找下一個人了。」

我們，去找下一個人了。

「你！」老師大叫。「你到底是誰！」

但那男生已經消失在大雨中，只剩下老師跪在門邊，全身溼淋淋的發著抖。

因為那塊記憶拼圖，終於在那個不協調的「老師掰掰」中，呈現了它的完整原貌。

紅鞋子。

那聲音的主人，就是當年那個染血鞋子的主人。

那聲音，就是老師記憶中後悔與恐懼的源頭，那雙躺在地上，不斷抽動的，染血紅鞋子。

「後來呢？」

時間，回到了現在，我忍不住追問。

「後來？第二天後……」老師再次拉起了自己的左手手臂，「我手上就出現了這個東西，陰咒。」

「陰咒，就是從那一晚開始的嗎？」我和小裕再次交換了眼神。

那個聲音宛如女童，渾身散發陰界氣息的男子，就是這十年來陰咒的源頭？

「一開始的數字是柒，然後會慢慢的減少。」老師表情溫和，「十年了，它終於減到了最後一個數字。」

「老師，妳知道它減到壹之後，會怎麼樣嗎？」小裕看著老師，小小聲的問。「我表姐……」

「我當然知道，」老師微微一笑，那笑容，是參透一切的無奈。「會死，而且死狀好像挺慘的，是嗎？」

「老師，妳知道……」

「當然知道，就我所知，當年那一班，至少已經十四個孩子過世了。」老師閉上眼，語氣是憂傷與心疼。「而且，這還只是我知道的……」

「啊，已經十四個！」我和小裕同時失聲喊出。

「難怪，我都找不到學生……」這時，小裕才低聲說。「因為大家都……」

「得了這樣的怪咒，怪咒又會在同學間流傳，就算是倖存者，也不會願意被人找到吧。」老師一笑。「小女孩，妳叫做小裕嗎？小裕，妳找不到其他的同學，也是人之常情啊。」

「那老師，妳，妳為什麼還願意讓我們找到？」

「因為，我希望能把自己知道的部分傳遞下去，因為只有知道事情的原貌，才有可能解決陰咒。」老師語氣溫和。「不是嗎？」

「老師，所以妳是……故意讓人找到的？」我看著老師，忽然一陣激動，這老師好了不起！其他人不是躲起來，就是刻意迴避這痛苦的詛咒，卻只有老師決定坦然面對，只因為她希望陰咒可以終止。

她也許曾經因為沒有衝入教室而內疚，這一內疚長達了二十五年，但此刻的她，正以無與倫比的大愛，試圖拯救她曾經教導過的孩子。

所以她不會切斷與過去的聯繫，她就在這裡，等待每一個嘗試想要破解陰咒的人，然後將自己知道的一切說出來，就這樣過了十年……

而在等待的過程中，她的陰咒數字，也終於到了最後一個，壹。

「老師，」我再次發問了。「如果那個男孩是陰咒的源頭，那陰咒的規則到底是什麼？」

「規則嗎？呵，你是想知道這陰咒，究竟是怎麼倒數的嗎？」

「是。」

「陰咒的倒數規則，其實和……」老師看著自己的左手手臂，上頭的暗紅色陰咒透著詭異的光芒，彷彿正在偷聽我們說話。「和『惡意』有關。」

「惡意？」

「人活在世界上，就算是善人，內心也會不小心出現惡意。」老師閉上眼，悠悠的說。「只要內心出現一次惡意，倒數就會減一。」

「惡意……」我感到背脊發涼，「比如說？」

「比如說，你走在路上突然下起了大雨，路邊的便利商店外，插著別人的傘，你有沒有動過念頭想要順手牽羊？比如說，職場上的同事，明明比你資淺，卻比你得到更好的升遷機會，你會不會想故意說他幾句壞話？比如說，你開車在馬路上，會不會只為了自己方便，亂按喇叭，逼前面的車讓路？」

「啊。」我聽得是膽戰心驚，這樣的惡意，人每個月不知道要出現幾次，如果一個惡意，就是一個數字。

如果是我，肯定一定不用幾個月，就把柒個數字全部用完了。

「這就是惡意，」老師淡淡的笑著，「我曾想過，那個為了找計時器的男孩，為何要用這樣的方式倒數?這也許和他一直在找的『計時器』相關，畢竟，陰咒的倒數，也像是一種計時器，不是嗎？」

「陰咒，就像是計時器……」

「這些年，我偶爾會想，二十五年前我衝進命案現場時，耳中隱約聽到的嗶嗶嗶聲，是不是就是那個計時器?而那計時器與美倫的死，又有什麼關連？」

「老師……」

「當年，我想不通，那個叫做老莫的警察也想不通，」老師淡淡苦笑，「但我們兩個都有相同的預感，要破解陰咒，計時器一定是關鍵。只是，除了那五個小孩，不，現在可能只剩下三個了，沒人知道當時教室內發生了什麼事……」

「老師，撇開計時器不說，我好想說，」這時，小裕開口了，「其實您真的好厲害，超厲害的！」

「嗯?厲害？」

「如果一個惡意就是一個數字，您竟然撐了十年？」小裕聲音雖輕，卻無比懇切。「換句話說，這十年來，您只出現六次惡意？」

「哈哈，我作弊啊，因為這幾年，我就種種花草，少與人接觸，惡意自然就少了。」老師開朗的笑了，「只有學生或你們找我，我才會開門，也許就是這樣，讓我多活了幾歲吧。」

看著老師開朗而慈祥的笑，我內心感到微微不忍，她雖然撐了十年，但數字畢竟只剩下壹了。

從此刻開始，任何一個不經意的惡意，都會讓她當場喪命，而就在這樣的情況下，她竟然還是接了小裕的電話，竟然還是讓我們兩個陌生人進到屋子內，竟然還是繼續說著那段故事。

我們現在能做的事情，就是快點找到破解陰咒的方法，因為這樣不但能救小雨，更能救老師。

「老師，我還有問題，」我問。「陰咒的起源是那個男孩，倒數的方式是惡意，那老師，我們到底有沒有辦法阻止陰咒？」

「阻止陰咒？」老師看著自己的左手，表情溫柔中帶著淡淡憂傷。「這十年來，我常想這個問題，任何的毒咒會生成，一定會有方法化解，可惜的是，我至今仍未找到，我期待你們這些發現陰咒的人，會有一組人，能夠找出解決陰咒的辦法。」

「嗯。」

「所以，」老師看著我們，忽然，她頭一低，對我們彎腰鞠躬。「請你們幫忙！這點，身為老師的我，想請你們幫忙！」

「老師……」我和小裕同時伸手，試圖阻止老師的彎腰。

「身為老師，這數十年來，帶過超過兩千名學生，但我必須承認，小雨這個孩子，是我帶過，最特別的孩子之一。」老師抬起頭，此刻語氣中除了慈祥，更有著無比的堅定。

「小雨……」我和小裕再次互望，小雨的特別？老師指的是小雨身上帶著的靈氣嗎？

「連她都深陷這場恐怖詛咒中，不知道是好或是壞？但我知道她一定不會放棄，也只有她才有機會進入陰咒的核心，解決陰咒這個綿延十年的詛咒，但我也擔心……」老師嘆氣。「擔心她孤掌難鳴，最後會功虧一簣，幸好，你們出現了……」

「嗯……」

「孩子，」老師的眼神看向了我，那是一雙雖然經歷了無數歲月歷練，但卻依然清澈無比的眼睛，「小雨是一個內向而堅強的女孩，她會為了別人而戰，但，她最需要的，也是一個願意為她而戰的人，你曾與她共處三年，你的出現，絕對是一個解決陰咒的關鍵。」

「老師……」

「我猜，那個可怕的男孩現在一定還在找計時器，所以他透過各種手段尋找當年可能放置計時器的同學，而那些人無論知不知道計時器，都會被他種下陰咒，我中了，小雨中了，那十幾個過世的孩子也中了，也許有更多的孩子也中了……」老師說到這，已經沒有剛開始的冷漠，取而代之的，是熱淚盈眶的激動。

「……」

「是，而我如果沒猜錯，當所有人都在躲的時候，有一個人為了保護其他人，會選擇相反的方向，她在追那個男孩！」老師看著我們，「那個人，就是小雨！」

「小雨……她在追那個男孩？」我用力吸了一口氣。

陰咒倒數如此恐怖的詛咒，十年來，每個人都消極的逃避，但小雨卻選擇了開始尋找那男孩，她不只為了自己，更是為了曾經一起在同一個屋簷下六年的同學。

這就是小雨離開我的原因？是嗎？

「沒錯，你一定要找到小雨，」老師認真的看著我的雙眼，而我從她的眼睛中，找到了信任的力量。「然後一起解決陰咒。」

「好。」我用力吸了一口氣，「那老師，妳知道小雨可能會去找誰嗎？」

「我不知道，但若真要猜，應該那五個人中的其中一個。」老師沉吟。

「那五個躲在儲物櫃的同學？」

「沒錯，那五個人中，美倫二十五年前就過世了，醫生小竣也喪命了，現在剩下三個，」老師說，「那就是印雪、陳薇，以及小茂。」

印雪、陳薇、小茂……就在我聽到這三個名字的瞬間，忽然又是一道冷電，貫穿我的全身。那感覺，就像是小裕拿畢業紀念冊時，衝擊我的恐怖感，也和我聽到那男孩出現時一模一樣，為什麼？

這裡面，有部分和我有關連，不是小雨，不是老師，也不是陰咒，而是「我」，和我有關連！

「怎麼了？」老師平靜的眼神，看著我，彷彿感受到了我的困惑。

「不，沒事。」我感受著自己那奇怪的恐懼，我和這件事有關嗎？「老師，這三個人中，妳知道誰的地址嗎？」

「陳薇已經失聯好長一段時間了，印雪在當業務，這些年來工作不斷更換，非常難找，嗯，剩下的，小茂在當公務員，」老師說。「如果真的要找，可能找每日朝九晚五的小茂最容易吧。」

「嗯，小茂嗎？」我點頭，毋庸置疑，小茂就是我和小裕下一個目標了。「嗯，謝謝老師。」

就在此刻，當我準備結束話題而離開時，忽然，小裕拉了拉我的衣角，阻止了我的動作。

「老師，對不起，我還有一個問題想問。」小裕把身體往前，展現了她強烈的執著。「一個關於我表姐阿珠，被人轉移陰咒的問題……」

「阿珠？轉移？」老師看向小裕，語氣溫和的問。

「我想先問，陰咒這東西，有辦法轉移到別人身上嗎？」

「轉移到別人身上？妳為什麼會這樣問？」老師眼睛微微睜大。

「因為我懷疑，我表姐所中的陰咒，並不是來自那個奇怪的男生，而是另一個我所不知道的人，那個人讓我表姐深深著迷，甚至願意為了那人，接收陰咒！」小裕說這些話時，字字用力，咬牙切齒，「老師，我想問的是，是不是有什麼辦法，讓那個人把陰咒轉移到我表姐身上？」

「轉移嗎？」老師閉上眼，似乎在思考。

這十年來，許多來找她求助的學生，許多學生悄然過世的消失，都讓她心痛無比，在這些心痛的記憶中，她是否有聽過類似的轉移事件？

有嗎？她曾經聽過嗎？

「……」

「老師，有嗎？」小裕再追問。

忽然，老師眼睛睜開，她狀似看著小裕，但從她的語氣與眼神，我竟然感覺……這些話是對我說的！

「沒有。」

「沒有？」

「也許有，但我不知道。」老師語氣溫柔。「陰咒的規則，也許還有我所不知道的，這很正常啊。」

「喔。」小裕的語氣聽起來好失望，如果老師不知道陰咒怎麼轉移的，那她的推論就未必正確，她表姐身上的陰咒是不是轉移而來，這件事更無法證明了。

「阿珠死前還好嗎？」

「很慘。」小裕扁著嘴巴。「真的很慘。」

「嗯，真是遺憾。」老師長嘆了一口氣。「那她有說什麼嗎？」

「她收到了一則簡訊，內容讓她非常悲憤，就在那個晚上，陰咒就從壹變成了零，不過，」小裕咬著下唇，「她到了最後，卻求小雨把簡訊砍掉，不讓我知道簡訊是誰寫的。」

「她要求小雨把簡訊砍掉？」

「是。」

忽然，老師笑了，表情好溫暖好溫暖。「阿珠最後想保護妳，或者……想保護那個人，一個內心充滿保護力量的人，就算死，也不會太痛苦的，小裕，請妳放心。」

「為什麼？」

「因為，為了保護重要的人而死，那表示死亡是她的決定，自己決定的事，不會有太多悔恨的，不是嗎？」

「嗯。」小裕聽到這，似懂非懂的點了點頭，忽然抬起頭，「但是，老師，我還是有件事想拜託妳！」

「說啊。」

「我有種感覺，那個傳最後簡訊，害死我表姐的人，也許妳認識。」小裕雙拳握得好緊，我可以感覺到她問出這問題時，必須付出的決心。

阿珠為了保護那個人與小裕，刻意不讓小裕知道謎底，若小裕自己揭開了謎團，不單是讓自己陷入危險的境界，更重要的是，她會辜負了阿珠的心意，但，小裕還是決定問了。

而經過這些日子與小裕短暫的相處，我好像更了解她了，她的確是一個會追查到底的人，雖然有可愛的外表，但內心的靈魂卻剛強而固執。

如果不是這樣，她就不會偷記小雨手機裡的電話號碼與我聯絡，她不會看過阿珠慘烈的死法之後，還願意與我一組，一起追查這可怕的陰咒事件。

她一定想找出那個人，然後替阿珠報仇，想到這裡，我不禁苦笑，阿珠一定也知道小裕這樣的性格，所以才刻意將謎底隱藏下來的吧！

「嗯！」

「我認識的人？」老師看著小裕，嘴角慢慢揚起。「妳是說，那個人，在我的班上？」

「阿珠從國小畢業後，又讀了國中、高中、專科，開始工作後又經歷了不少事，怎麼會覺得那個人是國小同學？」

「直覺。」小裕握拳，「女人的直覺。」

「呵呵，女人的直覺嗎？同為女人，我喜歡這個說法！」老師笑了一下，但隨即搖頭。「很抱歉，我想不出是誰。」

「妳想不出？」

「想不出。」老師保持著溫和的微笑。「阿珠在班上，一直低調而內向，我看不出她喜歡過誰？」

「是喔。」小裕低下頭，嘆了口氣。「好吧。」

「老師，謝謝妳。」這時，我起身，伸出手，與老師充滿歲月歷練又無比溫暖的手心相握。

「您給了我們很多重要的資訊，我們接下來會去找小茂，更希望透過這條線，能追上小雨。」

「嗯，不客氣。」老師眼睛瞇起，微笑。

「以後若有其他問題，可以繼續來請教妳嗎？」

「當然，另外提醒一件事。」老師微笑。「陰咒數字越來越少時，人會越來越靠近死界，會開始看到一些過去的亡靈，那些亡靈若來騷擾她，小雨又是擁有特殊體質的人，一定很辛苦，你一定要多幫她。」

看到過去的亡靈？這時，小裕輕輕啊了一聲，她一定是想到阿珠倒數到貳時的異狀，她常在深夜驚醒，對著門邊喊著一些小裕聽不懂的話，原來因為接近死界的阿珠，已經開始看見亡靈了。

忽然，我看著老師，「老師，那老師您已經到了壹……」

「我習慣了。」老師微笑。「都十年了，老早就習慣了，而且，也許那些亡靈中，也有我思念的人呢。」

「呵。」我看著老師，眼神中除了敬佩，還有些許的悲傷，「老師您真是樂觀且偉大。」

「你們快走吧。」老師突然起身，拍了拍我與小雨的肩膀，「時間不多，快去幫小雨吧！」

「嗯。」我和小裕同時起身，然後再對老師一鞠躬，「那我們要出發了。」

當老師送我們到門口，然後揮手與我們告別時，我忽然有種奇怪的感覺。

這是最後一次了。

這是我們最後一次，見到這個永不改變電話，永不改變地址，為了每個想拯救陰咒的人，堅持留在原地，把陰咒規則承傳下去的偉大老師。

最後一次與她見面了，可能是最後一次了。

第七章

當我和小裕離開後，老師一個人關上門，慢慢走回屋子。她的腳步雖然依然穩定，但卻掩飾不住左右腳之間，那古怪的不協調感，她在忍痛，忍什麼痛呢？

但她什麼都沒說，只是用力抿著嘴忍住痛，拖著蹣跚的步履，關上門，走到廚房，並點起了瓦斯爐，開始燒熱水。

燒熱水之餘，明明痛到全身扭曲的她，竟又慢條斯理的泡了一壺花茶，並煮了一杯研磨咖啡，最後，還在烤箱烤了幾塊餅乾。

這一切看似優雅的行為，都是在老師不斷顫抖的身軀下完成的，她一邊進行，額頭浮出如同豆子般的汗珠，嘴角甚至咬出了幾絲鮮血。

但，她仍堅持一個動作一個動作，緩慢而高雅的完成。

終於，花茶沖好，咖啡泡好，餅乾也烤好了。

接著，老師把這些東西端到客廳，並且分成了兩份，一份花茶在自己這邊，一份咖啡則放在對面，而餅乾呢？老師兩塊，另外一份也是兩塊。

而準備餅乾時，老師突然笑了，雖然痛得全身發抖，老師的笑容，卻是如此燦爛。「你的，是巧克力口味喔，我知道你愛巧克力，生前怕你胖不給你吃，現在給你，你可別太開心，呵。」

老師邊說邊笑，彷彿與一個熟悉無比的人在對話，就算帶著要將身體撕裂的劇痛，仍可感覺那帶著笑的甜蜜。

老師，究竟是在和誰說話？

而她身上的那巨大的痛苦，又是怎麼回事？

然後，老師用她顫抖的指頭，拿起了花茶，啜了一口，隨即眼睛瞇起，露出了幸福與享受的神情。

「真好喝，這壺花茶，是我特地為了今天準備的喔，和你的咖啡一樣，嘻嘻，我們有多久沒有一起這樣喝花茶喝咖啡了呢？有六年了吧？」老師說到這，眼眶微含淚，「你一定等我很久了吧？」

也就在這時候，原本還能強忍痛苦的老師，忽然全身一顫，然後，老師的眼白，忽然整個翻黑。

但，也只是一瞬間，老師的眼睛在下一刻，又恢復了正常。

「這麼快？就要歸零了嗎？」老師苦笑了一下，拉起自己的左臂，左臂上的那個陰咒，數字已經開始顫動，如同阿珠死前，她變成懷著殺意的乾屍一樣，老師手臂上的數字，就要歸零了。

「哎啊啊，看樣子，得快一些了。」老師嘆了口氣，從椅子下面拿出了一個老舊的箱子，打開箱子，裡面有四條皮帶，而皮帶上寫滿密密麻麻的符咒，然後老師熟練的將四條皮帶扣在自己的手腕上，並且與椅子綁在一起。

自己綁自己絕對不是一件容易的事情，但，老師卻綁得熟練且快速，彷彿已經練習了不下百次。

「聽說那些孩子死前，都會發瘋，不少闖了禍，身為老師的我，可要顧好自己死前的尊嚴。」老師一笑，終於將皮帶綁好，把自己緊緊的綁在椅子上，而那四條皮帶的符咒，也在此刻，流轉出奇異的黃光。

黃光流動中，可見老師全身一顫，身體拱起，眼睛又翻黑翻白一次，那惡毒的陰咒，確實快要爆發出來了。

但在這種危急的情況，老師卻依然保持著她一貫的優雅，就算眼睛已經開始陷入眼窩中，她的臉上卻依然掛著微笑。

「陰咒的規則中，當數字越少，越接近死界，有人也許會怕，但，其實我反而誠心感謝有這樣一條規則。」老師微笑著，「因為只有這樣，我才能在死前，再見到『你』一面。」

才能在死前，再見你一面。

老師想見誰？她準備的咖啡，她烤的巧克力餅乾，到底是給誰的？

「親愛的，」老師笑，就算面目因為陰咒而猙獰，她的微笑仍那樣的甜，「老公。」

而就在此刻，老師的瞳孔中，倒映出了一個人影。

這人影，穿著格子襯衫，身材微胖，笑起來很謙遜而帶點傻氣，在老師的眼中，這人影正拿起了咖啡，對老師微笑著。

「六年了，對啊，都六年了，我好想你。」老師眼眶盡是淚水。「這天，終於到了，親愛的老公，我終於可以去找你了。」

此刻，客廳雖然只有老師一人，但老師的眼中，卻倒映出了一個人，而老師繼續說著，語氣溫柔而甜蜜。

「自從你走以後，我一直在等這天，所以我去找了婆婆，她替我在這四條皮帶上，種下咒文，這咒文可避免我在死前發瘋，呵呵，要是這些傢俱被我打壞，可真捨不得，不是嗎？」

說到這，老師身體再次抖動。

抖動後，眼睛已經全部翻黑，一半陷落眼眶之中了。

但，老師卻仍撐著，是皮帶咒文的威力？還是這些年她積極行善，讓自己擁有過人的意志力？已經無從得知了。

「不過真是幸好，在去找你之前，遇到了那個孩子，婆婆曾說，小雨天賦異稟，是少數能和陰咒鬥法之人，但，她需要保護，而今天，那個可以保護她的人，終於出現了。」老師笑。「老公，你說這一切，是不是真的很好？」

老師眼中那個倒影，笑著，似乎說了什麼。

而老師聽完，則是點了點頭，「我也是這樣覺得喔，不過你覺得我不應該說謊？呵呵，別忘了，要不是說了這個有點惡意的小謊，要不是隱藏了那個規則，我怎麼能夠來找你，嘻嘻。」

說了那個有點惡意的小謊？隱藏了那個規則？

「啊，到了。」然後就在此刻，老師眼睛終於整個陷落，取而代之的，是一片黑暗。

接著，眼眶下方蔓延出一條又一條青綠色的皺紋，皺紋蔓延了她整張臉。

終於，老師無法再忍耐，她張大口，發出了嘶吼。

四條皮帶上的咒文則爆發出精亮的黃光，黃光籠罩中，老師的大吼變得無聲，而接著老師全身抖動，不斷抖動……

「原來，原來，這就是最後倒數出現的景色，」老師身體不斷冒出冷汗，她似乎正在經歷某場慘烈的事件！「原來，計時器是這麼回事。」

「原來，這就是陰咒死前所經歷的事件。」

原來……

也在這一剎那，黃光由強轉弱，然後老師身體猛然一拱，接著又慢慢的放鬆，癱軟在椅子上……

同時間，她的呼吸，斷了。

同時間，她的心臟，戛然而止。

同時間，她的眼眶恢復了，身體的異變也終止了。

最後留下的，只有她嘴角那非常細微，細微到肉眼難辨的淺淺微笑。

「老公，」那微笑彷彿在說著，「我終於要去那個世界，陪你吃巧克力餅乾囉。」

老公，我終於可以去找你了。

終於。

關於老師的死，還有小小的後記，老師的屍體在三日後被她另一屆的畢業學生發現，當時畢業的學生因為小孩滿月，拿著彌月蛋糕來拜訪老師，意外發現老師竟然過世了。

沒有外傷，沒有外人入侵的痕跡，沒有打鬥的跡象，只有老師安詳的躺臥在客廳沙發上，所以很快就被判定為心肌梗塞造成的猝死。

雖然，她有三件事仍搞不懂。

第一件事，老師死前為何要把手腳綁起？按照那個叫小馬法醫的說法，這是老師自己綁的。

第二件事，就是為什麼老師要準備兩個杯子，兩份餅乾？她在招待誰呢？

第三件事，現場有一個約莫五六十歲，理著平頭，叼著菸，嘴角邊緣往下的老刑警，他站在老師的屍體前，鞠了一個九十度的躬，並且說了一段話。

「十年了。」那老刑警堅毅的表情中，透露著罕見的不捨。「老友，妳先走，剩下的，我老莫會搞定。」

不過，這名畢業的學生並沒有特別去探究這三個疑點，因為她在現場確信了一件事。

老師死前的臉，嘴角是微微上揚的。

帶著甜蜜的幸福，帶著鬆一口氣的舒適，老師就像是回家，就像是終於回到心愛的人身邊般，微笑著。

而那學生也知道，師丈在六年前被酒駕撞死後，老師就顯得鬱鬱寡歡，如今，老師一定去找師丈了吧。

所以，無論有多少疑點，那已經不重要了，因為老師是微笑離開的，學生認為，只要這樣就夠了。

以一個為了教育奉獻一生的偉大老師來說，能在微笑中過世，這樣就夠了。

老師過世的事，我和小裕都是事後得知的，而這段時間，我們都在等小茂。

與其說是「等」，不如說是「守株待兔」，因為小茂如同一隻膽小的兔子，他不輕易與陌生人見面，就算我們已經在電話中再三強調，我們拿到了老師的保證。

為此，我和小裕乾脆租了一台車，然後停在他上班的鄉公所外，買了兩杯咖啡，開始等。

身為公務員的小茂，每天都要上班，上班地點固定，又不可能說不幹就不幹，所以只要我和小裕有耐心，我們相信，總有天會等到他。

而等待時，我拿起了筆，開始寫東西。

「哥，你在寫什麼？」坐在副駕駛座的小裕把臉湊了過來。

「規則。」我拿著筆，一面思索著老師說過的話，一面慢慢的寫著。

「規則？」小裕問。

「喏，就是陰咒規則。」我把紙攤開在小裕的面前。

陰咒規則：

一、中陰咒者，身體某部位會出現一個圖形，箭頭外畫了一個圓，以及一個數字，此陰咒只有陰陽眼或修道人可見。

二、數字代表壽命，當中陰咒者心中每產生一次「惡意」，數字就會減少一個，從柒開始倒數，到零時，中咒者則死。

三、當數字開始倒數，中咒者逐漸跨入死界，會開始看見亡靈，越接近零，死界越近，亡靈越清楚。

四、陰咒起於何時，無人得知，但它依循著某種規則蔓延。

「哥，還有喔，你沒寫到的，」小裕看完了之後，提出的建議。「陰咒的起源。」

「對，那個說話像是女童的男生！」於是，我又動筆繼續補充了下一點。

五、陰咒的起源是一名男子，他正在尋找計時器放置者，原因成謎？

「哥，你覺得那男生為什麼一直在找計時器？」看到我寫的這行字，小裕進一步提出了她內心的疑問。

「為什麼啊？」我搖頭。「計時器的真正來源，我不知道，但我猜測，一定和老師趕到現場時，所聽到的嗶嗶聲有關。」

「我也這樣覺得欸，哥，我覺得那嗶嗶聲，一定是計時器的聲音，但好奇怪，一個那麼可怕的殺人現場，怎麼會出現那樣的聲音呢？」小裕單手托臉頰，滿臉疑惑。「對吧？哥。」

我聽著這小女孩左一句哥，右一句哥，不禁想到，「哥」這稱謂其實是她擅自決定的，我從沒答應過，但這幾天相處下來，她倒是喊得挺順口的。

不過坦白說，被一個這樣聰明又可愛的女生這樣喊『哥』，倒也不讓人討厭就是了。

「是啊，」我雙手抱胸，看著車外的藍天。「不過讓我介意的，還有一點。」

「哪一點？」

「那個男孩，是誰？」

「咦？」

「命案現場的五個小孩中，兩男三女，其中一個美倫已經過世，阿竣又在前幾天在地下道喪命，」我說，「那男孩會是當時五個小孩之一嗎？」

「我覺得不是欸，不然老師怎麼可能認不出來？」小裕發表了她的意見。「但老師這部分的講法真的很奇怪，她說……這男子發出女童的聲音，那聲音，老師卻認得……」

「不只認得，那聲音，似乎就是紅鞋的主人？」我吸了一口長氣。「紅鞋主人，那不就是美倫嗎？」

「嗯，哥，我覺得……」小裕看著我，眼神充滿了恐懼。「應該就是她沒錯……」

「嗯，」我閉上眼，輕輕說著，「那男孩就是美倫的鬼魂嗎？還是有心人士假借美倫的名字報仇呢？計時器又是什麼？為什麼讓美倫如此死不瞑目？她該報仇的對象，不是應該是變態嗎？怎麼會是同班同學或老師呢？」

為什麼？

她就算化為厲鬼回來，目標該是變態，怎麼會是同班同學？

關鍵一定就在計時器！計時器與她的死，有什麼關係？

另外，令我感到不對勁，但沒有說出口的，還有一個疑點，就是「時間」。

二十五年前的命案，為何要到十年前才開始復仇？時間已經過去了足足十五年，是什麼可怕的機運，讓這場復仇啟動了？

而且，還有那個我始終無法解釋的「恐怖感」，那是一種如同冰冷電擊的感覺，第一次出現是在畢業紀念冊，後來又出現在老師提起了「美倫、陳薇，與小茂」之時，這些話題中，似乎隱藏著一根鑰匙，隨時觸動著我內心中，某一個記憶開關。

隱隱約約，我感覺到，十年前，這場復仇的再次啟動，與我有關。

一切的一切，都像是一條條綿細的緣分之繩，它們互相牽扯，彼此交錯，交叉牽連，就如那天突如其來的大雨，當我推開門，首次遇到咖啡館內那雙明亮而美麗的眼睛，小雨的眼睛。是機緣？還是註定？

此時此刻，思緒混亂，我已經分不清楚了。

「哥，怎麼了？幹嘛不說話？」小裕拉了拉我。「你睡著了嗎？」

「我，只是在發呆，咦？那是……」我眼睛睜開，看向窗外，突然跳起，「小茂！」

「咦？」小裕順著我的目光看去，果然，一個身穿襯衫，手臂上抱著外套的男子，正神情緊張，左顧右盼，小心翼翼的從公所出來。「對，是他！他提早下班？他想要躲我們？」

「我們下車！」我急忙推開車門，邁開大步，朝著小茂方向狂奔而去。

「好，下車！」小裕也急忙從副駕駛座跳下。

「我有感覺，美倫為何要找計時器的謎底，」我甩上車門，開始奔跑。「就在小茂身上！」

「對！」小裕也說，她甩上車門，也跟著我開始跑。

而小茂走了幾步，忽然回頭，看見了我和小裕，也像是受驚的兔子，開始發足狂奔起來。

「別跑！」我和小裕喊著。「我們只問你幾個問題。」

「……」小茂咬著牙，只是跑著。

我們三人彼此追逐，跑過了兩條街道，引起了不少路人注目，但，也許追逐者之中，有著一個可愛的女孩小裕，人們自然而然的排除了黑道仇殺之類的想像，所以也沒人出手阻止我們。

「真會跑！」我咬牙拚命跑，幸好平常有運動的習慣，加上想念小雨的強烈意志，在第三條街的彎角，我終於追上了小茂，然後手拚命一撈，硬是扯住小茂的襯衫。

這一扯，小茂重心不穩，往後跌倒，頓時跟我跌成了一團。

兩個人躺在地上，呼呼喘氣，而同時間，小裕也跟上來了。

「呼呼……哥……呼呼呼……」小裕喘著氣，看著我和小茂，表情詫異。

「怎麼了？小裕？」我雙手緊抓著小茂，深怕他又再次溜走。下次再溜，真的沒把握能再追上他。

「呼呼……小茂的手上，手上……呼呼……手上……」小裕也跑得上氣不接下氣，「有……呼呼，有那個……」

「哪個？妳說哪個？」

「就是，呼呼……」小裕食指伸前比著小茂原本用外套遮住的手臂，而我順著那手指看去，這剎那，我也獃住了。

原來，「那個東西」，小茂也有。

一個暗紅色的圓圈，裡面有一個箭頭，然後箭頭內有一個數字，那是讓小雨不告而別，讓老師隱忍了十年，讓阿珠含恨而終，讓阿竣陳屍於地下道，更讓十年內十幾個人猝死的惡咒。

陰咒！

而小茂手上的數字，則是目前為止我看過最多的，他是「陸」。

陸者，六也，如果按照老師的說法，最初數值為七，所以小茂只被扣了一次惡意？

「你是什麼時候感染陰咒的？」我一邊問，一邊對著躺在地上的小茂，伸出了手。

他也伸出手，與我的手相握，然後當我一拉，他則順勢站起。

「你是問我，什麼時候碰到那個……奇怪的男人吧？」小茂苦笑了一下，又用外套把陰咒的圖形蓋住，「大概三年前吧。」

「三年，只出現過一次惡意？」我睜大眼睛，一旁的小裕也同樣驚訝。「我以為老師十年內只扣了六次，已經很厲害了，更何況，老師還藏身在小屋內，與世隔絕，你每天上班，面對各種各式各樣的人，接觸各種有意無意的惡意，你竟然還能維持這樣的數字？」

「有嗎？」小茂搔了搔頭，「我是不太懂啦，但數字的確只減了一，被減的時候，我還真的嚇了一跳，原來這數字會改變啊。」

「嗯。」看到小茂的陰咒數字如此漂亮，我和小裕內心除了佩服，還多了一份寬心，對方極少出現惡意，所以應該是好人吧？「我想問你，為什麼要跑？之前在電話中，我們已經表明是老師推薦我們來的，但你不只避不見面，還一見我們就跑？」

「唉。」小茂站了起來，拍了拍身上的灰塵，他身材高䠷，至少一百八十公分，長相頗俊，但神情卻帶著大男孩的親和力。「其實我很害怕啊，別忘了，電視上那個死掉的醫生，是我國小同學，而且這幾年來，你知道我們有幾個同學過世了嗎？超可怕的，好嗎？」

「也是，如果是我，我一定也會逃吧。」小茂的外型太討女生喜歡，小裕忍不住替他說話。

「我們可以理解。」

「不過，」我說，「既然被我們追到了，你也提早下班了，不如，我們去喝杯咖啡吧，我想找你聊聊。」

「嗯，喝杯咖啡？」小茂抓了抓頭。「要聊什麼？」

「聊二十五年前的事。」

「二十五年前的事？」小茂聽到這，我看見他深吸了一口氣，臉色驟變。

「二十五年前，變態殺人的事件。你是現場的五人之一，對吧？」

「是……是……是啦。」

「那我問你。」我說，「那一天，當變態殺人魔拿著刀走進教室，直到美倫遇害，這中間到底發生了什麼事？」

「什麼事啊，你們真的想知道嗎？」這一剎那，我看見這個高大的男孩，露出了苦瓜般的表情。「……那真的是一件很慘很慘的事欸。」

「是嗎？」我和小裕互望了一眼，「所以你準備告訴我們了？」

「嗯，我知道附近哪家咖啡館最好喝。」小茂抓了抓頭髮，苦笑。「我們一起去吧，我把這個很慘，很慘的事情，告訴你們吧。」

咖啡館內，當飲料被侍者送上，小茂的故事，已然開始。

「阿竣、陳薇、美倫、印雪，還有我，我們五個人其實感情很好。」說到這，阿茂帶著驕傲的笑了一下，「兩男三女，我們結成一個小小的集團，體育課總是一組，念書時互相幫忙，連上廁所都會互相找，做什麼我們都盡量一起，甚至自成一個幫派，叫做『冥王星幫』，還由最會畫畫的美倫負責設計我們幫會的圖形。」

「嗯，冥王星幫？」

「事實上，」小茂秀出了他手臂上的陰咒，「這符號，就剛好是冥王星的幫徽。」

那陰咒，就是冥王星的幫徽？

聽到這，我和小裕不禁精神一振，陰咒整件事的核心，果然和那五人被變態追殺有關。

也難怪，這陰咒的筆觸看起來稚氣，宛如塗鴉，原來真是小學生設計出來的。

「是陳薇提的啦，因為她很愛星座，而且不只喔，你知道她還玩什麼嗎？」小茂說到這，音量突然轉低。

「玩什麼？」

「她還玩……」小茂左顧右盼，彷彿怕被聽到似的，「……黑魔法。」

黑魔法？我聽到這，腦袋轟然一聲，那一直困擾著我的冷電般感覺又來了！

這次的話題內只有一個人，陳薇？

陳薇，陳薇，這名字對我而言，有什麼特殊的意義嗎？我是不是曾經遇過某個人，也用過黑魔法？

「你表情好奇怪，你很怕黑魔法嗎？哈哈哈。」小茂說到這，自己哈哈笑兩聲，看到我的表情嚴肅，才又抓了抓頭，繼續說下去。「陳薇幫我們排了星盤，說我們幾個出生年月都受到冥王星很大影響，所以命名我們為冥王星幫，大家覺得很酷，所以都沒意見。」

「受冥王星影響很大？」小裕對星座與黑魔法也展現了高度的興趣，「感覺上，那個陳薇好像真的懂一些欸。」

「妳也懂嗎？」我轉頭看小裕。

「也不算啦，只要是女生多少會對這有點興趣啊。」小裕說，「女生啊，通常會幫自己的好朋友，以及喜歡的男生算一下星座，彼此分享星座，就是互相分享祕密與人生啊。」

「喔。」我眼睛瞇起，到這裡，我幾乎可以肯定，我那不斷湧現的冰冷感覺，肯定與陳薇有關。

所以，陳薇就是我冷電感覺的源頭，只是，為什麼？我遇過她，是嗎？

這時，小裕繼續問起了小茂。「美倫愛畫畫，陳薇懂星座，那其他人呢？」

「啊？其他人啊？阿竣就是典型成績很好，很聰明，又高又帥的男生，我個人覺得至少有兩個女生在喜歡他，美倫和印雪……」

「印雪？」

「印雪是我們中的第四個成員，在小學那個年紀，她發育得較早，所以身材比我們高一些，很多想法也都比較像是大人，會戴一些漂亮的首飾，會綁漂亮的髮型，有時候還會穿得少少的，我覺得她喜歡阿竣，很明顯。」

「喔，」我聽到這，忍不住問。「那你呢？」

「我啊？我就是裡面比較膽小的啊。」小茂笑了一下，「都是他們在照顧我啦。」

「是喔，原來你們五個人個性是這樣，」我對他們的個性已經稍有認識，忍不住回到正題。「那麼，那天究竟發生了什麼事呢？」

「那一天啊，」小茂一說起這件事，臉色變得陰沉哀傷。「那一天下午，陽光很明亮，原本在上畫畫課，你們知道畫畫課這種文藝課，大家多少都會離開位子，那時候，美倫和陳薇兩個人好像偷溜出教室，可能去上廁所吧，而我也沒看到印雪和阿竣，可能印雪偷拉著阿竣去說話，印雪很常做這件事。」

「嗯……你們冥王星幫自己也有小團體啊？」

「是啊，」小茂苦笑。「突然，我聽到窗外傳入了尖叫，變態就在那時候闖入學校！」

「當時我們不知道哪根筋不對，說什麼要一起逃，結果東拉西扯，當所有人都散光了，而我們五個人還在教室集合，最後，只能躲進儲物櫃裡面。」

「那時候沒有想說要往外跑？」

「很怕啊，怕一出去剛好碰到變態，就慘了。」小茂搖了搖頭。「於是我們躲在置物櫃中，才發現變態正一間教室一間教室的搜尋著……」

五個小孩躲進了黑暗的儲物櫃，而門外，是正在一間一間尋找小孩的變態！

好恐怖。

「那怎麼辦？」小裕聽到這，呼吸變得粗重了，然後我忽然感覺到手心一陣冰涼，原來是小裕的手，她似乎被這故事的情節嚇到，伸出冰冷的手，想從我這邊得到一些勇氣。

「當時我們就投票啊，決定要衝出去，還是留下來。」

「你們應該留下來。」忽然，我開口了。

「咦？」

「我不認為變態會找到你們，而且已經報警了，你們只需要再支撐幾分鐘就好了。」我嘆氣。

「嘿，我也不知道怎麼做才對，美倫也是希望留著，可是投票結果，卻是堅持要往外衝的印雪獲勝了，所以我們決定衝出去！」

「決定衝出去？順序是？」我看著小茂，「衝出去的順序很重要，因為順序錯，就會決定誰被變態逮到。」

「是啊，當時由最聰明的阿竣排順序，他說，跑最快的應該跑第一個，可以吸引變態的注意，讓後面的好逃跑……」

「不對。」我再次搖頭。

「哪裡不對？」

「你知道歐洲戰爭時，如果有三四個人走在路上，哪一個最常被狙擊手殺掉嗎？」

「哪一個？」

「第二，或是第三個，但絕對不是第一個。」我說，「因為第一個人出來得太突然，反而會讓狙擊手來不及反應，因此存活率最高的位置，其實是第一個跑出來的人，所以，阿竣自己選了第一個？」

「是啊。」

「果然是念了醫學系的聰明小孩，」我笑了一下。「好重的心機。」

只是，心機與惡意其實就像是一體兩面。

越重的心機，雖然越容易在社會中生存，但也表示越容易浮現惡意，如果你手上剛好有一個奪命的陰咒，那反而會加速你的死亡。

想到這裡，忽然，有種奇怪的感覺，那計時器是一種惡意，阿竣提議的順序其實也摻雜著惡意，難怪，那個被美倫附身的男孩，要四處散佈陰咒，她因為惡意而死，所以她希望所有的惡意，都要付出代價。

只是這代價，也未免太慘，太嚴重了吧。

「當時我們還小，加上我們冥王星幫的感情這樣好，誰會想這麼多呢？」小茂嘆氣。「我從來不去想這些，我就聽他們的安排。」

「這也許就是你陰咒一直停在六的原因吧。不去想。」我笑了一下，「請繼續。」

「第二個跑出去的是陳薇，這時候變態已經回神，但陳薇身材嬌小，動作靈活，竟然一下子就逃出了變態的掌心。」

「嗯，陳薇是屬於嬌小型的女生啊，再來呢？」

「接著是美倫。」小茂聲音放低，「她，是第三個出來的。」

「那她被逮到了？」我想起老師的回憶，她說，當她趕到現場時，躺在地上被殺的是美倫，所以第三個衝出去的，剛好被變態逮到嗎？

「不是。」

「不是？」

「至少，在她奔出去的時候，不是。」小茂如大男孩般神情，忽然，浮現一個詭異的笑，這笑容太隱晦，又在瞬間消失，讓我以為自己看錯。「也許是運氣，也許是她的氣勢，變態伸手撈，但沒撈到她。」

「那為什麼……」此刻，不只我，連小裕都露出了詫異的神情。

一開始沒被抓到，那為何最後死的人，會是美倫呢？

「第四個是印雪，」小茂聲音越來越低，周圍的氣氛，也越來越陰沉而凝重。「她身材高䠷，腳長手長，目標很大，所以當她跑出儲物櫃的時候，被變態用手上的汽油桶打到了。」

「呃，打到了？」

「然後，變態的手，已經伸出，要抓住印雪……」

「所以當時被抓到的，是印雪？」我和小裕互望了一眼，被抓到的是印雪？怎麼和最後的結果完全不同？

「錯，」小茂的臉突然湊近了過來，又是那個隱晦的古怪笑容。「因為，『計時器』出現了。」

「計時器？」我腦袋嗡的一聲。

「對，那嗶嗶聲啊，就像是手錶鬧鐘一樣喔！」小茂越說越慢。「也因為那嗶嗶聲，讓變態轉移了目標，朝美倫追了過去。」

「那美倫……」此刻，我可以感覺到，小裕的手，變得更冰冷了。

「沒錯，美倫拚命找著身上的計時器，拚命哭，拚命逃，但她再會逃，又怎麼可能跑得過大人，沒幾步，就被變態追上，然後就是一刀。」小茂嘆了口氣。「接下來，你們找過老師，應該就知道了。」

聽到這裡，我如同小裕般，感到渾身戰慄。

原來，嗶嗶聲，是真的存在。

而且，還真的是害死美倫的關鍵。

美倫理應逃過一劫，卻因為一個不知從何而來的計時器，將變態引了過來，這不是極致的惡意是什麼？

「是誰？是誰放了那個計時器？」

「不知道。」小茂聳肩，「變態殺人這件事太過驚悚，所以也沒有人特別去問，啊，好像只有陳薇有私下調查，但誰會承認？」

「計時器這東西，一定是現場四個人放的嗎？」這時，小裕開口了，「會不會是其他同學放的？它的時間設定在上課時間，應該是故意要嚇美倫一跳，讓她挨老師罵？誰知道剛好會碰到變態來的時間？」

「這也有可能。」我閉著眼睛，沉思著。「但美倫會因為一個惡意的惡作劇而慘死嗎？太冤了吧？但這也可以解釋，那個被美倫附身的男孩，這十年來到處找同學，到處下陰咒，因為任何一個可能放置計時器的人，都可能是害死她的人。」

「但，如果是美倫的鬼魂回來，她，又怎麼可能不知道誰放了計時器？她在地獄問一問，不就知道了嗎？」這時，小裕提了她的想法。

「不一定喔。」我苦笑搖頭，「陰界的邏輯也許和我們不同，也許根本沒有陰界這東西，而是美倫的陰魂不散，她死前一直執著於計時器，所以當她魂魄回歸，唯一的復仇計畫，就是找到放置計時器的人！那是她生前最後的執念。」

「執念……為了執念，害死這麼多無辜的人？」

「因為她已經成為厲鬼了。」說到這裡，我轉頭看向小茂。「對了！」

「什麼對了？」小茂問。

「後來那個計時器，有被找到嗎？」我看著小茂。「只要找到計時器，再到處問其他同學，可能就可以找到它的主人，甚至就可以推測是誰的惡意了！」

「對，但這就是整件事弔詭的地方了。」小茂的眼中，有著和我相同的困惑。「因為那個計時器，不見了。」

「欸？」

「當變態被警察抓走後，陳薇有問過警察，也問過其他同學，竟然沒人看到那個計時器！」

小茂抓了抓頭，「每個人都聽到那個嗶嗶聲，但計時器偏偏就在美倫死後，突然消失了，這是整件事最奇怪的地方之一。」

「會不會……放計時器的人，為了毀屍滅跡，把計時器拿走了？」小裕問。

「是有可能。但，雖說當時警察、老師與變態都在，大家都一團亂，真的要趁亂拿，倒也不是沒機會，不過小學生有那個膽子嗎？唉喔，我不知道啦。」小茂又再次愁眉苦臉。

「嗯，計時器……真的被放計時器的人拿走了嗎？」我沉吟，內心卻隱隱感到不對勁，是嗎？放計時器的人到底是誰？如果他還有機會把計時器拿走，表示他就是現場的人之一。

這人到底是誰？如果他是小孩，心思也太縝密了吧？但，真的是嗎？當時這麼多大人在，難道一個目擊者都沒有？

怪，真的很怪。

不過聽完了小茂的故事之後，總算將整個事件的輪廓，都勾勒出來了。

老師的故事，是整個事件中的外部。而小茂的故事，則是實際發生的內部，當內外都齊備……

此刻，我終於明白，這幾年來，我心中那個神祕而溫柔的小雨，她到底背負著什麼了？

也在這個時候，小裕按照慣例，又提出了她的問題，這問題是她心中最大的一個結。

「小茂哥，我可以請問你一個問題嗎？」小裕目光鑠鑠，盯著小茂。「你知道我表姐，阿珠，她有可能偷偷喜歡誰嗎？」

「喜歡誰？」小茂詫異的問。「為什麼這樣問？」

「因為我懷疑……我表姐原本沒有中陰咒，可是後來卻被『某個人』轉移到她身上，『某個人』不只可惡，更是卑劣，他甚至發了一則簡訊，誘發了我表姐的惡意，導致她喪命，」小裕說到這段，仍不免咬牙切齒。「小茂哥，你知道是誰嗎？」

「是誰啊……」小茂雙手抱胸，倚靠在椅背上，似乎陷入沉思。「妳問的是，阿珠喜歡誰啊？」

「你知道嗎？」

「我是知道，但，就怕已經來不及了。」小茂搓著雙手，眼中露出抱歉的神情。

「來不及？」

「那個人在阿珠過世後，也死了。」小茂嘆了一口好長的氣，「阿珠喜歡的人，其實是阿竣啊。」

「阿竣……」小裕眼睛眨了兩下，「我表姐喜歡那個醫生？」

「是啊，阿竣在國小的時候，長得又高又帥，長大後更是一表人才，又是高收入族群，好多女生都喜歡他，阿珠也是其中一個啦。」小茂眼睛朝下，神情哀傷。「不過，他也算是惡人有惡報啦，過不久也死了。」

「我表姐，會喜歡這樣的男生嗎？」聽到這裡，小裕沉吟著。「我表姐雖然沒談過戀愛，但，高帥有錢，好像不是她的必要條件欸。」

「愛情這東西，原本就很不合理啊。」小茂說到這，露出了一個迷人的笑。「對吧？」

「嗯，好吧，好像也只能這樣想了。」小欲知道再問下去，也不會有結果，乾脆的放棄了。

「那小茂哥，我們走囉，謝謝你的幫忙。」

「謝謝。」我伸出手，與小茂的手相握，握手時，我眼神忍不住側瞄了一眼小茂的手臂，陸，依然是陸。

陰咒隨惡意而減少，這段談話中，小茂的陰咒數字未減，表示他應該沒有半句惡意的謊言。

也許，這樣可以推論，小茂沒有騙我們。

如果不是小茂，那關鍵人物，就只剩下印雪和陳薇，而陳薇下落不明，但，至少確定，印雪還活著。

接下來的方向，就很確定了。

但，就在離開咖啡館之後，小裕提及了另外一件事。
「哥，你有注意到，小茂哥的左手，戴著一串很特別的佛珠嗎？」
「有。」我點頭，其實我也注意到那串佛珠，那串佛珠不只顏色是神祕的黑色，還散發著一股很獨特的氣息。
那氣息極為獨特，獨特到難以說明，既沒有一般佛教的莊嚴神聖，也沒有道家的普世濟俗，它更深沉，更森冷，更強悍，它像是一個我們無法理解的世界中的聖物。
這樣的東西，一定具備驚人的能量，但為何會出現在小茂的手上，實在令人費解。
「我沒有修過道，但那東西散發著和宗教很像的氣息，有點像小雨姐姐拿的那兩個香符，但我印象中，佛珠應該是莊嚴的紅褚色，但小茂哥哥的佛珠是黑色，佛珠上還寫著看不懂的符號。」小裕歪著頭。「這到底是什麼宗教？」
「會不會是密宗？」我說。
「咦？」
「我這裡講的密宗，泛指所有神祕的宗教，這些宗教鮮為人知，但其中的道法劍走偏鋒，危險且強大，令許多宗教顧忌。」我沉吟。「小茂的佛珠，會不會是它們其中一派的法器？」
「密宗法器？很有可能欸，哥。」小裕露出欽佩的神情，用手拍了我的肩膀一下。「不錯喔，哥哥。」
「嘿，別亂拍啦。」小裕這一下實在用力，我禁不住往前晃了一下。「我只是知道皮毛而已，小雨如果在，她一定能說得更精確，搞不好連哪一個密宗她都說得出來。」

「嗯嗯，哥，」忽然，小裕表情認真的看著我。「小雨姐姐在你心中，真的很厲害吧？」

「當然，她一直是最棒的啊。」我笑了一下，又回到正題，「小茂知道去求這樣的法器，表示他可能也和我們一樣，是『看得到』的人，這樣的人不都是心思深沉之輩嗎？他的陰咒數字卻保持在六，還真讓人吃驚。」

「會不會……那個密宗能夠阻止數字減少？」

「這我就不知道了，但，如果道術能讓數字減少，為什麼小雨不做？小雨能以實力壓制阿珠發病，應該也很厲害才對，所以，我不認為陰咒可以被暫停。」

「嗯……那小茂哥哥為什麼要戴這樣的法器？」

「這我就不知道了，這法器阻止不了陰咒，但至少能防止鬼神近身，這是肯定的。」我說。

「我只是好奇，小茂到底是何許人也，能求到這樣的法器？」

「沒錯，不過小茂哥哥會去求那法器也是人之常情吧？」小裕想了一下才說，「如果是我聽到自己的小學同學一個一個死掉，就算天天去廟裡跪，也要把這樣的法器跪出來。」

「呵呵，這樣說也是啦，畢竟陰咒流傳也十年了，他有好幾年的時間可以準備。」

「不過，我覺得那個小茂哥哥的笑容還挺可愛的。」小裕歪著頭。

「呵，妳說他可愛？」我聽到小裕這樣說，忍不住調侃她一下，「難道他是妳的菜？」

「很不幸，剛好不是，他倒是比較像是我表姐的菜。」小裕歪著頭，看著我，「我喜歡的菜，不是這一型的。」

「那是哪一型的？」

「嗯。」小裕歪頭想著，忽然，她不知道是想到了什麼，臉紅了起來。「不知道啦，誰知道是哪一型的？告訴你，我白天和晚上喜歡的型都不一樣！」

「白天晚上都不一樣？女人真是善變。」我笑。

「哼。」臉頰泛紅的小裕，突然快步往前走。「你現在才知道女人善變？所以你要多練習，不然怎麼對得起小雨姐姐。」

「是是是。」我笑了一下。「這方面妳又是行家了？」

「當然，女人的心。」小裕回頭，對我扮了一個鬼臉。「可是非常難猜的喔。」

看著小裕可愛的鬼臉，忽然讓我覺得，這趟追尋小雨之旅，雖然艱苦，但還好有這個小裕妹妹當同伴，旅途上互相討論，說說笑笑，至少不會寂寞。

只是當時的我們並不知道，當我們一步步追索著小雨的足跡，邁向陰咒核心之時，我們的行蹤早就被人盯上了。

一雙如老鷹般的眼睛，正散發著銳利的光芒，緊緊的盯著我們的一舉一動。

第八章

夜裡睡覺時，忽然，忽然，我感到氣息一窒。

意識明明清醒，身體卻怎麼樣都無法動彈，像是被一股巨大的力量直接踩踏在我的身上。

跟著，我睜開眼睛，看見晦暗不明的屋裡，還有一個影子，正坐在椅子上，看著我。

忽然我懂了，我被鬼壓床了。

只是，那個影子的笑，讓我如此熟悉。

陰沉，冷冽，一個不該屬於年輕男生的笑。

這笑容曾經在我的記憶中出現，而且造成永不磨滅的傷口，那就是當時我逃出地下道時，黑皮臉上的笑，所以，這黑影是黑皮？

「你是……你是，黑皮。」我渾身打顫。「為什麼，你會出現在我的夢中？」

「我？」那鬼影咯咯的笑著，「因為我一直跟著你們啊。」

「跟著……跟著我們？為什麼？」

「為什麼？你問我為什麼？」鬼影像是聽到了某個笑話般，不斷怪聲笑著。

「對啊，十年前地下道後，我就與你沒有瓜葛了，我不走地下道，我不回台中，我甚至斷去與所有人的聯絡，我就是不想再回憶地下道那件事了。」我抵抗著鬼壓床的力量，奮力的說。

「為什麼，你又出現在我的夢中？」

「哈哈。」那鬼繼續笑著。「我會跟著你們，可不是我主動的，那是因為……你們一直在調查我的事啊！」

「調……調查？」我感到背脊一陣涼，我什麼時候在調查黑皮與地下道的事？

「怎麼，還想不起來？」黑皮起身，臉朝著我的臉，慢慢的靠近。

「調查？調查？我為什麼要調查地下道的事？」我看著黑皮的臉，離我越來越近，那可怕的笑容，也離我越來越近……

「還想不起來？」

「我……」我看著黑皮的臉，已經在我面前二十公分處，他那古怪令人膽寒的笑，就在我正前方。

然後，他開口了。

「計時器，咯咯咯咯咯。」忽然，黑皮的聲音轉為高亢纖細，如同女童。**「老師，我想知道，是誰放了計時器啊。」**

「啊啊啊啊。」這剎那，我全身戰慄，陡然驚醒，從床上一坐而起。

背部，全部都是冰涼的冷汗。

這秒鐘，我突然懂了，為什麼十年前陰咒才開始流傳！又為什麼每當我一聽到陳薇這名字，就會全身被冷電貫穿！又為什麼小雨會問我地下道的事！

因為，把美倫帶回來的人，就是我。

地下道的尾聲，黑皮臉上那個詭異的笑容，那是薇薇。

而薇薇的本名，竟然就是那冥王星五人小組之一，對黑魔法饒有興趣的，陳薇！

「哥，你傳簡訊給誰？」此刻，我和小裕正在前往某家汽車販售中心的路上。

因為，這家汽車販售公司，是小茂記憶中，印雪工作的地方。

因為昨晚惡夢的關係，我打了電話給當年「惡靈地下道」的另一個倖存者，胖子，不過胖子並沒有回應，一如之前惡靈地下道事件一樣，胖子總是不接電話，只是不知道是真的接不到電話，還是打算最後再出場？

但無論是哪一種？我都衷心期望他的出現，不只是因為他擁有正氣凜然的個性，更重要的是，他可是曾經與我共同經歷了「抽鬼」與「惡靈地下道」兩次恐怖事件一起的夥伴，更是我百分之百信任的人。

只是，因為他沒有回電，所以我只能透過簡訊告知。

「哥，你怎麼都沒有回答我？」小裕把身體擠在我身上，試圖要看到簡訊內容。

「妳很沒禮貌欸。」我挪動身子。

「哥，你忘記我們是一組的嗎？什麼都不可以瞞我！」小裕看著我，我訝異的發現，她是認真的，因為她眼中有淚光。

這真的讓我驚訝了，這女孩就算經歷了表姐之死，也在旅程中聽了不少光怪陸離的故事，她始終能保持一派樂觀的模樣，怎麼只是因為我不給她看一則簡訊，就因此眼中含淚？

想到這裡，我不禁感到心軟，把手機湊了過去，聽著小裕順口唸出了簡訊內容。

「胖子，地下道內沒解決的事情，又回來了，我在台中，你快來。」

「哥，這是在寫什麼？」

「我過去發生的事。」

「什麼事？」

「以後再和妳說。」我實在不太想提，所以決定邁開腳步繼續往前。

「响，老人家愛藏祕密！你是老人家！」而小裕似乎因為已經如願以償的看到簡訊內容，所以也沒生氣，只是稍微抹去眼角的淚光之後，就追上了我的步伐。

但，當走進了那家汽車販售中心之後，我們才發現，本以為尋找印雪的旅程，會像找到小茂一般，縱有小挫折也能輕易克服，事實上卻不是如此。

「她啊，兩年前好像在這裡待過，只做了半年，就走了欸。」回答我們的，是印雪的前同事，年紀約莫三十餘歲。

「只做半年？這麼短？」我也出了社會，知道半年就更換工作，是一個非常短的週期。

「是啊，真的很可惜喔，她好會賣車子喔。」這個印雪的前同事話鋒一轉，語帶酸意。「才來幾個月，業績就擠入前三名，長得漂亮加上心思細密，又會耍點小心機，果然厲害。」

聽到印雪同事這樣說，內心隱隱浮現一種古怪的感覺。

印雪的人緣，似乎不是很好？

「那……她去哪了，你們知道嗎？」我問。

「基本上不方便透露啦，不過我們其實和她也沒那麼熟，我只記得，後來曾在另一家車商看過她……」那同事對我露出了一個皮笑肉不笑的笑容。「那家車商就是……」

果然，印雪的人緣並不好，而她的同事，似乎也沒打算幫她隱瞞下一個工作的地點。

於是，在她同事的引導下，我們又到了另外一家車商，而那家車商對印雪的評價，竟然也與第一家車商大同小異。

「高䠷，算漂亮，嚴格說起來，像是模特兒，但是那種紅不起來的模特兒啦。」這位前同事也是女性，說起話更酸更直接，「車賣得好又怎樣？不過就是會撒嬌，對男客人耍心機，一點都不像我們懂得用心經營客戶。」

「什麼撒嬌？什麼心機？我聽說啊……」這時，旁邊的女同事，八卦神經也被撩動了起來，也湊上來說話。「她可不只撒嬌，她還跟客人……」

「跟客人怎樣？」

「那個啊。」那女同事說到這，鼻子噴出了好重的一股氣。「你知道，我這種良家婦女，說不出口的……『那個啦』！」

「不只喔，我聽說她之所以可以拿到那麼多的客戶資料，靠的是和處長……」

「那個色瞇瞇的處長？」女同事臉上帶著明瞭一切，但又聽聞八卦，貪婪嗜血的神情。「我早就知道了，那個老頭一看就知道不對勁！」

不過，若問到的對象是男性，結果就又不同了。

「不錯啊，很能幹，那時候聽說她半年就要走，我們幾個男同事還連署要留她，可惜喔，她很堅持。」那男同事歪著頭，「有問她原因，但她也沒說……」

「為什麼不說？」

「這就不知道了，不過翻開她的履歷，還真是頗精采，」男同事說，「一個工作換過一個工作，每個工作都差不多半年，只是說，她的業務手腕實在高明，所以也不缺工作就是了。」

「嗯，每半年換一次工作啊。」我沉吟，「為什麼呢？」

而男生前同事的回答還沒出口，倒是女生前同事又搶著講話了，「我覺得啊，她在逃。」

「逃？」

「我也不知道，」那女同事的臉，在此刻，忽然變得陰氣沉沉，「躲著什麼？怕著什麼？雖然她像隻花蝴蝶般，周旋於男生之間，但她啊，就是不知道在怕什麼。」

她啊，一直在逃，已經逃了好多好多年了。

找了三四家公司之後，印雪的線索，終於斷了。

畢竟，如果她不透露接下來要去哪家公司，前同事也不會知道，而我和小裕，就算一個很會製作機器手臂，一個很會裝可愛讓人卸下戒心，也無力再前進了。

「怎麼辦？」當我們離開了第四家公司，那是一家小型的建設公司，藏身在大樓的四樓，小裕轉頭問了我這句話。

「怎麼辦啊。」我皺著眉頭，沉思著。「我覺得，印雪如果故意不想讓人找到，我們只是兩個平凡人，可能真的找不到。」

「哥，」小裕嘟著嘴。「那我們該怎麼辦？找陳薇嗎？」

「嗯，我怕，陳薇根本找不到。」我苦笑，我們一路上從老師開始，追到了小茂，終於勾勒出了整個陰咒的輪廓，沒想到，這麼快就在印雪這條線上斷掉。

「嗯。」小裕也愁眉苦臉。「我也是這樣覺得，老師說她已經消失好多年了。」

「我們先回飯店，再討論一下吧。」我也一籌莫展，只能先回飯店，安靜想一想再說。

不過，就在這時候，小裕想了一下，開口了。

「哥，你最近有感覺到嗎？」

「感覺到什麼？」

「我覺得，一路問到現在，好像……好像……」

「好像什麼？」

「好像不只我們了。」小裕笑了一下，卻是讓人發涼的苦笑。

「不只我們？是什麼意思？」

「你晚上會做夢嗎？其實，和老師談過之後，我就開始做夢。」

「夢……」

「有時候會夢見我的國小同學，夢見自己曾經做過的惡作劇，你知道，我曾經在前面同學的椅子上，放著一支短鉛筆……」小裕苦笑，「筆尖朝上，那同學一屁股坐下去的時候，那聲大叫，全班都笑翻了。」

「小裕……」

「還有，我還夢見了以前班上女生，因為討厭一個髒髒成績很差的小男生，還會故意偷走他的作業，丟進水溝裡面，然後當老師問他作業時，他辯稱自己有帶作業，但老師不相信，他髒髒的臉氣得通紅，還被老師痛打了一頓，而我又夢見那男孩趴在地上被揍時，他的眼睛，一直看著我，死瞪著我……」小裕咬著下唇。「我也夢見那個髒髒的小男孩了。」

「小裕……」

「還有啊，我和幾個女生，曾經把其他人關在廁所裡面，只是好玩，真的只是好玩，他在廁所裡面大哭，說他快不能呼吸了，哭著說他很怕這種地方，用力拍門，我們只是在外面笑，然後我印象超深刻，忽然門內沒有聲音了。」

「啊，然後呢？」

「我趕快開了門，發現他躺在地上，臉色發青，他一看到門開，立刻衝了出來，把我們撞倒，逃回教室，其他同學都說他很會假，之後欺負他欺負得更慘了，但，其實我一直覺得，他那鐵青的臉色，是真的生病了。」小裕閉著眼，「我最近，一直做著這些夢。」

我看著小裕，一種說不上來的同情與無奈浮上了心頭。

這就是霸凌，對，這就是看似最無害，但也最殘忍的，霸凌。

自己以前念國小時，不曾霸凌同學，但，卻也不曾伸出援手，因為伸出援手是有風險的，因為你可能被那些霸凌者鎖定，而成為下一個被霸凌的對象。

所以，我的國小六年，就在不願意霸凌別人，也不願意招惹別人的情況下，無聲無息的度過，現在回憶起來，那是一段無力且自私的歲月。

而相較於我是冷漠的旁觀者，小裕則是那個霸凌者。

那小雨呢？

按照老師的說法，小雨是一個特別而孤傲的人。

而在我的感覺中，小雨肯定不是霸凌者或是冷漠的人，她是會伸出援手的人。

也許多數時候她會選擇沉默，但若霸凌超過了界限，小雨就會出手，但我也可以想像，因為小雨太特別，所以霸凌者不敢動她。

霸凌者也許因為小雨的氣勢而不敢欺負她，但一定會選擇另一種方式，孤立。

霸凌者孤立小雨，畏懼那些霸凌者的旁觀者，也會孤立小雨，於是小雨，就這樣帶著孤傲與自尊，被孤立了六年。

所以她絕對不可能隸屬冥王星幫這種集團，她一定是孤身一個人。

但，她的特別，也被老師瞧在了眼中，所以老師深信，當陰咒事件來時，能解決這件事的，也只有小雨一人。

但小雨的孤單，會成為致命傷。

所以，老師一直在期待另一個人的出現，一個讓孤單者相信的人，也就是我。

只是讓我心疼的是，小雨，就這樣承受著這樣的孤單，過了這麼久，就連陰咒這樣恐怖的事件，她也選擇了自己面對？

想到這裡，小裕的聲音傳入了我耳中，將我從自己的想像中拉了回來。

「哥，你又在發呆了。」小裕又拉了拉我的衣角，「你在想啥？」

「嗯，剛剛想到了小雨。」我努力讓自己的嘴角上揚，掩飾自己對小雨的心疼情緒。「怎麼？」

「你怎麼老是想到小雨姐姐？」

「呵，難免啊，怎麼了？妳剛想要說什麼？」

「我還沒說完喔，哥，你還記得我一開始說的吧，『我覺得，好像不只我們』了。」小裕說。

「是啊，為什麼這樣說？」

「因為，我這幾天做了這些惡夢，夢到最後，都會出現一個男生。」
「一個男生？」
「對，夢的最後，都有一個男生，他坐在黑暗中，他看著我，對我露出一個像女生的笑，超詭異的。」小裕說到這，原本拉我衣角的手，變得更用力了。
「嗯。」
「他會開口說話，但我都只聽到片段。」小裕苦笑，「那些片段，大概就是，『你們已經捲入』，以及，『霸凌者』，『惡意』，還有……」
「還有什麼？」
「『我，跟著你們。』」
「跟著我們？」
「嗯！」小裕的表情快哭了。
「妳是說，當我們一步一步找出每個同學時，那個亡靈，也已經跟上我們了？」
「嗯！」
聽到這裡，忽然，我想起了自己昨天的夢，難道，小裕也夢到了黑皮。
「別想了，小裕。」
「咦？」
「他是否跟上我們，不是我們能控制的。」我說，「但我們一定要快點找到計時器，因為，這樣才能救到小雨，而且，才能替妳阿珠姐姐討一個公道，對吧？」
「嗯。」

「別想了，他跟來，說不定不是壞事。」我咬著牙。

「不是壞事？」小裕歪著頭，這秒鐘，聰明如她，似乎也領悟了我的意思。「因為，小雨姐姐？」

「嗯。」我點頭。「因為，小雨正在追他，而他若已經逼近我們，也表示……小雨遲早會露面的。」

「哥，這樣想就好多了，希望這是好事。」小裕雙手合十，「只能這樣想了啊。」

而我看著小裕，深深吸了一口氣。

好事？事實上，我無法斷定是否為好事？而我們現在唯一能做的事情，就是繼續找，找到那個叫做印雪的女孩，找到這個逃了好幾年的倖存者。

只是，我們沒有料到的是，當我們對印雪一籌莫展之際，另一個人的出現，卻帶著某種程度的暴力，打破了這個僵局。

那個人，也是跟蹤者，就是另一個跟蹤著我們的人，現身了！

這一晚，我跟小裕帶著精疲力竭的身體，與累積了整天的失望，回到了旅館，各自回到房間。

一回房間，我把衣物凌亂的脫在床上，直接進入浴室，打開水龍頭，把溫度調高，試圖洗去一整天的煩躁與疲憊。

當熱水淋在我的身上，我可以感覺到皮膚的毛細孔張開，貪婪而飽滿的感受著充滿了溫度的水蒸汽，也終於讓我稍稍的放鬆了心神。

「該怎麼辦呢？」我的頭，埋在不斷淋下的熱水下，腦袋依然在轉著。

印雪一定早就知道陰咒，所以她寧可放棄穩定人生，居無定所，四處逃竄，就是為了不讓那個男孩找到，她能躲這麼多年，憑我和小裕兩個沒有半點背景的人，要在幾天內找到她，機率幾乎是零。

那剩下誰？

當然班上還有其他的同學，但他們多半不是主要人物，這些年來，如果他們都還活著，一定也有自己獨特的藏身之道，要把他們找出來，未必比印雪簡單，而且曠日費時，所以邏輯上告訴我，不該做這件事。

所以，還是要回到冥王星幫的這五個小孩，若以逃跑的順序來區分……

第一個奔出來的阿竣，也是年輕醫生，確定死亡。

第二個奔出來的陳薇，如果她就是薇薇，她早就死了，在十年前的台中火車站外的地下道內。

第三個奔出來的美倫，則是在教室外當場死亡。

第四個是印雪，現在行蹤成謎。

第五個是小茂，此人已中陰咒，數字維持在六，有密宗佛珠保佑，再找他嗎？但……他似乎已經將知道的事情告訴我們了，又或者說，他已經不會再多講了。

那我們現在能做什麼？

再回去找老師？再回去找小茂？又或者是……

想到這裡，我忍不住將讓熱水對著我腦袋直淋，一籌莫展了嗎？真的一籌莫展了嗎？

當我關上了熱水，換上簡便的衣物，一邊用毛巾揉著頭髮，一邊走出了浴室，就在我把毛巾撥開，打算拿自己換洗衣物之時，忽然……我呼吸陡然一頓，因為看到了一個人。

一個男人，竟然正蹺著腳，叼著菸，坐在我的床上。

「你是誰！」我雙手握拳，瞪著眼前的男人。

「我是誰？」那個男人的臉，朝著我轉了過來，在浴室的燈光下，我終於稍微看清了他的臉。

約莫五十歲年紀，理著小平頭，嘴巴抿成嚴肅的直線，線的兩端往下凹陷，看起來很像鄰居阿伯，而且是最頑固的一種鄰居阿伯。

忽然間，我有種感覺，我看過這個人，只是在哪裡，一瞬間竟然想不出來。

「你覺得我是誰？」那個頑固阿伯，抽著菸，瞪著我，光那雙眼睛散發的殺氣，就足以把一個人活活瞪死。

「很熟，但想不起來，你，你是人嗎？」我聲音微微發抖，試圖從本來的驚嚇情緒中復原。

「廢話，老子有影子，當然是人。」老伯哼的一聲。「你不認得我，我倒是認得你。」

「咦？」

「你，工程師，為了找尋把你甩掉的女生，不惜踏上旅途，另一個女生，表姐過世，你們也是老師生前見到的最後一組人，對吧。」那老伯又吸了一口菸，「你們不久前才找過一個叫做小茂的人，怎麼樣，我沒說錯吧？」

「你，你，你怎麼知道這麼多？」我看著那老伯，只覺得腦中的記憶越來越清晰，幾乎快要掌握住這老伯的身分。

我一定見過他，在某個地方，在某個時刻……

「我當然知道，你以為我是誰？」老伯冷笑，「調查，原本就是我的工作！」

調查，原本就是我的工作？

這句話一出，就像是一滴水珠落在鋼琴上，叮的一聲，這瞬間，我想起來了。

我想起我在哪裡看過他了，不是實際的見過，而是在螢幕上！那個不斷反覆播放的「醫生離奇死亡」的新聞中！

「想起來了嗎？」老伯冷笑，「再不想起，我就有點擔心，老師所託非人了。」

「你是警察！」我比著老伯，失聲喊道，「你是在命案現場，推擠記者的警察！你是……老，老……」

「老莫。」

「對！對不起，」我看著他。「你……究竟，究竟怎麼進我的房間的？」

「廢話，這些旅館敢不讓我進來？」老莫繼續冷笑，「他們不想在這個轄區混了是不是？」

「對，對，你是有特權的人，你可以進到我房間！」我恍然大悟。「只是，你為何來找我？」

「我來找你，是來幫你的。」老莫彈了彈菸，也不管別人旅館的地毯，會不會因此有焦黑的痕跡。

「幫我？」

「你們找過老師，對吧？那個女人是我老莫執法這麼多年來，少數敬佩的人，你們讓她放心的離開人世，所以我個人覺得，你們也許可以合作。」老莫瞪著我，眼神銳利而犀利。

「老師，離開人世了？」我吞了一下口水。

「陰咒數字都到壹了，也該了斷了，遲早的啦。」老莫哼的一聲。

「你，你也知道陰咒？」我看著這警察，一種說不上來的激動情緒湧上心頭，他是我們尋求已久的轉機嗎？「你看得到？」

「很不幸，我看不到，我沒那種體質。」老莫說，「但，二十五年前的國小命案現場，我就是第一批衝進去的警察，然後這十年來，我已經辦了九起陰咒命案了，你覺得我怎麼可能不知道？」

「啊啊啊啊。」我忍不住握拳，情緒更激動了。

老莫的出現，肯定會為我們這次的行動，注入強大的活水。

「別高興得太早，如果你們太蠢，對不起那女人的託付，我可是會輕易的甩掉你們。」老莫把抽到剩下菸屁股的菸彈了一下，剛好彈入垃圾桶內，啪的一聲，小火花濺開，隨即就消失了。

「嗯。」

「現在，就讓我來幫你，搞定目前最難的一件事吧。」

「哪件事？」

「我不是說過，調查，是我的工作嗎？」

「調查……」我嘴巴張大，「你是說，幫我們找……」

「印雪，」老莫眼睛瞇起，露出似笑非笑的表情。「那女孩，是的，我知道她在哪？」

別忘了，調查，本來就是我的工作。

第九章

關於與小雨共有的記憶，還有一個小小的片段，讓我留下了深刻的印象。

之所以會留下印象，是因為她實在太少提到國小生活，這幾乎是她唯一提起的一次。

「妳說，我都不提台中，」那時，我和小雨交往時間約莫一年，正是感情由熱烈轉為平淡，但相處上卻越來越依賴彼此。「其實，妳也幾乎不談妳求學階段欸。」

「嗯。」小雨歪著頭，看著我，輕輕嗯了一聲。「那你想知道什麼呢？」

「都想知道啊。」我攤開雙手，「像是妳高中念書時候有沒有好朋友？國中哪一件事印象最深？甚至是國小時候，誰是妳最好的朋友？我都想知道欸，怎麼辦？」

「呵呵，你都想知道啊。」小雨撥了撥長髮，「我高中時候有一個很要好的朋友，不過，國小的時候，要好的朋友，不是人喔。」

「不是人？」我表情扭曲。「難道，難道是……」

「你幹嘛這麼緊張，我國小時候，最好的朋友是一隻土狗。」

「啊，是一隻狗？」

「是啊，那隻狗大多時間都被鍊在校工宿舍，也是我們教室的後方，我每次下課沒事，都會溜去和狗玩哩。」

「真的嗎？」聽到這，我忍不住問。「妳都和狗玩？那同學呢？」

「我國小時候，人緣很差，呵呵。」小雨說到這，自己笑了。

「才怪。」我看著小雨，完全無法把『人緣很差』四個字與她聯想在一起，她漂亮、高雅、溫柔，又帶著令人著迷的神祕氣質，這樣的人，人緣會很差嗎？

「真的啦，我很孤僻的。」小雨說到這，眼神飄向了窗外。「因為很多事情，我和別人不太一樣啊。」

「不太一樣？」

「沒事。」小雨搖了搖頭，「我雖然很喜歡狗，但我也發誓我長大不會養狗。」

「為什麼？」

「因為我國小時候，那隻狗就很老啦，牠就在我國小五年級的時候過世了。」小雨說到這，微微一頓，彷彿在壓抑著她的情緒。「從此，我不敢養狗，因為我好怕那樣的傷心，會再來一次。」

「嗯。」聽到這，我感受到小雨的想念與哀傷，忍不住伸出手，去握住她纖細的小手。

「我還記得，每次去找那隻狗，我都對牠說，如果我有天真的被人欺負了，一定會朝牠的方向跑，因為牠會救我。」小雨眼睛眨啊眨，我看到她那眨動的長睫毛上，竟帶著些許淚光。

那隻狗，對小雨來說一定相當重要，但也表示，她的國小生活，真的過得很孤僻。

「好啦，收回這話題，」見到小雨的神情，我急忙喊停，「那我們該認真討論，晚點要吃什麼？拉麵？義大利麵？還是巷口的蒸餃？」

「你轉得很爛欸。」彷彿是看到我慌張的神情，小雨笑了。「我想吃蒸餃。」

「好，沒問題，馬上幫妳買回來。」我一躍起身。

「謝謝。」小雨看著我，臉上露出了小女孩對食物充滿期待的笑容。

「嗯。」我出門前，忍不住回頭看了一下小雨，忽然，我有些懂了，小雨的確不是會遭到霸凌的人，但因為她的奇特，反而會讓霸凌者害怕她，排擠她，尤其是國小期間，小孩對情感的表現更加赤裸，那段時間，小雨可能真是孤獨的。

「幹嘛？」小雨看著我，「怎麼突然看我，就開始發呆？」

「沒事，忽然想問，妳國小時最好的狗朋友，有名字嗎？」

「有啊。」小雨說到這，忍不住自己笑了，「他有一個很不對稱的名字，牠是老狗，但牠叫做獅子。」

「哈。」

「因為太不對勁了，所以我都把獅子換成英文。」

「獅子……換成英文？」我想了一下。「是萊恩嗎？」

「對啊。」小雨甜甜的笑著，「還是很怪，對不對？」

「呵呵。」我笑了一下，推門而出，「我去買蒸餃了喔。」

只是在我推開門的瞬間，腦海閃過一絲古怪的感覺，獅子?萊恩?我怎麼好像在哪裡，聽過這個名字啊。

時空，拉回現在。

我正開著車，小裕坐在副駕駛座，而老莫則蹺著腳，坐在後座。

「這裡，可以停了。」老莫敲了敲我駕駛座的椅子。

「好。」

我小心停好車，往窗外看去，看到對街的那頭，是一家房屋仲介。

「印雪現在在這裡上班？」我就要推門下車，但老莫卻一手拉住了我，然後搖了搖頭。

「現在別下車。」

「為什麼？」

「印雪這人，就連我，也花了三年才找到她，她的行業從汽車業務、電子儀器仲介、科技業的行銷、保險業務員，到房屋銷售員，十年內至少換了二十個工作，你知道為什麼嗎？」

「十年內換了二十個工作……」我想起了陰咒，「她在躲……陰咒？」

「對，她在躲陰咒。」老莫點頭。「假設她早就知道陰咒存在，那她現在仍在躲，代表了兩件事。」

「哪兩件事？」

「第一件，就是她仍未中陰咒，如果中了，就不用躲了。」老莫瞇著眼，慢慢的說著，「第二件事呢……表示她真的很會躲！明明就是五人之一，卻可以躲十年而不被抓到。」

「嗯。」我同意的點頭。「所以，她真的很會躲。」

「如果這麼會躲的人，你直接下車去找她，你覺得她會怎麼處理？」

「她……」

「她啊，會以工作為由，請你晚一點再來，然後呢。」老莫說，「她會以快速且不惹人注意的方式，溜回去宿舍打包行李，從此消失在我們眼前，下次我再找到她，至少一年後。」

「嗯。」

「所以我們要等到她下班以後，然後直接到住的地方等她。」老莫說，「因為只有這樣，才讓她無處可躲。」

「好。」我看了那家房屋仲介一眼，印雪就在裡面嗎？

她一定知道陰咒，不然不會在十年內不斷躲藏，這也表示，她一定知道些什麼！

關於那男生，關於陰咒，以及關於計時器的一些祕密。

想到這裡，我不禁呼吸急促起來，我們一路探索的陰咒謎底，會不會就在印雪的身上呢？

「別急，少年。」老莫把身體靠向了後座的椅子，眼睛半瞇，看起來就要睡著。「要有耐心，懂嗎？耐心。」

「耐心。」我吸了一口氣，眼睛仍看著窗外，沒說出口的是，小雨的倒數只剩下貳了，時間已經不允許我有太多耐心了。

小雨又不像老師一樣深藏在台中小巷內，以種植花草為樂，小雨一直在追逐那個男孩，那表示她一定遇到很多形形色色的人，只要遇到了人，「惡意」就容易被激發。

她，現在真的很危險。

「耐心。」老莫閉上了眼，像是在打盹。「記得，耐心。」

只是，當我強行按捺激動的心情，準備等到晚上時，我看見對街房屋仲介的自動門開了。

一個穿著套裝，身材高眺的長髮女子，剛好走出來，整理貼在門外玻璃上的廣告單。

那長髮女子身材很好，約莫一百七十公分，更重要的是她有著一種獨特的風韻，宛如小明星的亮麗，還有讓男人忍不住想要探究的憂鬱與深沉。

看到她的樣子，我突然明白了。

這女人，一定就是當年冥王星幫中的第四人，印雪。

光看她外表一眼，就突然明白她為何對某些男生，存在著獨特的魅力？那些男生，通常就是有些錢，自信心很夠，以自我為中心的男人，或換另外一個方式描述，就是會「養小三」的男人。

也難怪，那些印雪的前同事，男女間對她的評價差距如此大！

男人會對她心存奇異幻想，而女人則視她為危險份子。

就在我內心反覆推敲這長髮女人身分時，忽然，我聽到耳邊響起了老莫那長年抽菸略帶沙啞的聲音。

「你猜得對，那個女人，就是你們在找的，印雪。」

「是啊，你……你怎麼知道？」我訝異於老莫竟然猜中我的心思。

「直覺。」老莫冷冷的看著我，眼中卻有著一種看見同類的欣賞。「我想，你也大概猜出了，印雪是什麼樣的女人了吧？」

「嗯。」

「這樣的女人，天生就懂得利用男人，所以這是無論到哪行都吃得開的特質。」老莫眼睛瞇起，從他的語氣，我可以感覺到一種冷漠，那是一種閱人無數的冷漠。

而就在我們待在對街的車上，默默觀察印雪這一切時，忽然，原本背對我們的印雪，回過了頭。

這回頭，短暫的一瞥，像是什麼都沒看到，然後她又回身，繼續忙了一會店外的廣告單，才徐徐走回店內。

「刑警……」我喃喃說。

「叫我老莫。」

「是，老莫先生。」我說，「剛剛，印雪她那一回頭……」

事實上，如果是平常人，這一回頭，我可以肯定的說，不會注意到對街一台樸素的汽車，事實上，整條路上至少停了三四十台的汽車，隱藏其中的我們真的很不顯眼。

但，她是印雪。

一個早就知道陰咒，而且成功躲了十年的女人。

「你猜得對。」老莫眼睛依然閉著，像是在睡覺。「我也是這樣覺得。」

「那，我們該提前行動嗎？該提前去她的租屋處嗎？」

「耐心。」

「可是……」

「耐心，你現在一動，印雪連租屋處都不會回去了，懂嗎？耐心。」老莫又重複一次後，眼睛閉著，竟然發出了淺淺的鼾聲。

「啊。」我和小裕互望了一眼，頓時明白了老莫的用心。

是的，印雪發現我們了，但如果我們持續不動，就可以誤導印雪，讓她按照原本的計畫回到租屋處收拾東西。

兵法上，有所謂的「反間計」，這場老莫與印雪心機的對決，簡直就是「反反間計」的極致表現。

果然，印雪後來又出來了幾次，但她的動作自然，沒有半點異狀，甚至連回頭都沒有，不過奇怪之處也在這裡，她沒有回頭，一次都沒有。

印雪奇怪的動作，表示印雪已經反過來監視我們了，但因為我們不動，某種程度也讓印雪卸下了心防，會想要回租屋處取個人物品。

到這裡，我不禁開始佩服起老莫，要對付印雪這狐狸，還真的要老莫這隻老狐狸才行。

但，我又忍不住想，印雪這麼重的心機，會不會，她還有別的招數？

我們這次圍捕印雪的行動，真的能順利嗎？

而當時間逼近下午四點半，距離正常下班時間，約莫剩下一小時，忽然，老莫伸了伸懶腰，打了一個大呵欠。

「差不多了。」

「差不多？」

「沒錯，距離下班剩下一個小時，差不多，印雪也該行動了。」老莫眼睛綻放精銳光芒。

「圍捕行動，也差不多，要開始了。」

在老莫的指引下，車行約五分鐘，我們抵達了印雪的租屋處，那是一棟外觀古舊的大廈，而當我們停好車，踏入大樓時，所說的第一句話，竟是……

「好冷。」我和小裕兩人，不約而同的打了一個寒顫。

沒有理由，沒有原因，外頭明明還有暖和的陽光，一踏入這大廈，就感到一陣無法言喻的寒意。

「這大廈，很舊了啊。」老莫又點起了菸，環顧四周。

「是啊。」我點頭，這裡一看就知道是超過二十年的老大廈，雖然交誼廳被打掃得算是乾淨，但仔細看牆壁周圍、地板角落、天花板邊緣，都可看見那無法徹底去除的點點霉斑。

這些霉斑，似乎在說著同一件事。

歷史，古老而陳舊的歷史。

大廈中，二十幾個樓層，上百間屋子，也有著無數的故事，有的住戶從未變過，他們從大廈落成就住了進來，在這裡娶妻生子，養育小孩，他們的青春年華與大廈共同消逝，他們的故事，以一輩子為一個單位。

也有的人，他們故事的週期是短的，也許是投資客，也許是租房子的人，又也許是被迫搬遷的，他們雖然與大廈的交集時間短，但也確實留下了他們的故事。

於是，這些人，這些故事，或短或長，或悲傷或喜悅，或讓人感動或讓人痛恨，都已經有形或無形的，在大廈留下了痕跡，包括牆壁的小小刻痕，角落的塗鴉，屋內的某個家具，都被忠實記錄在大廈之中。

這就是大廈的故事，而這些故事，最終將決定這大廈的模樣。

而如今，我、老莫，與小裕三人，正走入這大廈之內。

如果大廈真有記憶，我們肯定也會成為大廈記憶中的一部分。

大廈的一樓，有個小櫃台，警衛就坐在櫃台後，這警衛年紀約莫五十上下，肚子凸起，身上的藍色制服已經反覆洗到泛白，衣襬也沒有塞入褲子內，一看就知道看守這大廈已經很長的時間了。

當我們穿過警衛走到電梯時，這警衛的頭，連抬起都沒有。

「情報顯示，印雪住十七樓。」老莫第一個站到電梯前，仰頭看著電梯的數字，「喔，剛好？」

「剛好？」我來到老莫的背後，順著他的目光看去，這一剎那，我明白他喔這一聲的含意了。

因為，電梯竟然在緩緩往上升，而最後停住的地方，竟然剛好就是十七樓。

十七，不正是印雪住的樓層？

「這表示……」小裕也湊了上來，表情興奮。「印雪姐姐剛回家，老莫叔叔，你猜對了？太好了，那我們直接上去找她！」

「等一下。」老莫從上衣口袋中拿出菸盒，在手掌上敲了兩下，敲出了一根菸，然後點燃。在裊裊的煙霧中，他眼睛瞇起，開口說話了。

「我們得分開行動。」

「分開行動？」

「一個人留在這裡等她，另外一組，坐電梯上去十七樓找她。」老莫的眼睛，就算在濃濃的白煙下，仍掩不住如老鷹般的銳利。「這娘們不是簡單角色，我們得認真點。」

「為什麼？」一旁的小裕不解的問。

「樓梯。」老莫吐出了一個煙圈，煙圈裊裊上升。「別忘了，她除了電梯，還可以從樓梯下來。」

「對欸，如果我們電梯往上，印雪趁機從樓梯繞下來，我們就中計了。」小裕露出敬佩表情。「那誰該留下來？」

只是小裕才問出口，隨即，就獃住了，因為她發現，我和老莫的眼睛，同時看向了她。

「我留下？如果印雪下來，我怎麼打得贏她？」

「不用打贏她，記得拿手機，有問題立刻撥電話！」我說。「也不要試圖阻擋她。」

「可是……」

「往上有往上的風險。」我看著電梯，認真的看著小裕。「別忘了，那個詭異的男孩正在追我們，我不知道十七樓會發生什麼事。」

「嗯……」小裕看著我的眼睛，過了幾秒，才嘆了一口氣。「好啦，如果連哥你都這樣說了。」

「就這樣決定了，在那之前，我先拿一個東西。」老莫說。

「拿個東西？」

老莫沒有回答，快步走到警衛那邊，手一翻，翻出了他的警徽。「給我你們大樓的住戶資料和平面圖。」

「那種東西，那種東西，怎麼可以，」原本昏昏欲睡的老警衛，見到了老莫的警徽，立刻驚醒，慌張的回答。

「我說，給我！」老莫聲音突然轉為低沉，像是一頭猛獅，對獵物發出低吼，這一吼充滿了驚人的震懾力，警衛手一抖，慌亂的從桌上拿出一個舊舊的黃色資料夾。

「這資料不齊，而且要問管委會……」只是，警衛還沒說完，老莫已經搶走了這資料夾，快速翻了幾頁，抽出了其中幾張紙。

「老子當然知道你們資料一定不齊，而且是好幾年前的，但，平面位置不會變，屋主也不會改，這樣就夠了。」老莫把那幾張紙快速瞄過，似乎已經背了起來，然後順手扔給了我。「年輕人，我們走。」

「好。」我可沒那麼驚人的過目不忘能力，只能拿著紙，跟著老莫往前進。

但，就在老莫轉身要去搭電梯，而我準備跟上他時，我似乎聽到警衛似乎在喃喃唸著什麼……

「很慘啊，很慘啊。」

「什麼很慘？」我的腳步微停，側頭傾聽警衛的聲音。

「很慘啊，這大廈原本很興盛，直到八九年前，十三樓的一戶五口人家，燒炭自殺以後，就常聽到人說這大廈鬧鬼，從此房價跌到沒人要。」警衛語氣幽長，臉上的表情似笑非笑，「很慘啊這間大廈，真的很慘啊，咯咯。」

「什麼？」我動作一頓。「你剛剛說，住在十三樓的一家五口，燒炭自殺？」

「我說啊。」警衛忽然抬頭了，原本迷濛的雙眼，此刻竟然像是夜晚的貓，發出不祥的綠光，嘴角更是揚起了陰冷的笑。「此去，可是大凶啊。」

此去，可是大凶啊！

這一剎那，我腳步一個踉蹌，幾乎跌倒。

直到前方的老莫聲音傳來。「拖拖拉拉什麼?走啊。」

「嗯！」我吸了一口氣，打起精神。再看了警衛一眼，只見他仍低著頭打盹，哪來的綠眼睛?哪來的此去大凶?哪來的一家五口燒炭自殺?

情況緊急，我只能放下這些可怕的預感，按下電梯，讓纜繩轉動，載著我們前往未知的……十七樓！

電梯，持續往上。

我和老莫兩人，各靠著電梯的一邊，而我眼睛看著不斷增加的數字。「一、二、三……果然是老大廈的電梯，好慢。」

「老電梯原本就這樣。」老莫依然在吸菸，身為刑警的他，還真是最不良的示範。「年輕人，你說，你是為了一個女孩子蹚這渾水？」

「是。」我和老莫說過小雨的事。

「要小心。」老莫的臉，在白色煙霧下，浮現一個古怪的笑。「愛情這東西，很傷人，你可能因為它而展現超人力量，但也可能因為它而害死自己。」

「幹嘛這麼說？」我笑了一下。「你是過來人？」

「我沒這問題。」老莫冷笑。

「那，你掛心的事，是什麼？」聽到這裡，我忍不住問。

我會這樣問，其實是一種直覺，老莫這個人，為了這個二十五年前的案子，如此投入，肯定有原因，而那個原因，也許不是案子本身，而是來自老莫自己。

「……」但，老莫沒有回答，只是慢慢的吸著菸。

然後，就在這時候，忽然，我們的電梯一頓，停了。

我轉頭瞧向了樓層數，不是十七，而是五。

但電梯雖然開了，奇怪的是，卻沒有半個人進來。

「奇怪。」我伸手按了關門鍵，讓電梯的門再次緩緩關上。「有人按錯了嗎？」

「……」老莫眼神如鷹，盯著電梯門關上，不知道在想什麼。

「剛剛的話題……」我說，「老莫，對你而言，這案子持續了二十五年，為何你還不放棄？」

「……」老莫依然不肯針對這話題回答，只是吞吐著煙。「我只能說，不是愛情。」

「那是什麼？」我仍等著老莫的回答，而等待的過程中，電梯的樓層，已經上升到了九。

「命案現場，有計時器的聲音，嗶嗶聲。」終於，老莫開口了。

「嗯，計時器的聲音？」

「和我女兒被殺害時，身上佩戴的手錶的嗶嗶聲，一模一樣。」

「你女兒？被殺害？」我張大嘴巴。而此刻的電梯數字，到十一。

「是啊，她是被殺害的，我永遠記得那天早上啊，我那不愛笑的女兒還特地調了手錶的嗶嗶聲給我聽，對我說：『爸爸記得喔，以後聽到嗶嗶聲，就知道我來了。』那時，我還笑她，『手錶的聲音不都一樣，我哪知道哪一個是妳的？』」

「嗯。」

「只是沒想到，從那天起，」裊裊的白煙背後，我彷彿看到了這個鋼鐵男人的淚水。「他媽的，真是他媽的，她就沒有回來了。」

「啊。」

「當然，殺我女兒的兇手，很快就找到了，是幾個以前被我抓過的混混，我沒幾天就逮到他們了，然後當場了斷，連讓他們進監獄的機會都沒有。」老莫的臉，藏在濃濃的白煙之後。

「連進監牢的機會都沒有……」我吞了一下口水。

我不敢問，所謂的不進監牢，是究竟進了哪？但我想，除了地下和焚化爐，應該沒啥地方好進了吧。

此時，電梯的數字到十四。

「可是，很奇怪，就算我報了仇，我的內心還是很不踏實，彷彿有事情沒有做完，又或者說，這不是我女兒希望的贖罪方式，我就這樣如行屍走肉般過了幾年，直到那天……國小闖入變態殺人，當我衝進現場，我又聽到了嗶嗶聲。」老莫露出古怪的笑。「一種奇怪的預感驅動著我，這是我補償的機會。」

「補償的機會……」

「那個嗶嗶聲，你他媽的，和那天清晨，女兒調給我聽的聲音，一模一樣啊。」老莫慢慢的說著，「你懂嗎？小子，你問我為何執著了二十五年？告訴你，這就是我的答案。」

「嗯……」我看著老莫，只覺得呼吸好重。

這男人的女兒被殺了，於是他背負了整整二十五年的枷鎖，只為了等待計時器被解開的瞬間。

而說到這裡，忽然，老莫揮了揮手，把白煙揮開。「電梯，要到了。」

「喔？」我轉頭看向樓層數字，沒錯，目前已經跳脫了十六，正要變化為十七。

「走啦。」老莫站到了電梯門口。「你有你的故事，我有我的，就讓我們一起，把事情解決吧。」

說完，叮的一聲，老電梯晃動。

門開。

命運的十七樓，終於到了。

十七樓，左邊第二道門，就是印雪租下的房間。

正當我站在門口，思考該如何展開與印雪的第一步接觸時，老莫已經按了門鈴。

這棟老舊的建築內，響起了一聲接著一聲冗長尖銳的門鈴聲，在牆壁與天花板間迴盪。

只是，一分鐘過去，仍只有門鈴聲，卻未見人出來應門，只有偶爾傳出的細碎腳步聲，但我知道，那腳步聲不是人類的，而是每間老大樓都共有的一種齧齒生物……老鼠！

「這間大廈老鼠還真多，連按個門鈴，也會吵到老鼠？」老莫哼的一聲。

「她不知道是不開門，還是不在，我們該怎麼辦？」

「那就開門啊。」老莫臉上露出一個古怪的笑，忽然蹲下，從口袋掏出了一根彎折過的鐵絲，然後朝著鑰匙孔伸了進去。

「你自己開？」我訝異的看著老莫。

「廢話，如果警察辦案，都要等到鎖匠來，嫌犯豈不是早就把所有的證據都湮滅光了？」

老莫那拿慣了菸的手指，異常靈巧，不到一分鐘，我就聽到門鎖傳來卡的一聲。

我看著老莫，內心佩服與感嘆參半。

老莫他身為刑警，不可能不知道新的菸害法，但仍在每個室內場所毫無顧忌的抽菸。

更不可能不知道刑警開門，其實需要搜索令，也要找鎖匠當作第三公證人，但他完全不管，所以他肯定是一個很會破案，但升不了官的刑警。

而這樣的刑警，行事霹靂不留情面，也許真的會惹到黑道，害死了自己的女兒。

當我還在想著這些事之時，老莫已然站起，並且用力一推，把門推開。

門一開，裡面細碎的老鼠腳步聲，登時往四面八方散開。

「一個女孩住的地方，這麼多老鼠？咦，不對。」老莫門才推開，臉上立刻露出古怪神情。

「糟糕。」

尾隨在後的我，也跟著喊了一聲，「糟糕。」

因為，這屋子沒有人住，床是空的，沒有任何傢俱，除了地面一些老鼠的糞便以外，這裡簡直就是一間廢棄屋。

但，為什麼？為什麼原本該住著印雪的十七樓之四，會像是沒有人住的空屋？

「情報有錯嗎？」老莫蹲著，檢查地上的痕跡。「但我的線民，可是連續好幾個晚上，都看見印雪走進來，難道……」

「難道……？」

「把剛剛的各層屋主的名單給我！」老莫朝我手一伸，我也迅速的將名單放到了他的手心。

老莫抖開名單，手指快速梭巡，然後，停在了某個位置。

「該死！中計了！」老莫把配置圖朝我一扔，立刻朝著門外奔去，而我在丈二金剛摸不著頭腦下，撿起了屋主名單一看，這一剎那，懂了。

老莫比的，是另外一個樓層，五樓。

五樓和十七樓有一個共通點，這共通點雖然乍看之下不怎麼樣，卻是印雪詭計核心，那就是五樓和十七樓的屋主，是同一個。

「她和同一個房東租了兩間屋子，一間在十七樓，一間在五樓，然後刻意混淆線民的認知？」我跟在老莫的背後，被印雪詭異的心思深深震懾。「啊！難道……」

「難道什麼？」老莫問。

「剛剛電梯在五樓停了一下，但開門後沒人……」我想起數分鐘前發生的事情。「因為那女人，原本打算從五樓逃走，剛好碰到我們，所以躲在旁邊？」

「不，她從一開始就躲在旁邊，真是厲害的女人。」老莫咬著牙，邁步衝到了電梯旁，而此刻電梯的樓層標示是……一。

「她下去了？」老莫咬牙。

「別忘了，我們下面還有一個人。」我從口袋中掏出手機，快速按下小裕的電話。「印雪要離開，沒那麼容易，因為小裕會發現。」

「嗯。」老莫仰著頭，注視著電梯數字。

「喂，小裕。」當我接通後，「小裕，妳剛剛在那裡時，有看到印雪出電梯嗎？」

「沒有。」小裕的回答，乾淨俐落。「我沒看到。」

「沒有嗎？那再問她。」這時，老莫語氣低沉。「印雪沒有出去，但，有其他人從電梯出去嗎？」

「有，只有一個。」小裕的聲音，從電話中傳出。

「誰？」

「我不認識，一個老太太，全身包得緊緊的，剛離開。」小裕說。

「老太太！」老莫和我互望了一眼，都想到同一件事，那個印雪，不會化裝成老太太了吧？

「那個老太太，從幾樓下去的？」我握著電話的手心，正在滲汗。「幾樓？」

「幾樓？好怪的問題喔，但我記得，是……」小裕似乎對我們的問題感到困惑。「五樓吧。」

五樓。

聽到這兩個關鍵字，我和老莫感到一陣氣沮，八九不離十，印雪化裝成老太太，從五樓溜走了。

「逃了。」我咬牙。

「……」老莫沒說話，只是沉默，但從這份沉默中，我可以感覺到與我相同的情緒。

不愧是逃了十年還沒被陰咒逮住的女人，先是在售屋中心發現我們，然後又在十七樓和五樓之間佈下陷阱，最後又化裝成老太太逃亡，這樣複雜的心計，她到底是誰？

但，也在此時，我的電話中，又傳出了小裕的聲音，聲音中盡是驚奇。「奇怪，好奇怪！」

「什麼奇怪？」

「那個老太太回來了。」

「咦？」

「對啊，她用跑的回來，動作好快，快到不像老人家欸。」小裕轉述著她現場看到的實況。

「她想等電梯，又好像嫌電梯太慢，就直接衝到樓梯，用跑的方式上去了！」

「回來了？」這一剎那，我和老莫再次互望一眼。

印雪為什麼回來？她遇到了什麼？什麼東西讓原本可以逃走的人，選擇退回來？

不約而同的，我們伸出了手指，按了電梯「下」。

然後，答案，就在下一秒，在我的話筒那端，響了起來。

「哥。」這次，小裕的聲音發著抖，那是打從心底最深處，顫抖的聲音。「我看到他了。」

「看到……誰？」

「那個男孩。」小裕把聲音壓到最低，全身發抖，無法控制的發抖。「肯定是他，好冷，他周圍都是陰風，好冷的陰風，哥，救命。」

那個男孩來了？

「他在等電梯，然後，他，他，他還回頭對我笑了一下。」小裕的聲音，聽起來，真的快哭了。

「小裕，妳別看他，躲好，我們馬上下去！」我語氣焦急。

「好，哥哥。」小裕的聲音快哭了。「快點下來，拜託，他朝我走來了，哥，我該怎麼辦？

我該怎麼辦？」

「小裕！」

「……」

然後，忽然電話噌的一聲，像是線路燒壞般，斷線了。

「斷了。」我愣愣的看著電話，「小裕的電話斷了。」

「真了不起。」老莫再次敲了敲菸盒，敲出了菸，「沒想到我們漏掉了印雪，但真正的正主兒，把印雪逼回來了，到底是幸運？還是壞運？」

「嗯。」我手心仍是汗，我擔心的是小裕，最後那個男孩走向了小裕，電話因此斷線。

到底發生了什麼事？

而就在此刻，電梯的數字開始跳動了。

從原本的「1」，直接往上。

只是怪事仍在持續，那電梯並沒有停在五樓，反而持續往上，然後在十三樓停了一下，才又繼續往上。

數字繼續往上，就直接停到了十七樓，門開時，電梯內已經空無一人。

「真是一團混亂。」老莫走進電梯，他叼著菸，腳步沉穩，真的是見慣大風大浪的刑警。「十七樓只是幌子，五樓才是真正藏身地，但陰咒之主，卻在十三樓離開了電梯，真是一團混亂，哈哈。」

我跟著老莫走進了電梯，對於十三樓這個數字，有一種奇怪的熟悉感，讓我內心不斷的戰慄著。

我在哪聽過十三樓？是警衛嗎？在匆忙上樓的那一刻，警衛是不是說過什麼，關於十三樓的可怕事件？

而男孩走進十三樓，會不會和那件事有關？

當電梯門關上，老莫先按了十三，然後又按了五。

然後，他雙腳打開，站在電梯門口，從他的背影來看，可以感覺到他雖然表面輕鬆，但全身的氣勢已經繃緊。

身為刑警的直覺，似乎在告訴著他，陰咒事件中，最慘烈的一場就要登場了。

因為，除了小茂外，最後一個逃了十年的倖存者印雪出現了。

這十年來不斷散佈陰咒，追尋著計時器的男孩，也終於被印雪誘了出來。

忽然，老莫開口了。

「我想，如果我是印雪，我也會很怕陰咒。」

「為什麼？」

「陰咒因為惡意而倒數。」老莫嘴角揚起一絲冷冷的笑。「而印雪這女人，這十年來不斷的逃，心思詭譎，靠著美色支撐生活，像她這樣的人，一定滿腦子都是『惡意』。」

「嗯。」我點頭，我非常認同這點。

光從她在這棟大廈租了十七與五兩個樓層來看，我肯定她一定是個心思詭譎的女人。

這樣的女人碰到陰咒，搞不好撐不過三天，就會斃命了。

「但，那男孩，就是要抓她。」老莫雙腳大開，霸氣十足，看著電梯的數字往十三靠近。「一個充滿惡意的女人，是不是就是二十五年前放計時器的人？這謎底真讓人好奇。」

「是嗎？」我瞇起眼睛。

從常理推論，印雪心思複雜詭異，的確，她為了救自己，放計時器害死美倫的機會很高，但，真的是她嗎？

如果是她，而她又在這裡，被男孩找到了，是不是就可以結束詛咒？

是嗎？

其實我內心一個聲音隱隱告訴自己，有這麼簡單嗎？

「有這麼簡單嗎？」老莫的自言自語，竟然與我內心所想的事情不謀而合。「真的，有這麼簡單嗎？嘿嘿。」

然後，就在我與老莫各懷心事之際，忽然叮的一聲，電梯微晃。

到了，十三樓到了。

第十章

十三樓，電梯門開。

老莫踏步往外，而跟在後面的我，則莫名的打了一個寒顫。

好冷，為什麼這一層這麼冷，空氣像是結冰一樣，現在的季節應該沒有那麼冷啊？更何況，幾分鐘前，當我們還在一樓與十七樓，也未曾感受到這樣的低溫。

「這一層，特別冷啊。」老莫走在前面，像是發牢騷般，嘟噥了幾句。

而我則感到微微心驚，我記得老莫曾說過，他看不到陰咒，所以他並不是靈異體質，連他都可以感覺到空氣中濃烈的寒氣，這表示，這裡的陰風，已經強到足以影響一般人了。

除了冷，第二個異象緊跟著出現了。

那是老鼠。

在電梯外，一隻又大又肥的老鼠，體積肥到像小貓的老鼠，竟然直接趴在走道的地板上，紅眼睛閃爍，與我們對瞪。

「這裡的老鼠怎麼搞的，不只數目多，還特別不怕人？」老莫皺起眉頭。

「是啊。」我也同意，眼前這隻全身髒毛的齧齒類生物，正瞪著我們，牠獸眼中的我們，似乎不是一個體積巨大的天敵，而是食物。

牠將人類，當成食物？

這是我的錯覺嗎？還是這裡的老鼠，當真如此兇殘？

不過老莫畢竟也不是省油的燈，只見他大步往前，然後手往後腰一拔，一把手槍已經在手。

老莫拿著手槍，槍管對準了老鼠的頭。

雙方對峙了幾秒後，老鼠才發出古怪的咕嚕聲後，轉身，以人眼難以分辨的高速，咻一聲溜走。

「這裡的老鼠不怕人。」老莫拿著槍，然後又從後腰部抽出了一根警棍，遞給了我。「警棍，拿著。」

「我拿？」

「接下來我不知道會遇到什麼，但，肯定危險。」老莫淡淡的說，「帶著警棍，保險些。」

「嗯。」我握緊了警棍，感受著它那破壞力十足的重量感，雖然我不曾受過專業訓練，但這樣的武器在手，一般的老鼠，大概不會是我的對手。

「走吧。」老莫繼續往前，不用特別尋找，也知道目標在哪？

這裡有間房子，門外像是被祭祀過，沾了不少香灰，門上，更被人畫了幾個符咒，只是事隔七八年了，這些痕跡都已經斑駁、老舊。

就算痕跡老舊，仍可以感覺到屋子本身散發出來，那濃烈的不祥之氣。

而且，重點是，那扇門，竟然是半掩著的。

「有人在裡面。」老莫慢慢走到門邊，然後抬起腳，吸口氣，砰一聲把門踹開。

一踹開，我就見到了他們。

他們，其中一個是小裕，她正坐在椅子上，而她的身邊，則站著一個男孩。

那男孩穿著深黑色的運動上衣，並將運動上衣的頭套掀起，罩住了他上半部的臉，就算看不到他的臉，光從他散發出來的陰氣，我就已經百分百的確定……就是他！

陰森、鬼魅、殘忍、可怕、恨意、殺氣、慘嚎，他像是某個不該出現在這個陽世的巨大仇恨，不只他充滿了恨，他也像是一個巨大恨意漩渦，不斷吸引著四面八方的恨意。

他，沒有說話，光只是站著，就讓我感到全身寒毛直豎。

更可怕的是，當他開口時……「表哥，好久不見啦。」

這一剎那，我感到全身血液幾乎倒流，那一路上不斷衝擊我靈魂的恐懼感瞬間成真。

因為，會叫我表哥的人，就只有那幾個，而他們不幸的，都在十年前的地下道無名火事件中，幾乎死絕。

倖存的人，也就那麼一個！

「黑……黑皮！」我聲音乾啞，「果然是你！」

「咯咯咯咯，我是黑皮嗎？你真的以為我是黑皮？」那半張被頭套遮住的臉，露出詭異的獰笑，這獰笑帶著柔媚氣質。

「不，不對！這個笑容，你不是黑皮！你是薇薇？」我再次看到了這個笑，這個十年內偶然出現在我夢中，每次總會讓我冷汗涔涔，一坐驚醒的笑容，我再次看到了它。

當時地下道的最後一幕，原本該被孕婦鬼魂拖入地獄的薇薇，最後哭著放開了黑皮的手，但最後，她終究是沒有走。

她，化成一縷充滿恨意的惡靈，糾纏住了黑皮。

但，我仍不懂，薇薇為何回來？她對陽世還有何眷戀？為何不肯乖乖離去？

可是，就在此刻，黑皮臉上的笑容，卻又變了。

「是嗎？你再看清楚一點，我真的是薇薇嗎？」

我睜眼望去，赫然發現，黑皮他的笑容，竟不再柔媚，取而代之的，是孩童般的純真，這笑容太純真，太稚氣，偏偏出現在一個二三十歲的男人臉上，不但不可愛，反而變得異常的不協調。

帶著濃烈陰氣的不協調。

「看清楚一點喔。」黑皮笑聲咯咯咯咯，宛如八歲女童的笑聲，「你覺得我是誰啊？大哥哥。」

「小孩的笑？為什麼？」這一剎那，我寒毛再豎，黑皮身上的，到底是誰？

到底是誰？

黑皮身上，除了薇薇，還有另一個惡靈，那小女孩惡靈是誰？

「屁。」這時，老莫舉起了槍，對準了黑皮。「少裝神弄鬼，不過是會玩變聲把戲的傢伙。」

「是嗎？」黑皮轉過頭，看著老莫，那童真的眼睛，眨啊眨。「我犯了什麼罪？讓你可以拿槍對著我？」

「很抱歉，你犯了什麼罪，不是你決定的？」老莫哼的一聲，「而是拿槍的我，決定的。」

我聽到老莫這樣說，忍不住點頭，不愧是老莫，這就是他的邏輯。

「也對。」黑皮臉上的小孩仍在笑，「你叫老莫，是嗎？」

「你倒是調查得很清楚，連我的名字都知道。」

「告訴我的，是一個姐姐啊，她大我兩歲，她說，她在上學途中，被一個壞人綁架了。」

黑皮的眼睛，直直注視著老莫的雙眼。「老莫啊，你認識那個姐姐嗎？就是她告訴我你的名字的喔。」

一個被壞人綁架的姐姐？

這剎那，我看到了老莫握著手槍的手，微微顫動了一下。

「你認得吧？」黑皮咯咯的笑著，「那姐姐還說，她一直到死，眼睛都看著窗外，窗外的天空藍藍的，因為她一直相信，爸爸會來救她，因為爸爸是英雄，專門抓壞人的……英雄！」

「住口！」老莫大叫，手抖得更厲害了。「妳給我，住口！」

「可是，爸爸沒有來喔，」黑皮臉上的女孩，笑得純真，但也笑得猙獰可怕。「窗外的天空藍藍的，爸爸沒有來，我的血，一直流，一直流，窗外的天空藍藍的，但爸爸沒有來，沒有來……」

「住，口！」老莫大吼一聲，雙手顫抖，跪在地上，但他沒有開槍，他忍住了。

跪在地上的他，將槍管朝下，不斷喘著氣。

到這裡，我再次佩服起老莫，因為他忍住了，在他心中，他仍然是一個警察，而不是一個拿著警槍的罪犯。

「真不錯。」黑皮往前走，伸手拍了拍老莫的肩膀，像是在安慰一個戰敗的對手。「你剛剛若開槍殺了這軀體，只會讓陰咒更擴散，而且，我們只會繼續找下一個宿體。」

「『你們』？」我瞪著黑皮，「你到底是誰？你除了黑皮、薇薇以外，第三個女孩是誰？」

「你到現在還猜不出來？」黑皮看著我，我在他眼中，除了黑皮與薇薇外，的確，又看到了第三種眼神。「你可以聰明到逃出地下道，可以聰明到被小雨欣賞，怎麼會還猜不出我是誰？」

妳是誰？

妳是誰？

是啊，其實，從一開始我就應該猜出來了。

只是，我不願面對，也不肯面對這恐怖的事實。

因為，只有這個人，擁有這樣大的復仇力量，只有這個人，會死不瞑目的尋找計時器，也只有這個人，她能啟動陰咒。

「紅鞋子。」我雙拳緊握，呼吸窘迫。「妳是紅鞋之主。」

「大哥哥，你真聰明。」黑皮蹲下來，臉由下往上，看著我。

而我看著他，這個角度我不再被頭罩擋住，我看到了他完整的臉。

那臉，真的不是黑皮，而是一個純淨可愛的小童臉龐。

「美倫。」我伸出手，想要撫摸這個可愛小童的臉。「妳這是何苦呢？」

「沒辦法啊。」美倫的臉，瞬間溫柔，又再瞬間轉為兇惡。「因為，我瞑不了目啊，我死前被計時器的惡意纏住，讓我的不甘心化成另一股惡意，混雜在一起，我不擺脫它，就無法瞑目啊。」

「嗯，所以，妳就跟著薇薇的靈魂，一起回來？」

「對，因為陳薇和我有關連，所以我就拖著她從地獄回來了，大哥哥，我一定得找到是誰放計時器。」那美倫的臉，一瞬兇惡，又在下一瞬，溫柔可愛。「不然，我瞑不了目啊，懂了嗎？大哥哥。」

「嗯。」我閉著眼，這一刻，屬於我的疑惑，全部都解開了。

為什麼當年地下道的薇薇會回來，並不是她自己想回來的，而是在她記憶中還存在著另一隻巨大亡靈，美倫。

是美倫拖著她進入了黑皮的軀體，而當我們離開地下道，燦爛陽光下看到的笑容，也許根本不是薇薇，而是女孩美倫。

又或許可以解釋，陳薇後來會想用黑魔法對小晴惡作劇，誘發地下道事件，是因為……陳薇經歷了變態殺人事件後，心靈已經扭曲，也讓她擁有了更多接觸靈界的機會。

因果，就是因果。

當年「計時器惡因」，一路連結，牽連二十五年，造成如今十人以上猝死的「陰咒惡果」。

「懂了吧。」說完，黑皮起身，就要離開屋子。

在離開之前，他像是想起了什麼似的，回頭。「對了，現在開始，所有在這屋子的人，都會很危險喔。」

「危險？」

「因為……」黑皮比了比角落，那一雙又一雙蠢動的紅色眼睛，「那些老鼠很餓啊。」

說完，黑皮帶著詭異的笑聲，就這樣離開了這個屋子。

徒留下我們三人，宛如戰敗者的三人。

「老鼠餓了？」我看著角落的那些紅色眼睛，有幾隻，已經離開了角落，偷偷摸摸的朝我們的方向前進。

我帶著警告意味的將腳往地板一跺，那些老鼠似乎也不怕，只是稍微減緩了速度，隨即又聚攏了過來。

「這些老鼠完全不怕人，不對勁。」我跨過失魂落魄的老莫旁邊，快步走到小裕的椅子旁，替她解開了綁在手上的繩子。「小裕，妳還好嗎？」

「嗯，哥哥，剛剛，好可怕喔。」小裕抓起了我的衣服，竟然就這樣開始擦起眼淚。

這女孩也太隨便了吧？這是我的衣服欸。

「對啊，那個黑皮臉上有三個魂魄，妳一定也看到了吧？」我說。

「不是不是，」小裕把臉埋在我的衣服內，擦眼淚擦得很痛快。「哥，我說可怕的，是剛剛你們來之前發生的事情。」

「我們來之前？」

「也是這些老鼠不怕人的原因。」小裕抬起頭，眼中帶著恐懼，看著那些正在不斷逼近的紅色眼睛。

「啊？這些老鼠不怕人，和黑皮有關？」

「有一點關連。」小裕雙手仍拉著我的衣服。「哥，你知道剛剛這屋子發生什麼事嗎？」

「什麼事？」

「那個叫做黑皮的哥哥，他，他，他重現了當時屋子的景象。」

「咦？」

「這屋子，一家五口曾經在此自殺。」小裕抓著我衣袖的小手好用力，抵抗著即將崩潰的情緒。「那個叫做黑皮的哥哥，他，他有妖法，竟然讓當時的情景，再次重現。」

「喔。」我感到一陣寒顫。

那個黑皮，身上帶著薇薇的冤靈，更重要的是，他有著含冤二十五年的美倫惡靈。

一個惡靈積蓄了二十五年的恨意，加上死法真的很糟糕，實在不知道已經進化成什麼模樣了？

而就在我感到發冷之際，小裕口中，則緩緩的，用她清脆悅耳的語調，說起了這段屬於這棟二十年老大廈，悲傷而無奈的記憶。

數分鐘前，小裕就這樣坐在椅子上，看著黑皮站在這棟房子的中央。

然後，小裕感覺到，周圍的靈魂開始蠢動。

小裕屬於靈異體質，她能感受到非這個世界的物質、生命體，及殘留的執念，但，在見到陰咒之前，在見到阿珠發病之前，她其實從未真的見過鬼，頂多，就是「感受」得到鬼而已。

如今，當小裕坐在椅子上，她又更加真切的感受到，那非現實世界的一切。

「這是屬於這屋子的記憶，屬於這大廈的回憶……」身著深黑色運動服，用頭套將臉蓋住的黑皮，冷冷的說。「所謂的陰魂，其實就是散落在世界上，每個物質記憶的集合體。」

「聽不懂……」小裕內心響起了這三個字，當然，她沒有傻到說出口，因為眼前的黑皮，周圍都是冷冷的陰風，小裕實在怕得要命。

「屋子，我知道這裡曾經發生過悲慘的事，請你告訴我吧。」黑皮閉上眼，慢慢的說著。

說完，小裕突然感覺到屋子竟像是一台高速列車，開始震動，而周圍的景色則像是列車外的風景，高速移動著，等到風景慢慢減速，終於停止……小裕赫然發現，眼前屋子的樣子，全變了。

不再破舊而陳腐，此刻的屋子，頭頂是暖暖的黃色燈光，牆邊還有一張綠色的大沙發，一張大桌子，桌子上擺著寫到一半的國小作業，廚房兩道菜還冒著煙，一切都顯得祥和而溫暖。

但，人呢？

小裕下意識的左右張望，這樣舒服的屋子，最重要的人呢？

忽然，房門推開，兩個人出現了。

這兩個人一男一女，年紀都約莫四十歲左右，小裕幾乎可以直接斷定，他們就是這個家的男主人與女主人。

兩人正在爭吵。

雖然小裕聽不到聲音，但可以看出先是男生在吼叫，然後是女人吼叫，之後男人忽然哭了，掩著面，跪在地上痛哭，而那女人似乎也心軟，拍著男人的背，不停安慰。

這時，小裕注意到，地上有著一張紙，上面好像寫著，「破產聲明」，還有一張「某某小型公司負債表」之類的東西。

然後，小裕還發現，在另一個房間，被打開了小小的縫，縫中藏著三雙無辜的小孩眼睛。

眼中透露著的，是害怕、擔憂與困惑，他們似乎都感受到這個家有了問題，所以平素穩重的父親會哭泣，而慈祥的母親會對父親大吼。

「悲劇的開始。」黑皮的聲音，此刻傳入了小裕的耳中，然後黑皮手一揮，屋子又開始如列車般快速震動。

又是一個煞車後，房子的景色又變了。

這次的光線變得很暗，時間應該是深夜，所以暖暖的黃色光已經關閉，但仍隱約可見牆壁上都被人用紅色油漆潑上「欠債還錢」，還有一堆小裕說不出口的骯髒文字。

而這片黑暗中，房間門又被打開了。

從身影來看，是一個男人，他腳步放得很輕，緩緩的在屋子繞了一圈。

這一圈，似乎在檢查門窗，確實把每個門窗都關上，縫隙也用膠帶貼上。

接著，那男人從廚房拿了一個鐵盆，鐵盆內裝了一些廢紙，還有一堆黑色硬硬的物體。

男人把鐵盆輕輕放下後，盤腿坐在地板上，手指夾著火柴，發起呆來。

他發呆了足足十幾分鐘，才像是醒過來般，把火柴點燃，然後湊向了那堆紙，與那黑黑硬硬的物體。

紙先點燃，然後延燒到了黑硬的物體，黑硬的物體接著開始冒煙，並變成了如紅寶石般的亮紅色。

煙四下擴散，開始在屋子的地板與天花板間慢慢的溢流出去。

看到這裡，小裕已經懂了。

那黑硬的物體是什麼了！那是煤炭！

男人正在燒炭！

小裕想要大喊，想要替他們求救，但她無論喊多大聲，那男人以及其他家人都聽不到。

不過，就在這時候，一個大概手掌大小的小影子出現，在地面上快速竄動，不一會，就竄到了男人的面前。

男人看到那小影子，先是嚇一跳，然後苦笑起來。

「老鼠？」

小裕聽不到聲音，但可以感覺到男人口中的話。

但，接下來，令人驚駭的另一件事，竟跟在老鼠的後面，發生了。

小孩房間的門，竟然嘎一聲開了。

然後，一個長髮小女孩，約莫六七歲，手裡拿著玩具熊，邊揉著睡眼惺忪的眼睛，邊走向了男人。

男人表情極為吃驚，似乎在問，「妳怎麼起床了？那飲料怎麼沒有效果？」

「爸爸，我沒喝。」小女孩似乎不知道男人在做什麼事。「因為我牙齒痛痛，媽媽說不要喝太甜的東西。」

「喔。」

「爸爸，你在做什麼？」

「爸爸，爸爸……」男人結巴了。

「你在烤肉嗎？爸爸？」女孩用她天真的邏輯，試圖解釋這一切。

「是啊。」那男人眼神轉柔。「爸爸在烤肉。」

「那我也要吃。」女孩笑，少了兩顆牙的笑，好可愛。

「那妳坐在爸爸腿上。」那男人伸出兩隻手，「我們一起等。」

「好。」女孩抱著泰迪熊，一個轉身，就坐在爸爸的大腿上。「爸爸，為什麼你要在半夜烤肉啊？」

「因為，爸爸肚子餓了啊。」

「我也餓了。」女孩認真的說。「我晚餐只吃了一碗飯和一個布丁。」

「呵呵，是喔，那就一起吃吧。」

於是，這女孩就這樣坐在男人的腿上，男人用粗大的手臂環著女孩，輕輕的搖著。

時間又過了數分鐘，煙霧越來越濃，代表這屋子的氧氣也越來越少了，這時，那女孩開始揉了揉眼睛。

「爸爸，我又想睡了。」

「那就睡吧。」爸爸摸著女孩的頭。

「那肉烤好之後，要叫我喔。」

「一定。」

「謝謝爸爸。」

說完，女孩悄悄的閉上了眼睛，抱著她最愛的泰迪熊，還有她最愛的爸爸，而且，從此再也沒有醒來了。

全家五口，都再也沒有醒來了。

看到這裡，小裕已經淚流滿面。

而就在這時候，黑皮說話了。「然後，老鼠登場了。」

這時，屋子又開始震盪，列車再度急駛，當又一個煞車結束，屋子的樣子又變了。

所有的人類都沉睡著，包含了那男人，與躺在他懷裡的小女孩。

這時，剛剛那隻膽小的齧齒類生物，踏著細碎的步伐，來到這兩個人的身邊，在男人的腳拇趾間梭巡著。

牠看著男人圓滾滾的腳拇趾，有點餓，但又不太敢真的咬，於是牠試探了幾次，確定男人動也不動之後，牠終於鼓起勇氣，張開了大嘴，用力咬了下去。

沒動。

鮮甜的血液流入老鼠的嘴裡，但男人沒動，老鼠發出一聲接近歡呼的嘶嘶聲，然後又咬了第二口，第三口，第四口……

不久之後，也許是老鼠的嘶嘶聲引來了同類，也許是老鼠們都餓了，很快的，這裡的老鼠越來越多，越來越多，最後，整個屋子都是老鼠。

牠們大快朵頤著，吃著平常牠們想都不敢想的，美味晚餐。

牠們小小的腦中，在此刻，埋入了一個新的想法，這些會拿掃把打死牠們的巨大生物「人類」，原來，也是食物的一種啊。

而且，脂肪豐厚，五臟六腑新鮮，簡直就是上上等的美食啊。

接著，屋子震盪，列車重起，轉眼，景色已經回到了黑皮與破舊的房屋。

此刻的小裕，淚流滿面，看著黑皮。

「為什麼?為什麼你要讓我看這些?」小裕哭著。

「人,是世界上最有趣的生物。」黑皮幽幽的說,「每個人都有自己的故事,也沒有人有權決定別人的命運。」

「嗯。」

「妳說為什麼讓妳看到這些?我說,我並不是故意,因為妳剛好能看到這些,又或許,」此刻說話的,不是黑皮,也不是美倫,反而像是薇薇。「當妳把別人關在廁所,當妳為了好玩偷走別人作業時,就註定妳要看到這些,去想想,自己曾經做過什麼?」

「……」小裕低頭。

人,是最複雜的生物,也是最單純的生物,沒有人有資格論斷別人的好壞,更沒人該被霸凌,或是霸凌別人。

「不過,我並沒有要懲罰妳,我召喚出這屋子的記憶,是有我的目的的。」黑皮說著,就蹲了下來,手放在地上,這時,那些畏縮的老鼠,竟然像是被迷惑般,從角落湧出,朝著黑皮的手心開始靠近。

「嗯。」小裕只感到噁心,尤其是當她想到,這些老鼠還可能吃過人類的肉……

「我需要這些老鼠幫我找人。」黑皮蹲著,這些數以百計的老鼠,已經一圈圈的環繞著他。

「當年,那五口燒炭自殺,大廈中有群老鼠吃了死者的肉,死者的怨念已經進入了牠們的體內,那些老鼠有些死了,被其他老鼠吃掉,有些繁衍後代,無論是哪一種,怨念如同陰咒,都不會消失,只要我把這一切喚醒。」

「喚醒……你想要幹嘛?」

「我說過，我需要牠們幫我找人，還有誰比牠們更了解這大廈？」黑皮獰笑。「聽好了，我要找的人，就叫做……印雪！」

印雪！

老鼠聽完，一部分散開，一部分則繼續停留在這，不懷好意的看著小裕。

而就在此刻，門被踢開，一個拿著手槍，架式十足的老男人衝了進來。

小裕認得，那老男人就是老莫，而跟在老莫後面的男人，就是我。

「大廈中所有的老鼠都在找印雪？」我聽完小裕的故事，倒抽了一口涼氣。「那我們得快了，因為，印雪肯定逃不了多久了啊。」

第十一章

在我的記憶中，小雨是一個非常沉穩的女孩，她端莊，冷靜，對事情的考慮周全，喜怒不形於色，唯獨對我的冷笑話，才會展露她輕鬆開心的一面。

但事實上，就算是如此冷靜的她，我也曾見過她失控。

那次的失控很小，小到我以為不曾發生，小到等到她離開了好幾年，我才慢慢想通，那次，也許真的是她的「難得的失控」。

那時，我經常加班，剛好隔壁部門來了一個小我三歲的女生，叫做小菁。

我承認，這女孩有著我喜歡的特質，聰明、敏銳，還有強韌的意志，與小雨很像。

也因為工作的關係，小菁開始和我有比較密切的聯繫，我們經常代表各自的部門，交換意見，互相交流，有時候開會到十點，我們一群人再一起去吃飯。

慢慢的，公司開始傳了一些小小的耳語，說是小菁喜歡我，或者說，我們兩個走得太近，可能會擦出火花之類的。

當時的我，與小雨交往已經兩年多，也剛好從原本的熱戀，慢慢回歸到親如家人的狀態。

與小菁的密切接觸，對我而言，是工作的需要，但我也不否認，與如此聰明的女孩一起工作，是件愉快的事情。

而那天晚上，小雨失控的關鍵，是因為一個外國客戶來我們公司，客戶為了趕明天的飛機，所以這晚無論多晚，都必須把事情解決，於是，我留下與客戶討論到最後，期間好幾次，我要小菁早些回去，她堅持不肯。
「這件事會弄到這麼晚，我們部門也有責任，」小菁眼神認真。「我要繼續陪下去。」
於是，我們兩人就和客戶一直努力到半夜兩點，當客戶終於滿意，他感謝我們的配合，自己回到了飯店，準備趕明天的飛機。
送客戶回去後，公司中，只剩下我和小菁兩人。
「呵呵，好晚，破紀錄了。」小菁揉了揉惺忪的眼睛。
「是啊。」我笑，笑容中想必都是疲倦。「真的好晚，我送妳回去？」
「嗯，」小菁歪著頭，似乎在想。「嗯……」
「沒關係啦，我知道不順路，但讓我載一程吧？今晚，真的太晚啦。」
今晚，是我的堅持，因為過去的幾個晚上，如果會議開到十點以後，我都會提議要載小菁回家，只是，她總是堅持要自己回去。
久而久之，就知道這是她的習慣，我也就不再堅持了，但今晚，時間已經過了凌晨兩點，如此深夜，讓一個女孩自己回家，的確讓人擔心。
「好。」小菁撥了撥頭髮，「那今晚就麻煩你了。」
於是，我開著車，開了將近二十分鐘的路程，送她回去，在路程上，她多數時間都沉默的看著窗外，好幾次，我都以為她已經累到睡著了，直到，當快到她家的時候，她突然說起了一件事。
「呵，你知道嗎？」小菁眼睛依然看著窗外，深夜中，只剩下路燈依然閃爍。「剛那個客戶啊，最後離開的時候，問了我一個問題。」

「什麼問題？」

「你們是戀人嗎？」

「戀人？哈哈哈。」我聽完，忍不住笑了，「那個客戶真的很有趣，怎麼會這麼問？」

「我也問了他一樣的問題喔，為什麼會這麼問？」小菁單手托著下巴，她的臉，依然對著窗外，始終沒有轉過來。「你猜他怎麼回答？」

「那他怎麼回答？」

「他說，因為他沒見過，默契這麼好的兩個人。」小菁看著窗外，語氣輕柔。「一個問題提出來，另一個馬上可以應對，一個人眼神稍微改變，另外一個馬上接應過去，這樣的默契，客戶以為我們不只是工作夥伴，還是戀人勒。」

「是嗎？我們有這樣嗎？」我依然笑，「難怪我覺得，和妳工作還滿開心的。」

「只是工作上，開心嗎？」小菁單手托著下巴，這次，她眼神看向我。「原來只是工作嗎？」

「咦？」

「沒。」小菁再次把臉轉開，看著窗外點點的路燈。

「……」我不解，於是沉默。

「你和你女友，認識兩年多了吧？」小菁語氣溫柔，「快結婚了嗎？」

「可能快了吧，哈哈，但是，也要她願意啊，」我笑。「有時候啊，我還真的搞不懂她在想什麼哩。」

「呵呵，」小菁聽到這，忽然笑了，銀鈴般的笑聲，好悅耳。「對啊，你還真的搞不懂，我們女生在想什麼哩。」
「咦？」
「我租屋的地方快到了。」小菁手指著前方，「在那裡停車就好了。」
「好。」我把方向盤右轉，然後停在路邊。
下車時，小菁關上車門時，忽然像是想起什麼似的，彎下身子，對我說：
「你知道嗎？你的電話在凌晨一點半的時候，有響起三次。」
「咦？」我嚇了一跳，急忙找口袋中的手機。
一點半，果然有三通未接來電，而且來電者，竟然是小雨。
我有和她說今晚會晚點回去啊，怎麼她這麼晚了還沒睡？以她的個性，怎麼會連打三通？一定是很急的事吧？
「電話響起來的時候，剛好你和客戶在談事情，所以你沒聽到吧。」
「那，那妳沒和我說一聲？」當然，我也知道這不是工作，小菁沒這個必要和我說，但畢竟都聽到了……小雨連打三通，不知道發生了什麼事？
「為什麼沒和你說啊？」小菁彎著腰，看著我，我看到她眼神在這個朦朧的夜色中，竟閃爍著小小惡意的光芒。「我是故意的。」
「咦？」
「開玩笑的啦。」小菁聳肩，「我又不知道是誰打的，不是嗎？」
「嗯，也是。」我嘆了一口氣，這是我的家務事，的確與小菁無關。
「那我回去囉，你回去開車小心喔。」小菁關上了車門，對我一笑。「明天公司見。」

「嗯，明天公司見。」

我目送小菁窈窕的套裝身影消失在門內，確定她安全回家後，我就急忙拿起電話，回撥給小雨。

但電話響了幾次，沒人接，我看了看時間，此刻已經接近三點，所以我決定直接回家。回家問問，小雨到底發生了什麼事？我比較安心。

只是，在路上，我忍不住想，那個小菁古怪的眼神是什麼意思？還有，以小菁的聰明，怎麼可能猜不到晚上一點半連續三通的電話，除了小雨之外，不會有其他人打來了？

那晚，當我回到了家，發現一如往常，小雨替我留了一盞燈，餐桌上擺著一張紙條，寫著冰箱還有菜，想吃可以自己熱。

我小聲走進臥房，看到棉被隆起凹凸的曲線，那是小雨正熟睡的模樣。

我鬆了一口氣，快手快腳洗完澡，刷牙盥洗後，跟著鑽進了大棉被下，這時，我感覺到身旁的小雨動了兩下。

接著，她纖細溫暖的雙手伸了過來，從背後抱住了我。

「嗯？吵到妳了？」我語帶歉疚。

「沒。」小雨的聲音，在棉被下，溫暖呢噥。「你送同事回家？」

「對啊，妳怎麼知道？就是那個小菁。」我笑。「我們和客戶談到了兩點多，太晚了，我想送她回去好了。」

「嗯。」小雨用鼻音，溫柔的回應我。「對啊，這是你的體貼。」

「今晚的電話沒接到，對不起啦。」我輕輕說，「沒讓妳擔心吧？」

「還好。」小雨輕輕把頭埋在我的背部，我可以感受到她暖暖的鼻息。「只是，我有點怕怕的。」

「怕什麼？」我說，「我沒事啦，都這麼大一個人了。」

「我不是怕那個。」小雨把臉埋在我的背部，聲音聽起來，好脆弱，好疲倦，那是我從沒聽過的小雨。「我是怕我自己。」

「咦？」

「今晚，我的數字減少了。」

「聽不懂？」

「沒事。」小雨的雙手把我摟得好緊，好緊。「我只是怕，怕那個因為太在意你，而出現惡意的自己。」

「不用怕啊，我也很在意妳，沒關係啦，」我太少聽到如此脆弱的小雨，已經語無倫次。「真的沒關係啦，我也很在意妳啊，我保證，我以後一定把鈴聲開到最大，整個公司都會聽到，這樣就不會漏接了，可以嗎？」

「呵呵，你不懂啦。」小雨的語氣在此刻，聲音恢復成我熟悉的冷靜與溫柔。「你啊，還真的搞不懂我們女生在想什麼啊。」

你啊，還真的搞不懂我們女生在想什麼啊。

這句話，怎麼感覺好熟悉，好像不久前在哪聽過哩？

「快睡吧。」小雨的手仍環著我，好暖，好暖。「你明天還要上班呢。」

「妳不也是?」

「那我睡囉。」

「晚安。」

「晚安。」

而這件事過後的三個月，小雨就留了一張紙條，上頭寫著，「D，我有事，得先走。」

然後，她從此消失了。

後來一個人躺在大床的日子裡，我還是會想到那天晚上，小雨罕見的三通電話，那是小雨的失控嗎?那一晚，她說的惡意，說的數字減少，說的她太在意，又到底是什麼意思?

到底是什麼意思?

時間，拉回現在。

聽完了小裕的故事，我環顧這屋子，這裡，曾經是那麼溫暖的地方，因為男人經商失敗，而造成了一家五口燒炭自殺的悲劇?

想到這裡，內心就無法克制的湧現著悲傷。

這就是人。

最複雜的人，也最脆弱的人。

而這時，老莫的一聲長嘆，傳入了我耳中。

「有時候活下去很簡單。」老莫再次點了菸，在裊裊的白煙後，他的五官表情惆悵。「有時候，連活下去，都會變得很難。」

「但，再難也要活下去，不是嗎？」

「是啊，這二十五年來。」老莫笑了一下，「我能了解那自殺男人的感受，但我選擇了活下去。」

「還有，小雨也是。」我說。「中了陰咒，剩下貳，也許更少的她，選擇了繼續奮鬥。」

「那個老師也是。」小裕終於肯放開我的衣服了，帶著淚眼，她抬起頭來。

「所以，我們得繼續下去。」老莫收拾了心神，「我們必須找到印雪，整個事件中，最重要的拼圖，計時器是誰放的，也許線索就在她手上？」

「沒錯。」我說，我第一個邁開腳步，朝外面跑去。

離開這屋子前，我忍不住回頭，我看見了那些老鼠。

看牠們張牙舞爪的樣子，似乎真的被黑皮喚起了體內的怨念，如果真是這樣，那印雪怎麼可能逃得掉？因為，還有誰比這群棲息在黑暗中的齧齒類生物，更了解這大廈的分佈？

「去五樓。」我大步走向電梯，按下了往下的開關。「我想，印雪也只能躲回老巢，然後把門閂一層層的鎖上，期盼黑皮不要破門而入。」

「但老鼠不怕門。」小裕說。

「所以，印雪反而是最危險的。」老莫看著電梯，奇怪的是，電梯沒動。「門，反而限制了她的行動。」

它的數字螢幕是全黑的，怎麼按往下，都無法把電梯叫上來。

「電梯壞了？」老莫說。

「看樣子是。」我說。「也許，是老鼠咬壞的？」

「封住電梯，印雪再怎麼會跑，也只能從樓梯跑？」老莫自言自語，「那個黑皮，也是一個高手？」

「所以……」小裕看向我們，「我們也是……」

「當然也是。」我和老莫不約而同的邁開步伐，朝樓梯間奔去。「我們當然也是要從樓梯下去。」

十三樓到五樓，共有八層的距離。

每一層的距離，以人類正常往下的速度，約莫三十秒，而八層，共花四分鐘。

四分鐘如果只是用來當作下課時間，其實很短，因為光跑一趟福利社，和朋友閒聊一下，時間就未必夠。

但，四分鐘如果叫你單腳站立，你可能會覺得它很長，長到你好幾次都要摔落在地，它仍未過完。

而我們從十三樓奔到五樓的這四分鐘呢？到底是長呢？還是短呢？

當我發足狂奔，任憑時間在我身邊流過時，我覺得很短。

但事實上，四分鐘，恐怕已經很長。

長到，足以讓我們錯過印雪的生死。

「到了。」我是第一個抵達五樓的，也許我是男生，年紀又比老莫年輕一些，所以我的體力略佳，速度也略快。

而我一踏到五樓的地板，正準備繞進房間內，忽然間，我止步了。

因為，我發現了地上，那條被拖得長長的血痕。

血痕很長，觸目驚心，像是有人拿了拖把，沾了滿滿的血，然後從五樓直接拖出來，拖過樓梯間，一直往下拖去。

看著這血痕，我用力吸了一口氣，然後小心的邁開步伐，順著血痕往源頭走去。

血痕的起點，在五樓的一個屋子內。

門半掩，門邊的血跡尤其多，我腳踩下去，仍可感覺乾褐色的血，沾在腳底的黏稠感。

然後，我看到了屋子內部，這一看，我忍不住把臉別開。

因為，真的很慘。

五樓比起十七樓，多了沙發，多了很多日常用品，顯然就是印雪真正居住的地方，只是此刻這些佈置卻佈滿了驚心動魄的血跡，潑著點點血珠的牆，印著一個女人血手印的沙發，但這些，還比不上地板……

血碎肉，地板上到處都是一小塊一小塊的血碎肉，有些血碎肉上還沾黏著長頭髮，天啊，剛剛印雪到底是發生了什麼事？

不過，當我繼續往前走，我就大概懂了。

因為這裡出現了第二種血肉屍體。

老鼠。

兩隻老鼠，躺在牆壁角落，牠們的頭顱被人用重物砸破了，白白的腦漿，從牠們小小的頭顱中流出來。

只不過，就算牠們腦袋破了一半，死前仍堅持張大了嘴，露出了兩排驚悚的獠牙，可見牠們到死前，仍在撕咬，仍在貪婪的搶食著這屋子裡面的「某個食物」。

繼續往前走，屋子內出現了更多細碎的血肉，有些沾著頭髮，有些沾著衣物，老鼠屍體也不斷增加，已經有將近十隻老鼠死在這裡了。

看到這裡，我可以回想，當時的掙扎有多麼激烈！

受到怨念驅使，將人類視為食物的老鼠，不斷從大廈各個角落湧出，動著牠們靈巧的黑觸鬚，張開牠們鋒利的牙齒，朝著這屋子聚集過來。

這屋子的主人則從樓梯那頭狂奔回來，她鎖上了門，打算藏在這屋子中，一藏就是好幾個禮拜，她有自信，因為她備有足夠的存糧，她絕對能耗過這段時間。

她的如意算盤，從第一隻老鼠跳到她背上的長髮開始，徹底的瓦解。

她尖叫，回頭，死命撥掉第一隻老鼠。

第一隻老鼠落地，翻了一圈，但屋子的主人知道，她已經被咬了一口，因為她發現那隻老鼠的嘴裡，竟然叼著一塊紅紅的肉，肉上還有頭髮。

但她抓起掃把，就要替自己最驕傲的長髮報仇時，她卻愣住了，因為她發現，那隻老鼠的身邊，又多了一隻老鼠。

另一隻老鼠的旁邊，又多了一隻老鼠，然後，又多了一隻老鼠。

老鼠像是擁有複製的能力般，不斷的增加，每隻老鼠的姿勢都一樣，牠們站起，兩隻前爪收在胸口，露出大門牙，長觸鬚動啊動，那是嗅食物時的標準動作。

屋子主人驚呆了。

她無法控制的，退了一步。

也是這一步，讓所有的老鼠，放下了野獸本能的最後一道防線，因為牠們發現，原來這個「食物」對牠們感到「害怕」。

於是，所有的老鼠將牠們的前腳放下了，然後收起門牙，讓真正的獠牙登場。

第一隻老鼠跳上了長髮女主人身上，女主人尖叫，想拍掉老鼠，沒成功，第二隻又跳上，然後第三隻，第四隻，第五隻……

女主人不斷尖叫，她帶著滿身的老鼠，在屋子各處逃竄，有的老鼠被甩下了，有的撞到牆角腦漿炸開了，但當有一隻老鼠落下了，就會有更多隻老鼠補了上去。

而所有老鼠跳上女主人身體的第一件事都一樣，就是張開大嘴，咬下去！

於是，血不斷亂噴，女主人只能哭，只能嘶吼，最後她知道，她必須離開屋子，因為屋子太狹窄，她繼續待著，遲早會被老鼠活生生給吃掉。

於是，在劇痛中，她打開了門。

身上至少三四十隻老鼠，她半跑半爬的來到電梯前，拚命按電梯開關。

但，電梯竟然完全不動。

她明白了，這些老鼠是有預謀的，因為牠們竟然連電梯的線路都咬斷了。

她仍不斷被咬，她拚命想甩掉身上的老鼠，最後只好轉身，朝著樓梯爬去，而此刻她身上的傷口數目已經破千，頭髮已經被咬掉超過一半，身上處於瘋狂冒血的狀態，所以爬過的任何地方，都流下了觸目驚心的血痕。

像是拖把沾了滿滿的血，然後在地上拖過的痕跡。

而她逃出了屋子，放棄了電梯，只能爬向樓梯，她想要到一樓，她知道別樓就算了，但一樓至少有警衛，警衛可以報警，這是她唯一的生路。

唯一的生路，但，她真的還有生路嗎？

此刻，我順著地上的血痕，在屋子繞了一圈之後，這時，我的另外兩個夥伴也來了。

嘔的一聲，小裕當場吐了，而老莫畢竟見慣風浪，只是用力吸了幾口菸，然後說：「這可憐的女屋主，是印雪？」

「八九不離十。」我苦笑。

「看樣子，她應該是順著樓梯往下逃了。」老莫又吸了兩口菸，「咱們過去看看吧。」

「嗯。」我眼睛看向小裕，「妳還好嗎，還要跟來嗎？」

「當然要。」小裕用衛生紙擦了擦嘴角嘔吐痕跡，「我要去。」

「嗯，」我看著小裕，我了解這外表可愛的女孩，其實有著一個強韌且固執的內在，這份強韌，竟讓我想起小雨。「那走吧。」

而當我們走到了樓梯，繼續往下走，

約莫二樓與一樓的中間，血痕停了。

血痕停的原因，是因為，製造血痕的那個女人，就在那裡。

躺在地上，動也不動。

而站在她面前，由上而下俯視著印雪的，就是那個身穿黑色運動服，將頭套戴在臉上的詭異男孩，黑皮。

「你們……」這一剎那，我與黑皮眼神對望，那陰森的光芒讓我的雙腳，像是結凍般，無法動彈。

接著，黑皮伸出手，朝著印雪的臉，按了下去。

這一按，我突然感到背部一冷，一回頭，赫然發現，難以數計，各式各樣黑色的靈體，發出奇異的尖叫嘶吼，從大廈的四面八方湧來，不斷湧向黑皮的掌心，然後透過掌心，灌入了躺在地上的印雪身上。

那個寒顫，正告訴著我一件事，這些黑色魂魄，就是怨念，充滿著惡意的怨念。

當怨念集中到印雪身上，她的左邊臉頰上，已經多了一個奇異的圖形。

那個圖形是一個箭頭，外面繞著一個圓，然後圓內有數字，國字的「柒」。

沒錯，這是陰咒！這就是陰咒！當年這群孩子的標誌！

印雪逃了這麼多年，終於在這裡被黑皮逮到了，而她呻吟了兩聲，似乎因為陰咒而清醒了過來。

只是，當黑皮完成了陰咒，就要起身時，忽然，他感到腳踝一緊。

一隻手，狠狠地抓住了黑皮的腳！

那隻手纖細瘦弱，上面佈滿了老鼠的咬痕，但五根指頭卻握得青筋暴出，夾著巨大的恨意，狠狠抓著黑皮的腳。

那隻懷著巨大恨意的手，自然就是被老鼠咬到重傷的女人，印雪。

「你是誰？」印雪抬起頭，眼中充滿了恨意。「為什麼，為什麼追了我們這麼多年？為什麼要不斷殺死我們？」

「我是誰？」黑皮回望著印雪的雙眼，笑了，詭異的女孩笑容，再次出現在他臉上。「妳真的，認不出來嗎？」

「你？我怎麼可能……咦？」印雪看著黑皮的笑容，忽然，全身抖動了一下。「妳，妳，妳……」

「冥王星幫，五人小組，我們一起創造了這個圖形，當作冥王星幫的記號。」黑皮臉上發出如孩童般，咯咯的笑容。「妳忘記我了嗎？」

「妳，妳，妳……」印雪突然放聲尖叫，「妳是，妳是美、美、美倫？」

「妳果然還記得，」黑皮笑著，孩童般的笑容，卻陰森到令人骨子裡發毛。「不枉我們是好朋友啊，咯咯。」

「美倫，妳，妳為什麼回來？」印雪顫抖著，「妳不是已經被殺了，為什麼回來？為什麼？」

「我想知道……」黑皮看著印雪，「計時器，是誰放的？」

「計時器？」

「告訴我，計時器是誰放的。」黑皮一字一句，斬釘截鐵。「是誰？在我身上放了計時器，讓那個變態鎖定我！」

「啊，妳說的，是那個計時器，那個發出嗶嗶聲的手錶嗎？」印雪聽到這裡，先是訝異，然後臉上表情竟然慢慢陰沉起來。「原來，妳死不瞑目，就是因為那個計時器啊。」

「怎樣？」

「妳殺了這麼多同學，追殺我們十年，就是因為計時器嗎？咯咯。」印雪忽然笑了，那張被老鼠咬到傷痕累累，浮腫不堪的臉，配上一半的頭皮已經被老鼠咬掉，她笑起來不但恐怖，還帶著地獄惡鬼般的瘋狂。「那我要和妳說一件事……」

「什麼事？」黑皮皺眉。

「我，不想告訴妳！」

「咦？」黑皮皺眉，隨即冷笑，「妳可知道，妳臉上的陰咒，是怎麼倒數的嗎？」

「我知道，『有人』告訴過我，」印雪說，「是惡意。」

「妳可知道，妳如果撒了惡意的謊，妳臉上的陰咒數字會減少，妳最後會死嗎？」

「我當然知道。」

「那妳也知道，我透過不斷的散佈陰咒，要找到真正的元兇，」黑皮冷冷的說，「如果妳不說，就會有更多人受害，甚至全班同學都死掉，妳知道嗎？」

「全部的同學都會死掉？咯咯。」印雪笑，笑得瘋狂。「妳以為，我會介意嗎？他們死了，我才開心勒，那些臭屁的傢伙，以前念書的時候，都羨慕我漂亮，羨慕我和阿竣在一起，去死一死好啦！」

「妳，」黑皮看著印雪，然後笑著搖了搖頭。「妳還真是充滿惡意。」

「我知道我充滿惡意啊。」印雪臉上的陰咒數字，在此刻，已經開始翻動，柒，陸，伍，肆……以驚人的高速下降！「所以，我早就知道，只要我中了陰咒，肯定活不久，不如，就拖所有人下水吧！」

看著那數字以我記憶中最高的速度跳動，我心中不禁震撼，這女人，還真是惡意的集合體。

老師的數字，撐了十年。

小雨的數字，也撐了數年才到貳。

小茂的數字，至今維持在陸。

阿珠是平常人，大概撐了幾個月。

而這個印雪，逃了十年的女人，竟然打算在幾分鐘內，把七個惡意全部用完！

「那，妳就去死吧。」黑皮冷冷的盯著印雪，然後起身。「反正，只要我對所有可能放置陰咒的人，全部種下陰咒，總有一天，我會找到答案。」

「咯咯哈哈哈咯咯咯咯哈哈，那就來殺吧！什麼小茂、阿竣、老師、陳薇，還有那個小雨，」印雪張大嘴，甩動著剩下一半的長髮，滿臉都是浮腫的傷口，「我們全班一起死吧！」

「哼。」黑皮咬著牙，哼的一聲，起身就要離開。

而我的雙腳依然無法移動，我想，包括老莫與小裕，之所以也沒有跟上，一定也是被相同的力量所箝制住吧！

不過，就在黑皮轉身要離開，印雪的陰咒就要倒數結束，我們對一切感到絕望，以為黑皮大獲全勝之時……

忽然，一陣涼風吹來。

涼風順著樓梯，從高處輕柔的滑了下來。

香香的，暖暖的，讓我忍不住閉上眼睛，就算過了兩年，那仍是我今生最眷戀的味道。

而當風過去，我睜開眼睛，我終於，見到了她。

終於，再一次見到了她。

小雨。

第十二章

這兩年來，我一個人睡在寬大的雙人床上，總會在半夜驚醒，驚醒時，往右方一摸，取而代之的，是失落。

因為床的右邊，小雨的位置，是空的。

這兩年來，我每天上班，每天下班，每天開車，每天在晚上洗臉刷牙時，我總會發現，自己是空的。

這兩年來，我看喜劇電影會笑，看悲劇電影會哭，但我知道，我從來沒有真的笑過，也從來沒有真的哭過，因為，我的心，是空的。

這兩年來，我的家人擔心我，我的同事憐憫我，我的老友擔心我，但他們從未說過半句話，因為他們不知道該如何勸我，因為我看起來一如往常，除了，每個人都知道的，我已經空了。

少了她，我已經空了。

我只能等待。

事隔兩年，二十四個月，七百三十個日子，一萬七千五百二十個小時，一百零五萬一千兩百分鐘，六千三百零七萬兩千秒的時間裡面，我等待。

我等待，我一直在等待，我像是待在黑暗無光的深谷中，獨自等待著。

終於，再次見到了她。

終於，一絲陽光穿過層層的黑暗，照到了我身處的深谷地面，我抬頭，看見了……

小雨。

而此刻的小雨，雙手各拉著一條奇異的靈線，左藍右黃，以絕美的姿態，繞過了黑皮的脖子，語氣低沉。

「終於，逮到你了！」

當小雨雙手的香包各扯出一條靈絲，以宛如舞蹈的絕美姿態，圈住了黑皮的脖子之時，我可以感覺到，那來自黑皮，箝制我雙腳的力量，微微一鬆，似乎表示，黑皮的靈異力量，被小雨的靈絲減弱了。

只是，小雨沒有回頭。

她背對著我與老莫等三人，專注的對付著黑皮。

而黑皮的表情，則是至今為止我所看過的，最慎重也最猙獰的一次。

「被妳跟了這麼久，終於讓妳逮到機會了？」黑皮表情猙獰。

「嗯。」小雨沒有多話，只是眼神瞄了一眼地上的印雪，印雪的陰咒倒數已經到了貳，而她全身抽搐，眼神空洞的看著四周，喃喃發著囈語。

按照之前我所知的陰咒規則，印雪現在應該一腳踏入死界，死界中的亡靈與她距離已經相當接近，換言之，她眼中已經充滿了死界的亡靈。

從她嚇到嘴邊不斷流下口水來看，一生中都帶著惡意，機關算盡的印雪，她看到的亡靈，似乎都不是友善之輩。

「這次黃色與藍色靈絲都直接用上了?不過，妳以為妳困得住我嗎?」黑皮冷笑，說完，雙手一抓，猛力抓住繞在他脖子上的兩條靈線，然後手掌兩股黑氣冒出，竟然將原本美麗的黃藍兩色靈線，染成不祥的血紅色。

血陰氣不斷顫動，順著靈線高速往前，直逼向靈線原本的主人，小雨。

「哼。」小雨見到自己的雙色靈絲，只要被血陰氣一碰，就立刻枯萎落下，她低哼了一聲，一個旋身。

這一旋身，旋成一個美麗的圓弧，靈線瞬間斷裂，血陰氣也跟著落下，而小雨尚未落地，雙手已經再次凝聚靈線，化成兩道利絲，朝著黑皮射去。

「妳的靈線是靈體構成，我能夠感染它，來幾次都沒用的。」而黑皮眼睛瞇起，雙手張開，就要直接抓住靈線。

但見小雨在這一瞬間，手掌微翻，這兩條靈線像是被賦予生命的小蛇般，在黑皮的雙掌中，溜了出來。

「咦?」黑皮還沒來得及詫異，就見到這兩條靈線不但脫出了自己的手掌心，更順著他的手臂開始高速繞行。

右手金黃，左手燦藍，以肉眼難辨的驚人高速，一圈圈繞著黑皮雙手捆了過去。

只是數秒，黑皮的雙臂已經像是兩個大線球，線球一藍一黃，美麗燦爛，硬是將黑皮雙手壓抑住。

「可惡。」黑皮急催自己的血陰氣，試圖感染手上靈線，但血陰氣雖強，也必須順著線而行，此刻的線球體積太大，一時間黑皮感染不完。

「嗯。」而就在黑皮雙手被壓抑的同時，小雨再次發出那充滿魅力的低吟，雙手一翻，手上的靈絲再次變化。

一藍一黃靈線在她掌心快速盤桓，像是兩個微小陀螺在跳舞，最後，盤桓出兩條粗大的繩子，接著，她往前一躍，以帶著舞蹈與武術的美麗姿態，圈住了黑皮的脖子。

「糟！」黑皮顯然沒想到小雨的動作如此俐落，脖子一被套住，露出真正驚慌的神情。

他的驚慌，是有道理的。

因為，小雨接下來，終於開口說話了。

「給我，出來！」小雨低吼，將手上兩色靈線彼此環繞，環繞成一條更粗的繩子，然後用力往後一扯。

這一扯，竟然把黑皮體內，拉出了半個人。

是的，是半個人，我看得目瞪口呆。

那人身高不高，大概只有一百二十公分左右，留著妹妹頭，以身形來看，是一個大概國小二三年級的小女孩。

這一剎那，我懂了。

那小女孩，就是美倫的魂魄！

小雨這些年的目的原來是這個，她要靠著不知道從哪修煉而來的道行，直接擒獲美倫的魂魄！

好厲害！抓住陰咒的頭，也許就能解決陰咒！不愧是小雨！

但，就在我激動的要伸出雙手歡呼之際，眼前的戰局，卻突然發生了巨大的變化。

「給我出來。」小雨低喝，雙手繞成繩子的靈絲猛一用力，將黑皮體內，硬是扯出一個小女孩魂魄，美倫。

美倫緊抓著脖子上的繩子，雖然是小女孩的形態，但張牙舞爪，神情猙獰，已如厲鬼。

「這些年被怨念纏身，連模樣都變得這樣糟糕了嗎？」小雨眼神綻放憐憫神色，但隨即堅定而果決。「那就出來，我帶妳回婆婆那，婆婆會慢慢渡化妳一身怨氣的。」

但，美倫含怨被殺了二十五年，又在十年前隨著薇薇回到陽世，豈是省油的燈？只見她張開了嘴，不知道唸了什麼，越唸越快，這一唸，我突然感覺到四周的空氣瞬間冷了下來，連光線都因此黯淡了。

然後，小雨也察覺了異狀，而且，這異狀來自她的腳邊。

她低頭，忍不住深深的皺起眉頭。

因為，正在她腳邊騷動的，不是別的，竟是一隻又一隻滿嘴獠牙的肥大老鼠。

老鼠不斷的從大廈的角落湧來，一層又一層，像是波浪般，朝著小雨聚了過來。

「這大廈出過事嗎？怨念這麼強？」小雨眉頭緊鎖，「這些老鼠都被怨念纏住了啊！」

看著老鼠不斷湧來，然後離小雨最近的數隻老鼠，在美倫那無聲嘶吼的催促下，張開了嘴。

嘴裡，是剛啃過印雪頭皮，染著血與唾液的利牙。

然後利牙濁光閃動，朝著小雨的腳踝，直接咬了下去！

「哎。」小雨嘆了一口氣。「沒辦法，黃絲，回來。」

我還沒弄懂這個「黃絲」的意思，就見到小雨手上原本的藍黃雙色絲線，有了改變。

那條捆住美倫脖子的藍黃靈繩，黃絲開始抽離，一條條數以千計的絲線在空中扭動，發出如陽光般燦燦金光的黃線，快速收回了小雨的右手上。

右手上，是一個香包形態的香符，而香符此時跟著破裂，露出裡面的物體。

那是一個黃色的玉石，玉石上，還刻著一個名字。

當黃色玉石露出，老鼠的嘴，也在此刻，猛然停住。

停住，並不是因為老鼠突然嘴巴痠了，不是因為牠肚子不餓了，更不是因為美倫的召喚停了，而是一個更簡單的理由。

因為牠沒辦法咬了。

牠的下巴，被一條黃色靈線貫穿，癱瘓了牠的下巴肌肉。

這一剎那，牠變成一隻下巴脫臼的老鼠了。

而且牠更發現，其實不只牠的下巴癱瘓而已，當牠移動那小小細長的眼睛，環顧四周時，牠發現，牠的夥伴，那百隻老鼠的下巴都有著一條黃色靈線。

每隻老鼠都張開嘴，但動彈不得。

而那一條一條綿延不斷的黃靈線，最後則開始匯聚，匯聚成了一個金黃色的人形。

那人形，也是一個小女孩，但年紀比美倫小上幾歲。

她約莫五歲，抱著泰迪熊玩具，不斷揉著眼睛哭著。

那小女孩邊揉著眼睛哭，邊低聲說著，「爸爸，爸爸，你在哪烤肉呢？為何我睡醒後，就再也沒有看到你們了？」

「這就是這大廈怨念的源頭？」小雨眉毛揚起，「這個小女童？」

但，小雨才用黃玉石的黃靈線，逼大廈的怨靈露出真面目，這時，她的背後，情勢卻直轉直下。

她的背後，不用說，自然就是原本要被黃藍雙線扯出來的另一隻惡靈，更強大，更兇猛的惡靈。

美倫。

「黃石是以妳師父為名？那真令人好奇，妳的藍石是誰？咯咯。」美倫雙目圓睜，殺氣騰騰，「但少了一個石頭，雙石道法威力減弱，看妳如何對付我？」

站在樓梯上的我，一路看到這裡，內心除了驚嘆，更多疑問跟著浮現。

驚嘆，當然是來自於小雨的身手。

雖然之前聽過小裕提起，小雨在面對阿珠陰咒病變時，曾經展現優雅的體術，但今天親眼見到，卻是遠超過我想像的……美。

那是融合了舞蹈、力量、武術，還有靈氣的一種姿態。

小雨為何有這樣的力量？而我，為何與她交往了三年，卻絲毫不知？不，不能說是絲毫不知，我總覺得她帶點神祕，身材維持得很好，窈窕間有著獨特的強勁，深沉且溫和，但，我從沒想過，她是這樣的一個人。

也難怪她有能耐去追黑皮，而且誓言將美倫這逃回人間的怨靈，給帶回去淨化超渡。

但之中仍有些關鍵字我聽不太懂，像是婆婆、師父、雙石道法，黃石與藍石又代表什麼意思？

這些神祕的東西，也讓我不禁想起前不久遇到的一個人，小茂。

他手上的密宗佛珠，是不是也有類似的力量？究竟是這些人原本就很厲害？還是因為有了陰咒，他們為了自保，而求到了這些力量？

當我轉頭看向老莫與小裕，老莫似乎也在沉思。

「少年仔，那個女生很厲害，對不對？」老莫慢慢的說著，「就算我看不到那些奇怪的東西，但也可以感覺到，黑皮的氣焰已經沒有剛才那麼強了。」

「是。」

「那女生，就是你說過的……小雨？」

「嗯。」我點頭。

「這樣的女孩，的確是讓人著迷啊。」老莫淡淡的笑了。「那少年仔，你得加油點了，這樣的女生，就算你追到她了，也打不贏她啊，哈。」

「嗯。」我再次點頭，眼神仍不離前方的戰局。

小雨的黃石用來擒住這大廈的怨靈，僅剩下一條藍色靈絲，對上二十五年老鬼美倫。

她有勝算嗎？

但，我卻見小雨表情依然平靜，不見任何擔憂，只輕輕吐出了一句話，「藍色靈絲，繼續把那隻鬼，給拖出來吧！」

藍繩一顫，道力陡然增強！

「出來。」小雨單手一拉，藍繩瞬間拉直，這一拉，似乎夾著小雨真正的道行。

剛剛下半身還藏在黑皮體內，勉強撐住的美倫魂魄，竟在藍繩這一顫動下，下半身也快要被拖出來了。

「啊啊啊。」美倫這個陰森的小女孩魂魄，露出吃驚無比的表情，雙手抓著繞在脖子上的藍繩，想要抵抗。

但隨即她發現，抵抗是無效的。

因為她的身體正隨著筆直的藍繩，一寸一寸的往外移，眼看，就只剩下最後一隻左腳了。

「嗯。」而小雨表情不變，但隨著她眉頭鎖緊的程度，可以想見她也拿出真正壓箱底的實力了。

「原來，妳的藍石，比黃石厲害？」美倫嘶吼著，童稚的嗓音，此刻尖銳而可怕。「藍石上頭的名字，是誰？妳刻了誰？」

「……」小雨沒有回答，只是手腕不斷的轉著，每一轉，手上的藍繩就多繞了手腕一圈，而美倫這女孩魂魄，就這樣被拖出來一分。

「可惡……」

「出來。」終於，小雨開口了，就在她的手腕轉動第四四十六圈時，美倫整個完整的魂魄，終於被從黑皮體內，硬生生拖出來了！

這個美倫的魂魄，身穿紅鞋，全身散發著陰森的血氣，所謂的血氣，宛若長長的頭髮，圍繞著美倫，配上她孩童的身軀但卻是猙獰恐怖的表情。

「形貌已變，錯用陰咒，十年來妳每殺一人，怨念就會糾纏妳一分，如今已經變成這樣了？唉。」小雨輕嘆一聲，「隨我走吧，我帶妳去找婆婆，婆婆會幫妳的。」

「我不要渡化！我要報仇！我要知道計時器是誰放的！」美倫身上，如長髮蠕動的血紅色陰氣，如今一根根豎直了，「妳以為渡了我，陰咒就會消失嗎？不會的，妳想得美！」

「至少，不會擴散了。」小雨眼中，閃過一絲悲傷，因為她手上，也有一個陰咒。「隨我走吧！」

說完，小雨把藍繩一拉，就要轉身離開。

只是，當她轉身，準備收回藍繩，替這場陰咒災難，下一個句點時，忽然，她發現，她手上的藍繩，不動了。

同樣筆直，同樣強橫，她背後的美倫，似乎多了一股力量，竟然將藍繩強大的拉力頓住，而且……

那力量，還在將她往後扯！

「嘿？」小雨驚訝回頭，然後，她眼睛睜大了。

在美倫這女孩穿著紅鞋的腳踝上，竟然多了一隻手。

那隻手纖細修長，是一隻年輕女生的手，從黑皮體內伸了出來，拉住了美倫的小腿。

這一剎那，小雨懂了。

「這黑皮男生的體內，躲著不止一個鬼？」

而且這隻年輕女生的手，散發著和美倫同樣兇惡的陰氣，只是這股陰氣不是血紅髮絲，而是詭異的青綠長髮。

青綠長髮在美倫腳邊不斷游動，與紅色長髮混合在一起，兩髮互相盤繞，又青又紅，不僅詭異，威力更是倍增，硬是將小雨的藍繩一步步往後拉，美倫的魂魄，轉眼就要回到了黑皮體內！

「青綠鬼髮？妳是……」小雨的表情由訝異變成了理解，「陳薇？原來，妳也跟出來了？」

沒錯，這條與血紅髮絲同樣陰氣森森的青綠鬼髮，正是當年地下道的亡靈，薇薇。

這些年來薇薇也在黑皮體內，承受著陰咒不斷帶來的怨氣，如今，也已經化成了無法想像的厲鬼了。

只是，正當我以為情勢已經惡劣到無以復加之時，忽然，一個更糟糕的情況上演了，因為，小雨的腳邊，某個人的數字，竟然，已經用完了。

那就是，原本躺在地上，睜著眼睛，發出囈語的印雪。

她的眼窩，竟然開始下陷。

零。

她左臉的數字，是「零」。

這個逃亡了十年，以詭計和陷阱與我們周旋多時的美麗女子，竟然在短短的十分鐘內，就把七個陰咒數字，一口氣耗盡了……

眼前，小雨看著老鼠群匯聚而成的大廈亡靈，又面對著美倫與陳薇兩大厲鬼，最後，再加上即將發病的印雪……情勢，到底可以糟到什麼地步啊！

而我，又究竟可以替小雨，做些什麼呢？

印雪身體拱起，發出瘋狂嘶吼，接著她眼窩凹下，變成兩團黑洞，牙齒因為過度用力咬合而崩解，崩解後，殘缺的牙卻如同野獸獠牙。

接著，她雙手十根指甲開始變長，眼窩下面延伸出如蠕蟲般的皺褶，皺褶不斷蔓延，轉眼就蔓延了她半張臉，然後，印雪直挺挺的站起。

陰氣森森，十足的陰氣森森。

她發病的模樣，連我都感到全身戰慄。

這哪裡是發病？這根本就是……殭屍啊！

而小雨當見到印雪已經從地上站起，身體搖晃，全身散發陰冷的氣息，朝著自己走來。

小雨似乎知道，與黑皮這場仗，是打不下去了。

「回來吧，藍石。」小雨輕嘆。接著，她手一鬆，原本還能勉強僵持住的藍色繩子，頓時鬆開，化成一條細長的藍色小河，流回了小雨的左手掌心。

而美倫也因為少了藍色靈絲的拖行，一瞬間就竄回了黑皮體內，連同那隻被慘綠青氣包圍的女子之手，也縮了回去。

黑皮身體猛然一顫，眼睛睜開，雙瞳中淒厲鬼氣，又在眼中凝聚。

「現在的狀況，我若真要殺妳，妳恐怕承受不住。」黑皮冷冷的說，「但我不用殺妳，因為妳的倒數，剩下壹了。」

小雨沒有回答，只是緊緊握拳。

「事實上，這十年來，已經有二十七人病變並死亡，而這些人之中，有一大半的人病變時，全靠妳壓制他們，不讓他們傷人，所以，我真的很好奇，如果有天妳病變了……」黑皮笑，笑得陰柔且可怕。「傷了人，妳會多麼後悔，咯咯咯咯。」

「……」小雨繼續握拳，她的表情堅毅，我看著她熟悉的臉龐，我懂了，小雨在壓抑。

就算面對陰咒邪惡的源頭，也不可以產生惡意的壓抑。

「尤其妳是一個有道行的人，妳病變後，不知道會變得多可怕，我……」黑皮揮了揮手，轉身要走。「我，好，期，待，啊！」

小雨仍在握拳。

我真的擔心，她護腕下的陰咒，真的會失控。

但我也相信，以她堅毅的意志，一定可以撐過黑皮這充滿惡意的言語。

「對了，」黑皮在臨走前，如同小女孩般對小雨揮手，不用懷疑，主導他身體的，是美倫無誤。「如果妳要使用『轉移』，拯救妳自己也可以，畢竟，妳也不是第一個使用轉移的人了。」

轉移？我聽到了這兩個字，忍不住和小裕互望了一眼，陰咒規則裡面，果然有「轉移」的規則存在？

只是，究竟怎麼轉移？轉移法則為何？至今未明。

但也在此刻，我想起了老師，在她生前，小裕有問過她陰咒轉移之事，她卻含糊帶過，從她的眼神與態度推論，老師應該知道，但為何不說？她顧忌什麼？那個轉移規則，又代表著什麼呢？

當我腦海想法不斷翻轉之際，忽然，黑皮抬起頭，朝我們的方向看了過來。

接著，我聽到槍的保險栓被拉開的聲音。

是老莫，他又再次舉槍了。

老莫的眼神中燃燒著憤怒，槍的準心，正對著黑皮的眉心，我想，以老莫多年來出生入死的槍法，在這樣的距離內要將黑皮一槍斃命，絕對不是難事。

只是，老莫沒有即刻開槍，他的掙扎，我懂，而從黑皮臉上的獰笑來看，他也懂。

「好強的意志，在我的鬼氣壓制下，你還能舉槍？」黑皮歪著頭，笑著宛如惡作劇的小女孩。「但我得再提醒你一次，你現在若開槍，所殺的人，可不是美倫，更也不是薇薇，而是這個叫做黑皮的軀體喔。」

「哼。」老莫咬著牙，槍不動，仍對準著黑皮。

「你若胡亂殺人，你女兒一定會傷心的吧，她可是一直認為，你是個英雄哩，英雄怎麼可以亂殺人呢！」

「……」老莫咬著牙，握著槍，不動。

而黑皮則是一笑，嫵媚如年輕女性，看樣子，掌握他軀體的魂魄，又換成了薇薇。

「掰啦，我的目的已經達到了，終於逮到這個印雪了。」黑皮轉身就走。

而老莫呢？他依然不動，他只是舉著槍，對準這個作惡整整十年，害死二十七個人的混蛋。

他扣不下扳機，一如黑皮預料，他扣不下扳機。

因為，老莫這些年來的堅持，源自自己對女兒的承諾，這承諾，不該由這發子彈來實現，老莫知道，他比誰都清楚。

而黑皮不再理會老莫，他繞過了宛如殭屍的印雪，踏著輕鬆的步伐，慢慢走出了樓梯間。

雖然我不想承認，但他的姿態，真是他媽的令人討厭，因為，這就是大獲全勝的姿態。

而我們，包含了我、老莫、小裕，甚至是追了黑皮數年的小雨，都輸了這一仗。

更何況，小雨的陰咒，只剩下壹了，真的沒有時間了啊！

而我，就在黑皮離開後，忽然感到身體一鬆，那是黑皮鬼氣解除的徵兆。

但我也沒有動，只是看著小雨的背影。

曾經，我幻想過無數次與小雨重逢的畫面，我也許會與她相互擁抱，也許會與她相視而笑，也許會帶著溫柔的神情注視對方。

但我從未想過，當事隔兩年，當我再次與小雨重逢，會是這副景象。

從頭到尾，包括她突然出現，與美倫與薇薇驚險交手，與老鼠群交鋒，她都沒有看我一眼。

從頭到尾，她都沒有看我。

所以，我的雙腳仍停在這格樓梯上，動也不動。

她沒看我，是因為不想看？還是打從心底要將我視而不見？我不知道。

但就是她這份冰冷的心意，確實讓我的雙足像是被釘在地上一樣，動彈不得。

眼前，小雨維持著她對我的冷漠，轉身走向剛剛發病的印雪。

「嘎。」印雪伸出十根指頭，指甲透露著森森的血光，朝著小雨撲來。

「呼。」小雨輕輕嘆了一口氣，開始與印雪正面對決。

事實上，印雪很強，發病的印雪強得可怕。

她發出尖銳嘶吼，四肢伏地，宛如一頭猛獸，朝小雨猛撲。

小雨側身避開，然後我見到兩人在交錯瞬間，小雨的手心藍光綻放，藍絲繞了印雪左手幾圈。

印雪一撲失敗，以人類肌肉無法達到的速度和姿勢，一個扭身，再咬向小雨，小雨再次避開，這次避得比剛才驚險幾分，因為只差五公分，印雪破碎但尖銳的牙，就要咬中小雨的脖子了。

但也在第二次迴避時，我又見到小雨左手發出藍光，這次，層層藍絲捆綁的，是印雪的右手。

連著兩次撲擊都失敗，印雪怒了，她發出沙啞的乾吼聲，用力一跳，由上往下，夾著重力加速度，向著小雨撲擊。

小雨一個矮身，再次驚險避開，但這次小雨的衣服袖子，則被印雪抓中，破了一條長長的痕跡。

但，我見到印雪的左腳上，又多了一圈小雨捆上的藍絲。

印雪第三撲還是失敗，幾乎抓狂，發出狂吼，但這次她卻不是撲向小雨，她一個轉身，竟然朝著我們的方向衝來。

「連病變了，心機都比別人深？想攻擊無辜的人？」小雨見狀，左手藍光綻放，邁步向前，印雪快，小雨的速度更快，竟在幾個階梯的時間，就後發先至，跟上了印雪。

然後左手藍光綻放，直接抓向印雪的右腳，然後往後一扯。

印雪跌倒。

此刻，印雪的雙手雙腳都被縛上了藍絲，印雪從樓梯滾落後，發出古怪的嘶吼後，就朝著門外奔去。

想逃？這印雪似乎知道自己終究不是小雨的對手，竟選擇了逃。

但，小雨沒追。

「回來吧。」小雨輕聲說，說完左手一拉，印雪四肢的藍光同時綻放，印雪就像是被一股巨力往後一扯，橫空飛了數公尺後，然後砰的一聲，落回了小雨的面前。

印雪四肢都被有著強大力量的藍絲捆住，她想撲，已經撲不出去了。

「印雪。」小雨蹲下，左手的相符，綻放燦燦藍光，壓在印雪的左臉陰咒上。「妳還聽得到我的聲音嗎？」

印雪動了一下。

這一剎那，我彷彿見到了印雪那原本深黑色的眼眶中，一對黑白分明的眼珠，翻了回來。

「小……雨……」

「印雪。」小雨表情轉為溫柔。「妳還好嗎？」

「不好，我，」印雪看著小雨，我看見她的眼中，有淚。「我又做了那個夢。」

「夢？」

「我又夢到我們國小，那個下午，那個變態殺人魔即將來到的下午……」

「妳的夢，也是關於那個下午？」小雨嘆了口氣。

「是啊，夢到一半，我就被妳拉回來了。」印雪眼睛乍看之下是看著小雨，事實上，卻像是在凝視遠方。「好可怕，好可怕的回憶，好可怕喔。」

「別怕。」小雨握著印雪的手，忽然，印雪發出尖吼，她的眼眶又開始陷落。

「啊啊啊。」印雪發出慘叫，「來了，來了，變態殺人魔來了，我們要躲進置物櫃了！」

「印雪，撐住！撐住！」小雨語氣低沉，左手再次強壓印雪臉頰上的陰咒，但陰咒這次來勢洶洶，黑氣不斷湧現。

而我更感覺到四面八方的鬼魂們都開始叫囂了，這是靈騷？所謂的靈騷現象嗎？

「來了！」印雪不斷扭動，扭動，眼珠又要消失在她眼眶中了。

「印雪，最後一個問題，妳聽仔細了。」小雨把耳朵湊近了印雪耳旁。「計時器，是妳放的嗎？」

計時器，是妳放的嗎？

聽到這問題，我們所有人都安靜下來了，甚至連原本已經要暴走的印雪，都突然安靜下來。

印雪的眼睛，看向了小雨。

忽然，她笑了。

這笑，在她已經病變的臉上，在她被老鼠咬到殘破不堪的臉上，在她剩下一半頭皮的臉上，還是如此陰森而可怕。

然後，她的答案，卻比她此刻的臉，陰森可怕了百倍。

「我不告訴妳。」

說完，印雪身體一拱，那些被陰咒吸引而來的惡靈，像是飢餓多時的野獸，全部朝向印雪撲了過去。

撕裂，亂咬，吸血，他們在凌虐印雪最後的靈魂。

因為這女人到了這時刻，還是如此充滿了惡意，她到此刻仍不說出是誰放了計時器，她不要讓陰咒停止，她要陰咒繼續綿延下去，直到陰咒殺光所有的國小同學為止！

這女人的惡意，真是可怕！

不過，就在印雪的靈魂被那些惡鬼一路拖，就要拖入無邊地獄之時，她忽然睜開了眼，黑色眼眶，直勾著小雨。

「那我發個慈悲吧，我不會說計時器是誰放的。」印雪咯咯的笑。「但我知道是誰拿走的。」

「咦？」聽到這裡，我們所有人都一顫。

計時器，是誰拿走的？

對，計時器的謎團其實分為兩部分。

第一部分當然是最核心的，就是誰在美倫身上放了計時器，進而讓美倫死不瞑目。

第二部分雖然沒有第一部分來得重要，但也是破解這祕密的關鍵，那就是，計時器最後究竟是誰拿走了？

因為如果計時器還在，我們也許就可以透過計時器的樣子，去找到誰是它的主人，進而找出兇手！

但，事隔二十五年，包括老師、所有當事人，都深深感到困惑的是，計時器為何在警察衝入制伏了變態之後，就突然消失了？

我們曾經懷疑過，放和拿計時器的人應該是同一個，為了毀滅證據，只要如此推論，第一個問題和第二個問題就會合而為一，但，事實真是如此嗎？

而且，當時人如此多，誰能真的接觸到美倫的屍體？誰又有膽子去取計時器？

「我看到了，因為我躲的位置剛好看到了。」印雪不斷笑著，笑聲詭異陰森，我想她能撐得久，也可能和她真的很壞，壞到那些惡鬼決定多給她一些時間吧？「事實上，計時器被拿走的時間，不是在變態被警察抓到之後，而是在之前喔。」

在變態被抓到之前，計時器就被拿出來了？所以……

「對。」印雪咯咯的笑著，「那計時器，不是美倫死後被人藏起來的，哈哈哈，你們一定都沒想到吧，拿計時器的人……」

現場，一片靜默。

「就是那個變態殺人魔！」印雪大笑，「過了二十五年，看你們怎麼找？看你們還有什麼辦法？哈哈哈，好想看你們現在的表情，哈哈哈！」

這一剎那，所有的人都安靜了。

結果，竟是變態殺人魔拿走了計時器？

接著，就在這片靜默之中，印雪身體猛力一拱，那是脊椎會斷裂的拱法，然後鮮血從她的五官中湧出，被陰咒引來的惡靈毫不客氣的將她的魂魄從軀體中拖出，伴隨著印雪驚恐的尖叫，將她拖入了無邊的黑暗中。

印雪這個充滿惡意的魂魄，到了地獄，肯定會吃不少苦吧。

不過，似乎沒人去細想印雪的下場，因為所有人都被印雪最後透露的內容所震懾。

計時器最後消失的謎底，竟然是變態殺人魔！

難怪，沒人找得到！難怪，老師後來的明察暗訪會宣告失敗！難怪，難怪，難怪……

可是，知道這謎底又如何？

過了二十五年，又有誰能找到那個變態殺人魔？就算找到了，計時器是否還在？又有誰知道？

「嗯。」小雨看著躺在地上，確定斷氣，身體正在慢慢復原的印雪。

她右手伸出，拿出一個小甕，小甕邊緣貼著符紙，充滿了歲月痕跡。然後，黃色靈絲開始源源不絕的湧入小甕中，這一收攏，連帶的，將原本那個帶著泰迪熊玩具的女孩，也一併收入了小甕之中。

然後，我聽到小雨正輕輕的說著。

「女孩，不要哭喔。」小雨語氣溫柔，「我知道，妳哭，是因為妳醒來以後，一直找不到爸爸，所以妳透過這些老鼠，在大廈間不斷遊蕩，成為大廈中的厲鬼，等會，我會帶妳去找婆婆，婆婆會幫妳，好嗎？」

就在這些溫柔的話語間，金黃色靈絲已然收盡，全部進入了那個小甕中。

然後，小雨輕嘆一口氣，就轉身要離開這大廈的樓梯間。

而我呢？

等了她足足兩年，終於見到她的我，依然沒有開口。

我只是看著她的背影，慢慢的離開這棟大廈，她離開的速度沒有很快，也沒有很慢，我有足夠的時間可以喊她的名字，但我卻喊不出來。

因為，她沒有看我。

自始至終，她都沒有看我，一眼都沒有。

所以我沒辦法喊出聲，就這樣，目送她離開。

整整兩年深沉的思念，竟在此刻，化成了強大的鎖，鎖住了我的舌尖，讓我什麼聲音也發不出來。

只能安靜，且悲傷的目送她離去。

直到，小雨的背影完全離開，忽然，我感覺到背部被一個溫暖且柔軟的身體抱住。

「哥。」然後，那身體的聲音，從我的背部傳來。「別傷心，好嗎？」

「……」

「小雨姐姐不理你沒關係，我小裕還在啊，我陪你，好嗎？」

「……」我沒有動。

但，我卻感到自己的臉頰，滑過了兩滴暖暖的水。

我沒有說話，我依然沒有說話，這一刻，我忽然發現，其實就算過了兩年，我也從來沒有去想過……「倘若有天和小雨重逢了，當她如此冷漠，我該說什麼？」

我總以為，她離開，然後我找到她，時光就能重現，我們就能回到當初的生活。

事實上，也許某些東西改變了，早就改變了，只是，我不知道。

那東西到底是什麼？什麼東西改變了？小雨離開的理由是什麼？我至今仍不懂。

我不懂，我只能化為沉默，與無法控制的兩行淚水，悄悄的滑過自己的臉頰。

但，我依然沒有後悔這趟旅程，我知道，自己的目標也從未動搖，那就是救下小雨的性命，陰咒僅剩壹的小雨性命。

不過，就在我的內心百般痛苦之時，一句話，從我的左後方傳來，那句話宛如平地巨雷，讓我全身猛然一震。

雖然低沉，雖然與我的悲傷與疑惑毫無關連，卻充滿了力量，充滿了震動大地的力量。

那句話，來自老莫。

「那變態還活著。」老莫吸了一口氣，「當年，法官沒判他死刑，所以，他還在監獄裡。」

第十三章

離開了大廈，那一晚，我們又繼續住在台中的旅館內，因為老莫必須回警局，辦理一些文件，去監獄中探望二十五年前，那個帶著一把刀和一罐汽油桶，殺了美倫的變態兇手。

而當老莫處理完文件，大概晚上八九點，老莫與小裕兩人來到我的房間內，討論接下來該做的事。

而我也趁大廈事件結束後的幾個小時，讓自己心情平復，準備面對明天的挑戰。

畢竟，現在最重要的一件事，是拯救陰咒僅剩壹的小雨。

「先說今天發生的，大廈的事。」老莫來到我的房間，依然故我，點起菸，慢慢的說著。「我的警察同事到了，法醫也到了，那個法醫也是熟面孔，小馬。」

「小馬……」我記得他，他是一個會邊吃新貴派，邊檢驗屍體的怪人。

感覺上，似乎眼前的屍體死狀越慘，他口中的新貴派就會越美味。

怪人，又或者說，還真是一個變態，只是每個人變態的程度不同，他的變態，剛好適合法醫這職位吧！

「小馬判定，無外傷，非他殺，像是地下道猝死的阿竣一樣，所以不會有太大麻煩，頂多，未來幾天，身為當事者的我們，都可能被約談一下。」老莫吐了口煙，一個煙圈，裊裊上升。「你們要有心理準備。」

「嗯，懂。」我和小裕都點頭。

面對警察盤問，我們當然不會說出「撞鬼」的事實，更不會提起小雨和黑皮，最多就說印雪最後精神失常，造成暴斃。

「另外一提，當我那些警察弟兄們，問到警衛時，那警衛還不斷發抖，重複著『老鼠抓狂了』那五個字，好笑。」老莫乾笑了兩聲，「據說，整棟大廈，共有十幾個人被老鼠咬傷，不過都去做過破傷風與狂犬病的檢測，應該沒問題。」

「老鼠大暴走。」我苦笑。「那個黑皮真的好厲害，竟然直接找出大廈怨念的宿主，老鼠，然後把印雪逼出來。」

「那大廈怨念的源頭，應該就是那被爸爸燒炭自殺害死的小孩，唉。」小裕想起小雨最後說的話，吐了吐舌頭，「那小孩醒來時，發現找不到爸爸，找不到全家了，從此在大廈間遊蕩，成為一縷孤魂。」

「是啊，事實上，小女孩也死了。」我說。「不過她就算死了，就算成為大廈的怨靈，其實也很少傷人，如果不是遇到黑皮，也不會造成如此嚴重的傷害。」

「但，她最後被小雨姐姐帶走了，應該……是好事吧？」

「對啊。」我點頭，聽到小雨兩字，內心仍微微一痛。「小雨口中的婆婆，應該是道行更高的人，一定能渡化這女孩的怨念的，我也覺得，小女孩遇見小雨，未嘗不是一件好事啊！」

「嗯。」較少說話的老莫，這時開口。「婆婆，婆婆，小雨口中的婆婆，不會是她吧？」

「你認識？」

「我在這個地區當警察當了三十年，有什麼人我不知道？台中南邊有間廟，雖然規模不大，但香火鼎盛，裡面有一個收驚婆婆超過百歲，已經不替人收驚了。」老莫沉吟，「但不知道為何，當你那前女友一提起婆婆，我就想到那個收驚婆婆。」

「直覺很重要，」我說，「也許，小雨找的就是那個婆婆，又或者說，那個婆婆其實就是……」

「小雨姐姐的師父？」小裕接口道。

「我也是這樣想。」想到這，我輕輕一笑。「如果小雨的師父，是老莫口中這麼厲害的一位收驚婆婆，至少不用擔心她會被黑皮所害，要擔心的，只有她的陰咒數字而已。」

「對啊，剩下壹而已欸。」小裕看了我一眼，「小雨姐姐的狀況，真令人擔心。」

「說到陰咒，」我說，「我想我們要再討論一下陰咒規則，可以嗎？」

「好。」老莫點頭，「我也正想提這件事，我們再確認一下陰咒規則。」

於是，我拿起了夾在皮夾內，那張曾和小裕討論的「陰咒規則」，上面是這樣寫的。

陰咒規則：

一、中陰咒者，身體某部位會出現一個圖形，圖形是大圓裡面有著一個箭頭，箭頭旁有國字數字，此陰咒只有陰陽眼或修道人可以看見。

二、數字代表壽命，當中陰咒者心中每產生一次「惡意」，數字就會減少一個，從柒開始倒數，到零時，中咒者必死。

三、當數字開始倒數，中咒者會逐漸跨入死界，開始見到過去的亡靈，越接近零，死界越近，亡靈就越清楚。

四、陰咒似乎可以轉移？方法無法確定。

五、陰咒的起源是一名男子，他正在尋找計時器放置者，原因成謎？

「第五項，關於陰咒的起源，應該解開囉。」小裕說。「就是叫做黑皮的男生，他被美倫和薇薇的鬼魂附身，為了找尋計時器，而不斷種下陰咒。」

「其實，我最想討論的，是第四項。」我說，「關於陰咒轉移的這件事。」

「嗯，轉移啊。」聽到我如此說，老莫又開始沉默的吞吐煙圈了。

「我覺得，老師一定也知道轉移的事。」我說，「但她不知道為何，說了謊。」

「我是這樣覺得欸，哥，最重要的證據就是我表姐啊。」小裕跟著發言，「我表姐應該沒有碰到黑皮，也許黑皮不認為我表姐可能放置計時器，所以根本沒找她，所以她……應該也是被轉移的！」

「唉，轉移啊，雖然我不像你們一樣，看得到那些鬼鬼怪怪。」老莫說。「但以我多年刑警的經驗，我知道，世間事，不會有絕對。」

「不會有絕對？」

「沒錯。」老莫說，「越是決絕之事，必留下一個出口，陰咒能殺人，所以一定留有轉移之法，這是就算黑皮也無法抵抗的天理，只是，我們尚未參透轉移的法則為何？」

「陰咒的根源是惡意，轉移也許是相反的情感？」我沉吟。

「相反的情感？」小裕看著我。「惡意的相反是什麼？」

「善意？愛意？或是……」想到這裡，我抬頭看著天花板，陷入了沉思，轉移的法則一定不難，只是我仍不懂，為何老師要隱瞞這件事，隱瞞之時，又有意無意的看了我一眼。

「不過與其去想轉移，我認為，還不如來討論如何徹底解決陰咒吧。」老莫再次發言，「轉移只是暫時，無法真正解決事情，我認為，我們該破的是陰咒！」

「沒錯沒錯，我也認同老莫大叔，今天聽黑皮說，陰咒已經死了二十七人了。」小裕也說，「這數字比老師知道的，還要多上一倍欸，好可怕。」

「因為多數的死者都不會聲張，所以老師也無法知道正確的數字。」我嘆氣。「那年頭，一個班級收的學生比現在多，大概五十個學生，死了二十七個，已經去了超過一半了。」

「所以，明天我會把申請文件弄好，咱們去找下一個關鍵人物。」老莫說，「變態殺人魔。」

「對了，這裡我也不懂欸。」這時，小裕舉手。「為什麼變態殺人魔要把計時器藏起來？」

「這裡我也不懂。」我轉頭看向老莫，「你懂嗎？」

「你問我懂不懂？我問你，你們會在某個風和日麗的下午，拿著刀去砍小學生嗎？」

「我，我當然不會！」我和小裕異口同聲的說。

「對嘛，既然你不是變態殺人魔，就別想真的搞懂變態殺人魔，懂嗎？」老莫的菸到了最後一口，只剩下閃著紅光的菸屁股。「一旦你搞懂了，就怕你也是變態殺人魔了。」

「也是。」我和小裕同時點頭。

「這就對啦。」老莫說，「我們就早點休息，養足精神，明天要對付的傢伙，可能是最棘手的。」

「好。」

於是，這一晚的討論在這裡結束，當我送兩人離開房間時，小裕忽然回頭，看著我。

「哥，你還好嗎？」

我看著小裕，一瞬間懂了，她問的，是小雨對我如此冷漠的那件事。

「沒事。」我搖頭。

「那就好。」小裕低頭，笑了一下。「哥，你這麼愛小雨，真令人羨慕哩。」

「嗯。」

「哥，如果你真的很傷心難過。」小裕抬起頭，那雙美麗眼睛中，閃爍著燦燦的光芒。「我都會陪你喔，不論多晚，多久，多遠，都可以和我說。」

「小裕，謝謝妳。」看到小裕這麼可愛的女孩，對自己展現這樣的體貼，我伸出了手，輕揉她的頭頂，像是哥哥疼愛著妹妹。「我，知道的，妹。」

當我的手輕揉她頭頂時，小裕露出像是小貓被主人寵溺般的幸福表情，然後她笑了。「這是你第一次稱我為妹欸。」

「真的嗎？」我笑了一下。「可能，這一路上我們一起努力，在我心中，妳也真的像是妹妹一樣了。」

「嗯。」

「你放心，我好歹也三十好幾，知道分寸的。」我說，「傷心歸傷心，但現在最重要的，是解決陰咒，讓小雨能平安獲救！這才是這趟旅程最重要，也最根本的目的。」

「嗯，那我們一起加油！」小裕甜甜一笑。

「那快去睡吧。」

「哥，晚安。」

「晚安。」

關上門，我把背靠在門上，仰著頭閉上眼，輕輕嘆了一口氣，就算我心裡知道該放下，但真的要放下，又談何容易？

但也在這時候，我似乎聽到了背後的門板，傳來一個很輕的聲響。

這聲音又細又輕，像是某個人躡手躡腳的在門外徘徊。

這一剎那，我感到呼吸一緊，門的另外一邊，有人嗎？是誰？

一股衝動，我拉開門，卻看到門後，只有空蕩蕩的走廊，一個人都沒有。

陰暗狹窄，飄散著淡淡霉味的走廊上，空無一人。

這一剎那，我感到莫名的不安，剛剛是自己的錯覺嗎？門外剛剛真的沒人嗎？

但回想起那細微的腳步聲，內心的第六感又隱隱的告訴著自己，不會錯，剛剛門外有東西，就算不是人……但肯定有東西！

剛剛，肯定有東西，在門外！

* * *

第二天，我們在老莫的帶領下，來到了關著變態殺人魔的監獄，事實上，這裡並沒有電影《沉默的羔羊》裡，那種陰森詭異的氣氛，反而擺設簡單，窗明几淨，就像是國軍的軍營。

當我們在會客室等待變態時，還有幾個官員來和老莫打招呼，甚至幾個路過的受刑人還對老莫點頭。

見到此景，小裕沒頭沒腦的問了。「老莫伯伯，你一定是一位好警察吧！」

「嗯？」老莫單一邊的眉毛挑起。「啥？」

「這些人有些可能是你抓的，但抓完之後，還會對你點頭，表示你抓得他們心服口服吧？」

「放屁。」老莫轉過頭，冷笑。「我把這些傢伙抓進來，只是讓他們冷靜一下，媽的，情緒不穩在社會外面亂搞，偷竊，砍人，亂七八糟，抓進來讓他們冷靜一下也好。」

「呵呵。」

「不過，真正危險的傢伙，不是像你剛剛看到的那些人，很輕浮，自以為很夠義氣的傻子。」老莫說到這，忽然聲音一沉。「真正危險的傢伙，你可能根本看不出來。」

「欸？比如說？」

「比如說……」老莫話才說到一半，忽然，會客室的另一扇門開了。

一個年紀和老莫差不多，大概五十歲左右，理著平頭，身穿白色汗衫的男人，在警衛的帶領下，走了進來。

這男人眼神下垂，身材瘦弱，短短的平頭上盡是白髮，乍看之下，真的很難想像，他就是二十五年前，瘋狂追殺國小生的變態殺人魔。

「比如說。」老莫眼睛瞇起，瞪著眼前那個蒼老的平頭男子，冷笑一聲。「這個男人。」

「編號一七二一。」老莫瞪著眼前的受刑人，開口詢問。「你還記得二十五年前的事嗎？」

「二十五年前……」那已經沒有名字，只剩下編號的受刑人，頭垂著，眼睛看向木頭桌面。

「對啊，也就是你被判刑的那件事，你應該沒忘吧？」老莫眼神銳利如鷹。

「二十五年前……」編號一七二一，依然喃喃自語著。

「好，我就當你記得了。」老莫眼神依舊銳利，盯著眼前這個反應遲緩的受刑人。「當時，你追上了一個無辜的小女孩並殺了她，現場，傳出了一個奇怪的嗶嗶聲，你還記得嗎？」

「二十五年前……」

「你因為那個嗶嗶聲，而改變了你的獵物。」老莫冷冷的說，「我問你……那個發出嗶嗶聲的計時器在哪裡？你知道嗎？」

「二十五年前……」

「有人說，是你拿走了那個計時器，」老莫盯著這個編號一七二一的受刑人，受刑人蒼老的面孔中，沒有絲毫動搖。「你知道嗎？」

「二十五年前……」

「你啊，嘿嘿。」老莫忽然笑了，笑了兩聲之後，突然猛一吸氣，發出大吼！

「你他媽的知道嗎？」

這一聲大吼，我彷彿感覺到玻璃同時震動，耳膜嗡嗡作響，更厲害的是，老莫吼聲中帶著低沉的鳴動，如原野獅吼，曠野狼嚎，讓人心跳急速，渾身戰慄，冷汗涔涔。

這一瞬間，我看到了這位三十年來，歷練了無數生死的強者，淬鍊出來一種來自靈魂的絕對霸氣。

這樣的霸氣，我想一般的犯罪者，就算手上持有槍械，也會被深深震懾，而束手就擒吧！只是，眼前這個二十五年前，拿著刀，衝入國小殺害兒童的變態呢？

「二十五年前……」

就當我又聽到這個變態殺人魔又重複了這句話，以為老莫的驚人一吼無用之時……

這個編號一七二一的男人，卻把頭抬起來了。

「二十五年前，是我拿著刀，進入國小，殺了那個女孩，又怎麼樣？」編號一七二一，蒼老的臉抬起，那佈滿皺紋的臉，原本屬於慈祥長者的臉龐，卻散發著陰森的氣息。「你還能怎麼樣？我都判刑了，而且偉大的國家法律沒殺我，還讓我繼續活下去，你又能怎樣？」

「你。」老莫握拳。「當年……」

「當年，對，我記得你。」編號一七二一看著老莫，眼神空洞。「當時就是你一拳將我揩倒，也是你把我扭送警局，我都記得，沒錯，但我告訴你，我不知道計時器，我不知道。」

「你不知道？」老莫的表情，顯然完全不信，但面對編號一七二一，卻也無可奈何。

「我不知道。」編號一七二一表情雖然冷漠，但眼神卻透著惡作劇般的笑意。「是的。」

「你……」老莫拳頭握得好緊。

就在老莫與編號一七二一對峙之時，忽然，小裕卻輕拍了我肩膀一下，在我耳邊小聲的說，「哥，你有看到嗎？」

「嗯？」

「那變態後面的東西。」

「嗯。」

因為我和小裕都是「看得到」的體質，所以，對某些非現實世界的東西，我們都能感受得到，最大的證據，就是我們都能看見「陰咒」。

不過，最近一陣子也許是因為不斷追蹤著陰咒，身體沾染了一些陰氣，如今，我看得又更清楚了。

在編號一七二一的身後，的確站著一個人。

此人全身青冷，垂著頭，就站在編號一七二一的身後，我不知道他何時，又怎麼進到這會客室的，但，我幾乎可以斷定，他不是人。

「哥，還有一個問題想問你。」

「什麼？」

「幾個？」小裕語氣發顫，「你看到幾個？」

「好問題。」我苦笑了一下，因為，就在我與小裕對話的同時，第二個青冷的身影也出現了。

他站在編號一七二一的右側，是個女生，長髮下垂，蓋住了前臉，長髮之後，只露出一顆佈滿血絲的眼球，狠狠瞪著編號一七二一。

「幾個？」

「兩個，一男一女。」

「哥，我看到三個。」小裕語氣發抖。

「第三個在哪？」

小裕伸出食指，朝上比了比，「天花板。」

「天花板？」我抬頭，呼吸猛然一緊，因為，一張滿是鮮血的臉，就這樣倒吊在天花板上，同樣面無表情，瞪著編號一七二一。

「哥，不止，第四個，第五個，第六個……」小裕緊抓著我的衣服，怕到把臉埋在我的背部。

沒錯，眼前的鬼魂，莫名其妙的增加了。

編號一七二一的左手邊，有一個年紀較輕的鬼魂，拿著籃球，胸口滿滿都是血。

編號一七二一的右後方，一個年輕女人，燙著卷髮，手握著菜刀，一雙眼睛狠狠瞪著。

同時被這麼多鬼包圍，這個變態殺人魔，到底，犯了多少罪啊？

可是，我記得老莫說過，變態殺人魔的犯罪歷史，主要就是國小時殺了美倫，為什麼有這麼多魂魄纏著他？

是不為人知的其他命案？還是另有隱情？而他們在老莫與編號一七二一對峙時，突然出現，是不是代表著什麼含意？

不過，我的疑惑，就在第七個鬼出現的時候，豁然開朗。

因為，第七個鬼，我竟然，看過！

梳著整齊的髮髻，笑容溫和，宛如慈母，她，竟然就是剛過世不久的「老師」！

「老師！」小裕也看到了相同的鬼影。「哥，你看到了嗎？」

此刻的老師全身上下的顏色同樣青冷，全身散發非人的氣息，但，那雙眼睛，我卻記得。

就算化成了鬼，就算已經失去了人的氣息，那雙眼睛，仍是我見過最慈祥溫暖的。

只見，老師張開了嘴。

「老師，妳想說什麼？」我把耳朵湊近，拚命想要聽到老師的話語。

而同時間，老師的聲音，如同一般的鬼魅，悠長而飄忽，慢慢傳入了我耳中。

當我聽到，更在下一瞬間，懂了。

老師，她為何現身在這，以及她要說的，究竟是什麼事情了！

此刻，老莫與編號一七二一，正對峙著。

老莫足以制伏多數歹徒的霸氣，與編號一七二一那常人無法預料的變態，彷彿一條曠野猛獅與叢林中的餓狼，正狠狠地對峙。

我知道，老莫雖然是縱橫原野的猛獅，但卻進不了叢林，因為叢林不只陰沉無光，更佈滿了有毒植物，那不單是野獸本身強弱的問題而已，那是環境因素。

編號一七二一的內心，一如晦暗危險的森林，老莫想要將一七二一的內心那隻餓狼擒殺，機會恐怕不大。

這時，就需要另一個方法了，另一個比森林更晦暗，更陰沉的方法。

「編號一七二一。」這時，我開口了。

老莫詫異的看向我，但隨即安靜下來，我知道他信任我。

「嗯？」編號一七二一的蒼老眼神移向我，那空洞的眼神，的確讓人感到不舒服。

「你是不是每天下午三點整，都會聽到計時器的聲音？」我看著編號一七二一。「嗶嗶嗶嗶，嗶嗶嗶，嗶嗶的響著。」

「……不要套我話。」編號一七二一冷冷的說。

「你曾經嘗試把計時器關掉，但關不掉，很奇怪，每到下午三點，它就會開始響，你不但困擾，而且害怕。」我看著編號一七二一，慢慢的重複著，老師對我說的話。「因為你比誰都清楚，下午三點的含意，那就是那個女孩，死亡的時間！」

「…………」編號一七二一沒有說話，但我在他原本空洞的眼神中，找到了一陣細微的情緒波瀾，驚駭，對，他的眼神中透露著驚駭。

「而且，從十年前開始，嗶嗶聲響起的時間還開始變多，對吧?不只下午三點，還包括……」我說著，「下午四點二十一分，清晨兩點零四分，晚上八點二十四分，還有中午一點半，你覺得很害怕，你明明沒有設定這計時器，但它卻不斷的響起，然後，你決定，把它丟掉！」

「…………」編號一七二一眼中的波瀾越來越大，我知道我說得沒錯，而同樣的，老莫面露驚喜，他雖然不懂我為何知道這些，但他卻很清楚，我已經開始踏入森林了。

能進入森林，就能設下陷阱，捕獲這隻餓狼了！

「可是，好奇怪，你丟不掉，你怎麼樣都丟不掉，一開始，你丟進垃圾桶，第二天卻出現在你的口袋，你塞給其他獄友，但獄友卻在第二天把計時器還你，因為他說，這手錶都不走，也不會響，拿了沒用。」我慢慢說著，「對吧？只有你聽得到計時器的聲音，而且，你，怎麼樣都丟不掉！」

「……」編號一七二一依然沒說話，但他的嘴巴卻無法控制的微微張開了。

而我，依然在重複著老師對我說的話。

「事實上，你不知道為何計時器的聲音會變多，但你卻有預感，這和死亡人數相關，因為這個計時器，一直有人死，只要有人死，那鬼魂就會來找計時器，然後糾纏著你，因為你，你就是害死這些人命的關鍵！」

「……」編號一七二一嘴巴張得更大了，眼神中的驚駭更深了。

接著，我話鋒一轉，因為老師又告訴了我另外一件事。

「你為什麼會藏計時器？就像是你為什麼會衝進國小殺人一樣，你國小時候，曾經被同學霸凌對吧？」

「……」編號一七二一聽到這，全身抖動了一下。

「當你國小五六年級時，每天下課，你都被同學拖到廁所勒索，如果你不給錢，你就會被亂打一通，有時候還會被關進廁所，關到放學直到老師發現你，可是為什麼呢？」我雙眼直直的看著編號一七二一。「為什麼你會特別成為被霸凌的對象呢？為什麼呢？」

「……嘎……」編號一七二一的嘴巴動了一下，發出一個很輕的嘎聲，那嘎聲，像是從喉嚨深處浮了出來，隨即又縮了回去。

「為什麼？因為你在國小四年級時，做了一件事。」我說，「那件事讓同學覺得你不是正常人，那天，你正在喝牛奶，快喝完時，你看到了一個同學正蹲在門口，準備穿鞋子。」

「……嘎嗶……」我又聽到了編號一七二一喉嚨那奇怪的聲音，浮出一下後，又縮了回去。

「然後，你看著那同學頭頂的髮窩，你看著，你看著那個髮窩，不斷的看著，然後你突然面無表情的站起，你看著那個髮窩，拿著牛奶，你看著那個髮窩，然後倒了下去！」

「……嘎嘎……嗶嗶……」編號一七二一喉嚨的那聲音越來越清楚了，有著嘎嘎聲，也有著嗶嗶聲，混雜在一起。

「那一倒，那同學抓狂，班級一片混亂，老師抓住你責罵，罰你站了半個小時，老師一直問你，『為什麼？為什麼要這樣做？』你說不上來，因為你腦袋在那時候，就只有一個東西，那個髮窩，你想要看看，乳白色牛奶淋在上頭的樣子，就是這樣而已。」

「……嗶嗶……嘎……嗶嗶……」編號一七二一嘴巴越張越大，怪聲越來越多……

「可是事情偏偏沒有這樣結束，那個被你淋牛奶的同學，他是班上的孩子王，他開始招集同學霸凌你，更可怕的是，那同學家裡更有黑道背景，他回去和他爸爸哭訴之後，不只你被霸凌，連你爸爸原本在工地的零工都受到影響。」

「……嗶嗶嗶嗶……嗶嗶……嗶嗶……」編號一七二一嘴巴還在張大，那怪聲音也越來越清楚！

「於是，家境原本就不好的你，變得更慘，更髒，更多人欺負你，你從國小一直被欺負到國中，一直被欺負到輟學，出社會，但你的內心，除了恨，其實，真正讓你難以忘懷的，卻是另外一件事，對吧？」

「嗶嗶嗶……嗶嗶嗶……嗶嗶嗶……」

「你從未忘記的，其實就是那『髮窩』吧！」我把臉突然湊近了編號一七二一。「說你為了復仇而進入學校，根本就是屁，你是想念那髮窩吧？你是想念那乳白牛奶倒在髮窩，白色液體在髮囊蜿蜒流動的感覺吧？」

「嗶嗶嗶……嗶嗶嗶……嗶嗶嗶……」

「你別以為你已經受到制裁，你回頭看看，那些鬼，都在看你！你以為受過法律制裁就沒事了嗎？」我一字一句，緩慢的說著。「我要告訴你一件事……」

「……」編號一七二一古怪的聲音停了。

「鬼啊，他們都知道喔。」我小聲的在變態耳旁說著。「鬼啊，他們知道，你真正想的是什麼？」

鬼，他們都知道喔！

「啊啊！」忽然，編號一七二一放聲尖叫，尖叫又長又細，持續了足足三分鐘後，才慢慢止息，而止息之後，他喉嚨那奇怪的聲音，卻完全浮了出來！

那聲音竟然是……嗶嗶嗶嗶！嗶嗶嗶嗶！計時器的聲音！

而且更奇怪的事情還在後頭，我和小裕同時聽到了第二個計時器的聲音，同樣嗶嗶嗶嗶，竟然與編號一七二一口中的嗶嗶聲，完全重合！

而我順著第二個嗶嗶聲，比著編號一七二一的前胸口袋，「老莫，在那裡！」

「少年仔，幹得好。」這時，老莫冷笑一聲，伸手在編號一七二一的前胸口袋一掏，果然掏出了一個綠色的物體。

那物體，說是計時器，不如說是一只個手錶，一只孩童專門戴的電子錶，只是錶帶已經掉了，錶面也因歲月而顯得破舊，上頭還有一兩塊宛如血跡的污漬。

「這就是計時器？」小裕看著老莫手中的手錶，小聲的說。

「八九不離十。」老莫說完，拿起掛在椅子上的外套，就要離開。

「可是，他呢？」小裕看了一眼，坐在椅子上，嘴巴大張，仍發出古怪嗶嗶聲的編號一七二一。

「他，沒用了。」老莫瞪了一眼編號一七二一，「我也許奈何不了變態，但我知道變態報銷以後的樣子，他內心的防線崩潰了，別說害人了，他以後從此日夜怕鬼，嘿，少年仔，你還挺厲害的呢。」

「沒。」我看了一眼站在編號一七二一後的「老師」鬼魂，以及眾多青冷的鬼影。「那絕對不是我的功勞。」

「是嗎？」老莫順著我的眼神，看向老師的方向，然後微微鞠躬。「嘿，老師那女人幫你的嗎？」

「嗯。」我點頭。

「因果循環，報應不爽。」老莫走到了會客室門口，可以聽出他語氣中的雀躍，畢竟延續了二十五年的懸案，終於找到了關鍵計時器，算是往前跨進了一大步。「我們接下來還有好多事情要幹，我們得問出來，這計時器是誰的！」

「對。」我和小裕同時點頭，跟著老莫的身影，往外走去。

臨走前，我與小裕一起，對著老師的鬼魂一鞠躬，然後就這樣丟下，嘴裡仍不斷發出嗶嗶聲，內心完全崩潰的編號一七二一，一起離開了這座監獄。

事實上，當我們離開監獄後的一個小時，又一個訪客來拜訪編號一七二一。

「每個受刑人一天只能會客一次。」這是監獄的規定，但不知道為何?警衛還是讓那個訪客進來了，而且用幾近夢囈的語調，通知精神已經接近崩潰的編號一七二一，來進行會面。

在會客室內，短短的十分鐘內，沒有人知道發生了什麼事，只是當晚，編號一七二一的室友，卻聽到編號一七二一全身發抖，縮在床上，嘴裡喃喃唸著。

「我看到她了，我看到她了。」編號一七二一全身發抖說，「她來找我了。」

「什麼?」室友聽得是一知半解。

「我求她，求她給我一個陰咒，讓我解脫，可是她不肯。」編號一七二一抓著短短的頭髮，不斷發抖，「她說，我還可以活好幾年，要我好好『享受』，她一點都不希望我死掉，所以，她絕對不會給我陰咒!」

「好可怕!好可怕!」說到這，編號一七二一的雙眼依然直直向前，彷彿看到牆壁上的什麼東西，他張開嘴，縮到了牆角，然後開始哭，一下一下的哭。

那是一種很獨特的哭法，是一種被人一拳拳揍時的哭法。

更古怪的是，他室友發誓沒有看到任何人揍編號一七二一，但事後驗傷，編號一七二一還真的有傷口。

只是，這些傷口不在表皮，全部都藏在他的皮下組織，化成一塊又一塊的瘀青。

後來，那室友申請分房，上頭也同意了，從此，編號一七二一再也沒有室友，但每天晚上仍可以聽到他在哭，被人痛揍的哭法。

不過，那室友也在某天，因緣際會的，看到那天的「會客本」。

那一天，來找編號一七二一的訪客真的有兩組，第一組簽的名字是老莫，也就是我們。

而第二組的字跡，那室友花了一些時間才分辨出來，因為字跡有些拙劣幼稚，像是小學生的筆跡，那兩個字是……

「美倫」。

是一個叫做美倫的小女孩，來拜訪了編號一七二一。

那個叫做美倫的小女孩。

第十四章

要找認得計時器的人，就要找當時國小的學生，我們只想到一個人，事實上，他也是唯一的倖存者了。

他是小茂。

不過，我們這次見到小茂非常順利，沒有上次的大街追逐，原因很簡單，就是老莫。因為他和公所的主管熟識，嚴格說起來，也許不能說熟識，應該說，公所主管怕老莫。

「那件事，我說過，我不會再提起了。」老莫拍了拍那主管的肩膀。「所以，你就放你的一個小公務員，借我一小時吧，你不點頭，他不敢擅離職守啊。」

「是是是。」公所主管笑得尷尬。「當然，那件事就別提了吧，再提起，大家都不好啊。」

「當然當然，幾百萬的現金，被爆出來，的確不太好。」老莫摩挲著下巴，點頭。

「噓噓……噓噓……什麼幾百萬，噓噓……」公所主管急忙拉住老莫。「這錢不只我拿啦，我只是拿其中一小部分，你快帶那個，叫什麼名字？小茂，對，叫小茂，他下午都不用進辦公室也沒關係。」

「那謝啦，你真是好兄弟！對吧！」老莫用力拍了公所主管的肩膀一下，我們就這樣把小茂「強行」帶走了。

十分鐘後，我們幾個人，包括小茂，已經坐在當時的那間咖啡館內。

「你們還真是厲害。」小茂點了一杯黑咖啡，苦笑。「你們竟然直接找我的大主管，讓我連跑都沒機會跑？」

「沒啦。」我搖頭，「因為我們多認識了一個人，是他有辦法。」

小茂眼神移向老莫，而老莫則沒說話，只是鼻子哼了一聲。

「那，你們又找我幹嘛？難道有新的進展了嗎？」小茂皺眉。

「有。」我吸了一口氣，然後對小茂微一鞠躬。「但在和你說明進度之前，我想拜託你一件事，如果這件事對你不禮貌，請見諒。」

「嗯，什麼事？」

「可以請你……先將你手上的袖子，給捲起來嗎？」

「捲起來？」這一剎那，我看到小茂的臉色微微改變了。

因為，他懂了，我會要他捲起袖子，絕對不是因為天氣熱怕他中暑！更不是懷念他美麗的手臂皮膚！而是，我要再確認一次，數日前，他手臂上的詭異圖形。

陰咒。

就是陰咒。

「是，請你，將袖子捲起。」我雖然低著頭，但我眼睛仍往上與小茂對望，我的眼神堅定，沒有絲毫猶疑。

「如果我拒絕呢？」小茂的雙眼與我對望了數秒，又看向了小裕與老莫。

小裕的眼神沒有游移，堅定的與小茂直接對視。而老莫呢？當了三十年刑警的他，眼神原本就如老鷹般銳利。

見到這種狀況，小茂似乎也知道，我的請求，早已經不是請求，而是強勢脅迫了。

「很，抱，歉。」我字字斬釘截鐵，沒有絲毫餘地。「我們沒辦法接受拒絕。」

我與小茂，就這樣足足對峙了十秒，忽然，小茂笑了。

「好，幹嘛那麼緊張啦。」他慢慢的，把手上的袖子捲了上來。「我不怕啊，數字都沒變，你們自己看。」

就在左手手臂上，我又看到了那東西，陰咒。

宛如用乾涸的血所畫成，由圓形，箭頭，和一個數字所組成，而那數字依然是陸，安全無虞的陸。

而小茂的手腕上，依然還戴著那個擁有強烈靈力場的黑色佛珠。

「感謝你體諒我的請求，那接下來，我將給你一個東西，」我說，「請你認真想一想，二十五年前，這東西，可能是誰的？」

「喔。」

然後，我小心翼翼的拿出，那個被我們用密封袋裝著，失去了錶帶的手錶。

計時器。

二十五年前，美倫原本可以逃過一劫，卻因為這計時器帶來的巨大惡意，因此命喪變態刀下，這惡意經過了二十五年，化成一道連鎖的奪命符，已經讓二十七個人死亡，那個奪命符，就叫陰咒。

其中，身中陰咒的受害者中，還有一個讓我牽掛的女子，小雨，她的陰咒數字，如今只剩下壹而已。

此刻，這計時器在咖啡館明亮的黃色燈光下，老舊的錶面上，幾滴陳舊的血跡，反射出陰沉的紅褐色，就算時間已經久遠，仍不減其陰森的氣息。

「這是什麼？」小茂拿著手錶，雙眼在這剎那，顫動了一下。

「這就是計時器。」我說。

「計時器？啊，你說，二十五年把美倫害死的聲音源頭？」小茂表情詫異。

「正是。」

「你們太誇張了吧！真的把這東西找回來了？」小茂做出誇張的表情，「隔了二十五年，你們竟然連這東西都找得回來？你們真的太太太太，神通廣大了吧！」

「還好，但我們現在需要你的記憶。」我說，「請你告訴我，你還記得，這是誰的手錶嗎？」

「誰的啊……」小茂聽懂了我的意思，「你是說，誰是錶的主人，誰就有可能是放置計時器的人嗎？」

「嗯。」

「懂了，我試試看囉。」小茂拿著計時器，表情認真。

當小茂仔細檢查時，我則注意著小茂的表情，更注意著他手臂上的陰咒。

事實上，請小茂檢查手錶，這是我和老莫及小裕討論過的計謀。

因為，當時躲在置物櫃的五個孩子，事實上，已經只剩下小茂這個倖存者了。

因為當事人都已死盡，小茂放置計時器的可能性越來越大，但我們也擔心一件事，若是小茂不承認，隨便說一個人搪塞我們，我們也無可奈何。

於是我想到了，還有「陰咒」。

因為陰咒的數字會與惡意互相牽連，小茂既然中了陰咒，只要看他的陰咒數字是否減少？就可以判斷他是否說謊。這樣，就算他不承認自己放置了計時器，陰咒也會告訴我們真正的答案。

接下來，只要逼小茂認錯，也許，這場陰咒浩劫，就可以因此而劃上句點。

「這手錶啊……」小茂看了大概五分鐘吧，終於，他嘆了一口氣。「我真的認不得欸。」

「認不得？」我再次確認，眼睛看著小茂的手臂，數字沒動。

「嗯，」小茂搖頭，忽然，小裕開口了。

「小茂哥哥，請幫忙再想想好嗎？」小裕的語氣又甜又膩，展現了她拿手的撒嬌攻勢。「拜託，小茂哥哥，再想一下好嗎？」

「再想？為什麼要特別拜託我……」

「因為，這事關小雨姐姐啊。」小裕外表原本就可愛，如今配上撒嬌語氣，兩者相輔相成，威力驚人。

而看到小裕的模樣，小茂的雙眼，如同多數好色的男人一樣，都因此亮了起來。

「小雨……又關妳什麼事？」

「小雨姐姐，她陰咒數字只剩下壹了，而哥哥之所以離開工作崗位，就是為了拯救小雨姐姐。」小裕的大眼睛，眨啊眨的。「小茂哥哥，只有你想出來計時器的主人是誰？才能讓這件事再露曙光啊。」

「曙光？」此刻，小茂看著小裕數秒，忽然，嘴角露出一個古怪的笑容，然後說：「我必須說，我真的認不出來哩。」

「喔。」小裕聲音中難掩失望。

而我則將注意力集中在小茂手臂的陰咒上，沒動，數字穩穩的維持在陸，動也沒動。

沒錯，小茂說起「自己認不出來」之時，數字的確完全沒動。

所以他不帶惡意？所以他說的是實話？所以，放下計時器的人，真的不是小茂？那又會是誰？

這一剎那，我感到強烈的挫折感，因為，這等於要從頭來過，我們經歷了這麼多險惡的探詢，好不容易破解了變態殺人魔的心防，才拿到的計時器，卻沒人能夠指認？

而就在我感到挫折之際，忽然，一隻充滿力量的大手，拍了拍我的肩膀。

「走啦。」那隻大手的主人，是老莫，他的意志依然如鋼鐵般堅硬。「我們再想辦法。」

「嗯。」我默默點頭。

「真抱歉，沒幫上忙勒。」小茂露出了兩排牙齒的笑，起身，順手把自己的袖子蓋上。

在那陰咒從我眼中消失之前，我再次確信，那數字沒動。

「沒關係。」我起身，跟著老莫的身影，走向咖啡館大門。

不過，就在我收拾東西，準備離開之際，我聽到小茂對小裕小聲的說話，「小裕，妳把電話給我。」

「幹嘛？」小裕看著小茂。

「我回去想想，如果想到什麼對你們有用的東西，再通知你們啊。」小茂笑，帶著一點色情的笑。「妳哥哥的電話我有了，但怕有時候找不到人，多支電話總是好的。」

「嗯……」小裕思考了一會，「好啊，你有想到什麼，要和我說喔。」

「一定。」小茂拿起手機，開始儲存小裕的號碼。

而我聽到小茂和小裕討電話，內心雖然閃過一絲古怪，但想到小裕畢竟外表可愛，加上小茂如果三十歲的單身男生，想藉故要到小裕的電話，倒也可以理解。

不過，就在小茂儲存電話號碼時，我隱約聽到的一句話，卻讓我內心一抖。

小茂當時正低頭按著手機按鍵，忽然，他開口。

「小裕啊，妳，是真的希望，小雨得救嗎？」

「咦？」小裕一呆。

「我是說，」小茂抬起頭，眼睛閃爍銳利光芒。「如果沒有了小雨，妳不就可以如願以償了嗎？」

「你在說什麼！」小裕皺眉。「什麼如願以償？」

「什麼如願以償，妳應該懂啊。」小茂笑得詭異。「到時候，哥哥就不再只是哥哥囉。」

哥哥就不再只是哥哥？

「你說什麼！」小裕臉色驟變，聲音上揚。「不要，不要亂說！」

「好好好。」小茂嘴角依然掛著那帶著邪氣的笑，「號碼儲存好了，等我電話，也許，我真的能想起什麼喔。」

而我站在咖啡館門口，背脊滲出一絲涼意。

我不懂，小茂剛的那番話，到底是什麼意思？

當我們離開咖啡館，回到飯店的過程中，我始終沉默不語，沉默的原因是因為沮喪。線索到這裡，全部應聲斷裂，小雨剩下壹了，但我卻仍找不出解開陰咒的方法。

不過，就在我們要各自回到飯店房間之際，忽然，老莫伸手拍了拍我肩膀，開口道：

「少年仔，明天，咱們得再去找一個人！」老莫看我的眼神，透露著一種憐憫。「也許你不想去，但也剩下這辦法了。」

「還有誰？」我一呆，轉頭看向小裕。

「對，哥，你是真的沒想到嗎？還有一個人可能可以指認計時器啊。」小裕的眼神，與老莫相同，只是再溫柔一些些。

「還有誰？」

「你這小子，腦袋平常很精光，怎麼遇到那女人，就變成了笨蛋。」老莫瞪著我。「當年的國小，明明就還有一個人活著，而且是我們能找到的。」

還有一個人活著，我們能找到的？

誰？

還有誰是老師的學生，誰是美倫、薇薇、阿竣、印雪，與阿茂的同學？

「誰？」我依然想不出來。

「哥，」小裕跺腳，「你忘了，你一直在找的那個人啊。」

「我在找的人？」一瞬間，我懂了，老莫與小裕打算找的人是誰了！

而我也隨之明白，為什麼我會基於本能的，將她排除在可以尋找的名單上了。

「對吧，哥，我們還可以找小雨姐……」

「不行！」我突然吼了一聲。「不能找她！」

「為什麼？」老莫斜眼看我。

「因為，因為，她身上的陰咒數目只剩下壹，若刺激，刺激到她，害她猝死，怎麼辦？」

「她如果不是放置計時器的人，怎麼會被害死？」老莫吸了一口氣，語氣陰沉。

「不行，太危險了。」我繼續搖頭。

「因為，你怕見她吧？」

「我……」

「真是好笑，為了那女孩，你等了足足兩年，你放棄工作，但卻在關鍵的時候，不敢見她？」

「不是！」我真的擔心小雨，我不想為了破解這最後的謎團，而犧牲了我最想保護的人的生命。

但我才剛說完，忽然感到自己的衣領一緊，竟被老莫雙手抓住，然後退了兩步，被用力頂到了牆壁邊。

「小子，我不管你是不是真的擔心那女孩，但我必須和你說，」老莫如老鷹般的眼睛，瞪著我。「這案子，我追了二十五年，這十年內，更已經死了二十七個人，你懂嗎？還有二十三個倖存者，我必須解開它，我得救那些剩下的人。」

「就算犧牲小雨？」

「她不會被犧牲。」老莫斬釘截鐵，「如果她不是計時器的放置者，她的陰咒數目就不會減少，就像那個小茂一樣。」

「老莫，你也看到小茂的陰咒不會減少？」

「是。但小茂的數字沒有減少，所以他是計時器放置者的可能大減。」老莫說，「你的女友，也可能是放置計時器的人，你敢不敢相信她？」

「我當然敢。」我握拳。

小雨雖然內斂沉靜，雖然內心包含許多心事，但，她絕對不是一個會釋放這種絕對惡意的人。

這點我可以保證。

「那就好。」老莫鬆開了雙手，「那我們明天早上八點飯店門口集合，我們去那座廟，找那個年過百歲的收驚婆婆。」

「嗯。」我的身體，隨著老莫鬆開雙手，而慢慢的放軟。

我到底為何不敢去找小雨呢？

因為，她是我打算用一生保護的對象，就算深信她不會是計時器的放置者，也深怕刺激到她。

但，我知道就算我不去，老莫也會拿著計時器去找她，這樣說起來，我反而應該在現場，至少，我會知道如何不要激起小雨的惡意。

這是我唯一能做的事了。

不過，就在我們各自懷著心事回房休息的晚上，一個古怪的插曲，卻發生了。

時間，大概是晚上十點，那時，我原本只是想和住隔壁的小裕借地圖來研究一下，於是我撥了房間的電話，想要找小裕。

但電話沒人接。

「奇怪。」我納悶的掛上電話，但隨即亂猜，她也許正在洗澡，或者已經睡了，根本不接電話，想到這裡，我也不再多想，連手機也不打了，反正也不是一件多重要的事。

不過，就在一個小時之後，我聽到有人，正在按我的門鈴。

我起身，打開門後，看見了小裕。

「怎麼啦？」我才打開門。

然後，一個柔軟的身軀，就這樣直接朝我的身體撲來。

「幹……幹……幹嘛……」我嚇了好大一跳，看著懷中把我抱得好緊好緊的小裕，我訝異無比。

「哥，」小裕的聲音帶著哭音。「哥，哥，哥。」

「幹嘛，幹嘛？」我聽到小裕的聲音如此憔悴，更聞到濃臭的酒氣。「妳怎麼啦？妳喝酒了嗎？幹嘛要喝酒呢？」

「我怕，怕明天。」

「明天？明天有什麼好怕？」我苦笑了一下，「該怕明天的人，是我吧。」

「不是。」小裕依然哭著，而我只能無奈的站在飯店的走廊上，讓她緊抱著。「我怕明天，明天，要是發生什麼事，你會受不了。」

「哪有什麼受不了的？」我把小裕的手從我身上拉開，認真的看著她的臉。「告訴我，幹嘛沒事喝酒？幹嘛哭成這樣？告訴哥哥，哥替妳作主。」

「因為，剛剛，我接到了電話，是小茂。」小裕又開始哭了。「他說，他想到了一件事，要和我說，所以要，要找我出去。」

「他單獨找妳出去？這不是很奇怪嗎？」我不懂。「為什麼不找我們？」

「我也不知道，但，他說，這件事他怕你受不了，所以決定先和我說，所以，我和他約在人很多的地方，也，也很安全。」

「嗯。」

「但他告訴我的事情，好，好令人難過。」小裕又哭了起來。

「什麼事？」

「小茂說，他想起了那個計時器是誰的了！」

「誰？」

「我，我不敢講。」

「說，沒關係。」我看著小裕的臉，看著她原本可愛的臉，哭花成這樣，忽然，我隱隱知道，她想說的人，究竟是誰了！

「我不敢說。」

「小茂說，」我慢慢的說著，「放計時器的人，是小雨？對不對？」

「嗯。」小裕聽到這裡，又哇了一聲哭出來。「哇，怎麼辦？哥哥，怎麼辦？」

「不用怎麼辦。」我語氣堅定且溫柔。「因為我覺得那是不可能的。」

「啊？」小裕囁嚅了一下，「可是，小茂哥哥還說，他想起那天早上還見到小雨姐姐戴手錶，然後到中午就沒看到了。」

「笑話。」我冷笑。「小雨幹嘛害美倫，她又怎麼知道變態殺人魔下午會出現？」

「我也這樣問小茂哥，但小茂哥說，當時小雨可能不知道這樣會害死美倫，她只是想惡作劇，你知道，在班上，他們冥王星幫，最忌憚也最排斥的人，就是小雨……」

「嗯。」我沉默，就如老師所言，小雨這麼獨特的個性，的確會成為班級內那些小團體的眼中釘……

因為，小雨會保護弱者。

「那天早上，他們故意把小雨的書包藏起來，所以小雨為了報復，可能將計時器設定成上課時間會響，然後掛在美倫的裙子後面，這樣當手錶響起，美倫想找，一時間也找不到。」

「嗯。」我繼續沉默，小茂說的是合情合理，但，是真的嗎？

「誰知道，那天下午剛好變態殺人魔闖入，小茂哥說，小雨一定沒想到會發生這件事吧！」小裕擦著眼淚，「這些年來，小雨姐姐仗著自己道行，黑皮想要抓她也沒那麼容易，所以一直撐到了現在。」

「所以，妳就信了？就喝了酒？」我溫柔的看著小裕。

「嗯。」

「傻瓜。」

「欸？」

「小雨不是這樣的人喔。」我字字句句，比誰都堅定。「她不是會為了報復，把計時器放到別人身上的人，我與她同床共枕了三年，我了解她。」

「可是，小雨姐姐不是突然離開了你？」小裕低聲說，「哥，你真的了解小雨姐姐嗎？」

「我了解她。」我微微一笑。「我不了解的，只是她離開我的理由。」

「那不一樣嗎？」

「不一樣。」我搖頭。「雖然這些年來我很困惑痛苦，但一如老師所說，小雨一定是為了某件事離開我，但也許是為了保護我。」

「是這樣嗎？」

「是。」我看著小裕，微笑著。

我是真的全心全意相信，小雨不是放置計時器的人，沒有半點虛假，沒有半點吹噓，因為她是小雨，我心中那個神祕但是比誰都善良的小雨。

而小裕帶著酒意的雙眼，就這樣看著我，持續了十秒，忽然，她低下頭，嘴角揚起一個帶著苦味的微笑。

「哥，我好羨慕小雨姐姐喔，好羨慕好羨慕喔。」

「為什麼？」

「因為，你好喜歡她。」

「咦?妳這麼可愛，以後也會遇到一個喜歡妳，妳又喜歡的人，一定會有的啦。」

「嗯，會啊，我這麼漂亮，對不對?」小裕又抓了我的衣服，想要擦眼淚，但想了一下，卻放下了我衣服，改用自己的袖子擦。

看到小裕這動作，我忍不住笑問:「幹嘛，妳以前不是都拿我的衣服擦眼淚，怎麼這次不用了?嫌哥哥衣服髒嗎?」

「不是。」小裕淚眼汪汪，嘴角卻揚了起來，「因為我要分清楚一點了。」

「嗯?分清楚?」

「沒事。」小裕擦乾眼淚後，說:「哥，那我回去睡了。」

「等一下。」我看著小裕，提了一個我一直想問的問題。「小茂和妳說這些事的時候……妳有沒有要小茂捲起袖子?」

「袖子?」小裕一瞬間懂我的意思，她搖頭。「我沒有要求，事實上，一開始，就是小茂哥自己捲起袖子的。」

「咦?」我一呆。

「他說，為了證明他所說的都是真的，所以一開始就捲起了袖子。」小裕說。「而我也確認，他陰咒的數字，沒有減少。」

「嗯，他自己表示清白啊。」我沉吟。想著小茂捲起袖子，證明自己沒有惡意這件事，「因為他知道妳的眼睛能看到陰咒，所以特別捲袖子給妳看啊。」

「那哥哥，我去睡囉，喝了酒，又哭了好久，好想睡。」小裕打了一個呵欠。

「快去吧。」我看著小裕，「好，晚安。」

只是，當我目送小裕回到房間，忽然，我像是感受到了什麼，抬起頭，朝著走廊的盡頭看去。剛剛，小裕在我懷裡哭之時，走廊盡頭，是不是多了什麼東西？好像一個黑壓壓的人影？那人影怎麼像是拿著手機在對我們拍攝？

還是這飯店藏著什麼明星，有狗仔在偷拍嗎？幸好我不是明星，所以就算被偷拍也不怕。

正當我回到房間時，忽然，小裕房間旁的另一扇房間門，嘎一聲打開了。

「哎啊，你都聽到了？」我看到門後，先飄出了一縷白煙，然後才是叼著菸的那個平頭老人。

不用說，當然是老莫。

「聽到了一些。」老莫吸著菸，眼睛在煙後，瞇起。「少年仔，醜話說在前，你沒辦法阻止我去找那個小雨。」

「我沒打算阻止。」我堅定的看著老莫。「我打算一起去。」

「喔？」

「因為，我深信小雨不會是放計時器的人。」我說，「所以，我會去，也避免你和小裕先入為主，問了會引起惡意的問題。」

「有道理。」老莫點了點頭。「少年仔，那明天早上八點見囉。」

「嗯。」

「嗯。」

關上了門。

我躺在床上，看著天花板，這晚，我真心期待著，能再夢見一次小雨。

第十五章

夢中，小雨安靜的坐著。

她的長髮，柔順的披在前胸，髮長比我記憶中更長了些，而她的面孔卻依然溫柔，但這份溫柔後，卻透露著一股嚴肅與擔憂。

「小雨……」比起那天大廈之中，她看都不看我的冷漠，此刻小雨臉上的表情，更接近我記憶中的模樣。

「別來。」小雨對我搖了搖頭。「不管如何，明天都別來。」

「明天？」我看著小雨，心中納悶，這些年來，我不斷的夢見小雨，但都是一些記憶的剪影，但對眼前小雨所說的話，我卻一點印象都沒有。

「對。」小雨看著我，那雙像是海洋般深邃的眼睛，懇切的看著我。「明天，不管如何，都別來。」

「但，他們說，」我支吾其詞，「計時器的祕密，只能問妳了。」

「計時器的祕密，其實早就被揭開了。」小雨苦笑。「只是你們沒有發現。」

「啊？」

「但明天你若來，會很危險。」

「誰會危險。」

「還會有誰？」小雨說到這，慢慢的伸出了她的左手，左手上一枚玉石，正綻放著燦爛的藍光。

我記得這藍光，就是這藍光，化成條條靈絲，差點擊敗了藏身在黑皮體內的惡靈，美倫。

「誰？」我正想繼續問，赫然發現了，那藍石之上，竟刻著一個名字。

這名字……

「所以，聽我的話，別來。」小雨溫柔的笑了一下，同時間，她的身體正在緩緩的消失，是夢境快要消失了嗎？「好嗎？」

「等等，」我伸出手，想要抓住正在消失的小雨，「如果我不去，妳呢？陰咒數字剩下壹的妳呢？」

「……」小雨看著我，身體緩緩消失的她，沒有說任何話，只是看著我。

而從她的眼神，從她的表情，從她那溫暖到令我心碎的微笑，忽然我懂了。

如果我不去，也許，就不會危險，但有可能今生再也無法見到小雨一面了，因為剩下壹的小雨，應該活不了一年了。

「別來。」小雨一邊說著，一邊身體已然淡去，淡去在縹緲的夢境中。

別來……

當我睜開眼睛，我發現，我的臉頰上，濕涼一片。

我的腦海，仍停留在藍色石頭的畫面，那畫面上的三個字，我很熟，非常的熟，因為，那，就是我的名字。

雙石道法中的藍石，上頭刻著的，竟然就是我的名字！

「哥，你的神情不太一樣了。」

第二天，當我們三人八點集合完畢，忽然，小裕這樣問我。

「不一樣？」

「對啊，」小裕認真的端詳著我的臉。「你的表情恢復了欸。」

「恢復？」

「恢復成，印雪大廈事件以前的表情啊，嗯嗯，應該說，一開始你來找我，說你想找小雨姐姐的表情。」小裕眼中，散發著光芒。「那時候我就覺得，這男生的表情，挺酷的嘛。」

「呵，雖然聽不太懂妳在說什麼，但如果是讚美，我就收下了。」我伸手，輕拍了小裕的頭頂一下。「我們走吧，我們去找小雨吧。」

「嗯。」

「少年仔。」這時，老莫開口了。「你確定要去？可別受不了真相。」

「真相，就是我這趟旅途的唯一目標。」我看著老莫的眼睛，絲毫不懼。

「那很好。」老莫將外套甩在肩上，大步朝門走去。「那我們出發吧。」

我看著老莫的背影，深深的，深深的吸了一口氣。

小雨，昨晚的夢，也許妳是特地來叮嚀這趟旅程的危險，但，我必須要去。

因為和「今生永遠見不到妳」相比，任何的選擇都是更好的，我一定要去。

我知道計時器不是妳放的，我也知道妳窮盡心力要抓回美倫惡靈，我也知道計時器真正的惡意尚未現身，更知道陰咒最後一個「轉移」規則，尚未明朗，兇險仍在，但我仍要去。

不為什麼，因為我想保護妳。

而我深信，自己一定能保護妳。

這是老師對我的信任，更是我自己對愛情最開始，也是最後的承諾。

早上九點，我們抵達了收驚婆婆所在的那間廟。

這座廟祭祀的是正神，雖然規模不大，但人來人往，香火鼎盛，不少信徒在大廳拈香膜拜，空氣中充滿著令人內心寧靜的線香味。

當我們剛走進廟門，尚未搞清楚要如何探詢這位年紀破百的收驚婆婆，就有一個身穿藍衣，年紀約莫六十歲的女子，直直的朝著我們走來。

甚至，我們還沒開口，就見她對我們露出了慈悲的微笑。「你們三位，是來找婆婆的吧？」

「對，妳是誰？妳怎麼知道？」小裕露出詫異神色。

反倒是見慣風浪的老莫，只是微微點頭，似乎對這樣神奇的能力，一點都不感到訝異。

「我們是廟裡的收驚婆，」那位藍衣女子雙手合十，對我們微微欠身。「你們會來，是我的師父告訴我的。」

「妳的師父？」

「我的師父……」那收驚婆婆臉上永遠掛著慈祥微笑。「當然也是收驚婆，只是，她是廟中的第一代收驚婆，所以人們就泛稱她為『婆婆』了。」

「婆婆……」我聽到這兩字，瞬間想起小雨與黑皮對決時，曾對那手抱泰迪熊的女孩怨靈，提起了『婆婆』兩字。

難道，小雨口中的婆婆，當真就是老莫所猜的，這廟中的那位第一代收驚婆嗎？

所以，小雨真的藏身在這裡？

「三位，請隨我來。」藍衣收驚婆手一擺，一個邀請的動作後，便領著我們朝著廟的後堂走去。

而我們三人在互望了一眼後，急忙邁開腳步，追了上去。

藍衣收驚婆領我們繞過祭祀神明的前廳，來到廟的後堂，後堂是一條連續轉折的長廊，長廊兩側則是一間又一間的小房間。

由長廊的這一側望去，只覺得小房間的外觀都一模一樣，數目又多，加上長廊的直線轉折，忽然間，給人一種深陷迷宮無法辨識的錯亂感。

這廟的長廊結構看似簡單，事實上卻充滿了神祕與莊嚴的氣氛。

而這位藍衣收驚婆似乎對這條長廊頗為熟悉，她領著我們路過一個又一個房間，經過了兩個轉折，最後，她在一個房門外，停了下來。

原本我們打算一起進入，但卻見她對我搖了搖手，只邀請老莫與小裕。

「很抱歉，老莫先生，小裕小姐。」收驚婆對他們兩位合掌，「婆婆有說，要請兩位在這邊等一下。」

「欸。」小裕眉毛一挑，年輕的她正準備發作，但隨即，老莫拉了她一下。

「咱們進去。」

「可是……」

「我幹刑警這麼多年，深知地盤的概念，黑幫有黑幫的地盤，警察有警察的地盤，當然，神明廟宇也有神明廟宇的地盤。」老莫大氣的往房間內走去。「這點規矩，我還懂，女孩，咱們進去吧。」

「那，」小裕眼睛看向我。「哥。」

「別擔心，這廟正氣凜然，不會怎麼樣的。」我笑了一下。

「好吧。」小裕嘆了一口氣，也跟著老莫走進了房間。

而當兩人都已經走入，藍衣收驚婆先是對老莫再次合掌，「謝謝刑警配合。」

「小事。」老莫回過頭，看了遠方某間房間一眼，「況且，我不是第一次來了，這點規矩我知道，婆婆只見有緣人，而這次，那個有緣人不是我。」

「謝施主體諒。」藍衣收驚婆再次合掌，然後替小裕和老莫慢慢的關上門，並對我說：「請往這邊來。」

「好。」於是，我就隨著收驚婆那纖瘦的藍色背影，繼續往前走著，不知道走過了多少房間，彎過幾個直角，只覺得身處在一個強大且神祕的空間中，早已失去了方向感，只能信任眼前的領路人。

終於，收驚婆止步了。

她停在一個與所有房間都一模一樣的門口，然後手輕輕推開門，將我領了進去。

「婆婆，我把人帶來了。」

「琇，謝謝。」房間內的燈光不甚明亮，我只看到房間的深處，有一張木製的太師椅，太師椅被籠罩在一片黑暗中，而這片黑暗中，傳出了一個蒼老的女聲。

「婆婆，那我告退了。」那名為琇的收驚婆，對太師椅恭敬的合掌後，就退出了房間，並順手將門帶上。

房間內，剩下我，和坐在太師椅上的「婆婆」。

「請坐。」婆婆語氣雖然平淡，卻有著一種讓人無法抗拒的威嚴。「也請施主見諒，我年紀大了，眼睛畏光，所以必須用這樣的方式見你們。」

「年紀大了？婆婆，剛剛那個收驚婆，說您是這座廟第一代收驚婆，請問……」這時，我忍不住問。「您幾歲啦？」

「我幾歲？」只聽到黑暗的太師椅上，傳來呵呵笑聲。「我的百歲壽辰，好像是二十幾年前吧。」

「百歲壽辰，二十幾年前！」我忍不住一震，所以婆婆已經一百二十幾歲了？這不是創金氏世界紀錄了嗎？

「那一年後，我就叫他們別辦壽辰這種事了，」婆婆說，「事實上，這十年來，我也不太管事了，只是，這事我非插手不可了，畢竟，這和小雨有關。」

「小雨？」我聽到這熟悉的兩字，忍不住低呼。「婆婆，小雨，她，她是您的誰？」

婆婆，果然和小雨有關！

「小雨，是我的關門弟子。」婆婆這口氣，嘆得好長，「唉，她的天資極高，也是這幾年來少數能修成雙石道法的孩子。」

「雙石道法！」我身軀再次一顫，小雨當時差點擊敗黑皮的道法，果然傳自這位婆婆。「婆婆，雙石道法，這，究竟是什麼？」

「是什麼啊？」婆婆蒼老的聲音，在那片黑暗中傳來，雖然已經一百二十餘歲，她的口齒依然清楚，可見她思路依然清晰。「你當真要聽？」

「當真。」

「雙石道法修煉起來複雜，但說起來很簡單，它是一種正派的道法，修煉者隨身攜帶兩塊具備靈力的石頭，日夜攜帶，朝夕相處，直到靈石與自己體內靈法完全相通。」

「嗯。」

「這兩塊石頭會成為修煉者靈力對外的出口，越是修煉，修煉者與雙石的連結越緊密，力量就越強。」婆婆說，「雙石道法實屬正派，若心存惡意，則可能被雙石反噬，墜入惡鬼之道。」

聽到這裡，我忽然聽到一個奇怪的聲音，從太師椅的後方傳來，那是一個小小的笑聲，像是孩童般天真無邪的笑聲。

「婆婆，所以聽起來，雙石像是修煉者靈力的出口？」

「不太像。」

「嗯？」

「套句年輕的語言，它像是增幅器。」

「增幅器？」我不禁讚嘆，婆婆一百二十餘歲，還能用這三字？如此開放的心胸，難怪能到這年紀，思路仍然清晰。

不過，我隱約又聽到了那個小女孩的笑聲，在太師椅後面傳來。

沒有感覺到半絲人氣，卻聽到了女孩笑聲？這到底是……

「這就是雙石道法，說來容易，但因為修煉者必須內心純正，摒除惡意，加上靈修天資聰穎，方有萬分之一的機會，能練成此法。」婆婆說，「所以小雨能練就雙石道法，非常難得。」

「婆婆，等等，我還有件事不懂。」我聽到這裡，心中最大疑惑始終未解，忍不住問道：「那就是那兩顆石頭上的……名字！」

「名字？」婆婆聽到這，呵呵的笑了。「你看到啦。」

「嗯。」我記得黑皮曾說過，小雨的黃石上刻的是師父之名，而藍石上……那個夢中，刻的卻是我的名字。

但就在此時，我再次聽到小女孩的聲音，這次比前次清楚些，咯咯的笑著，聽到這裡，我忍不住疑惑，這裡可是第一代收驚婆的地盤，一般猛鬼惡靈怎麼可能在此作惡？

「雙石道法，須以修煉者最重要兩人為名，刻於其上，而且修煉者發誓，今生今世，永不傷害與背叛此兩個名字，否則雙石道法將反噬修煉者。」婆婆說到這，微微一頓。「小雨那女孩，在黃石上，寫的是我的名字，在藍石上的名字，你看到了？」

「我，看到了。」

「……」婆婆聽到我如此說，輕輕一嘆。「那你該懂了。」

「可是，可是……」我聽到自己的聲音，在此刻，突然哽咽。

莫名其妙的，哽咽。

胸膛內，滿腔情感像是潰堤般，隨著每次心跳在我胸膛撞擊著，每一下撞擊，讓我的聲音，哽咽了起來。

忽然，我看見了那片黑暗的太師椅中，一隻手，緩緩伸了出來。

「你該懂了，她必須保護她最重要的人。」

那隻手，好乾好小，已經不像是大人的手，反而像是猴子的前爪，這似乎就是婆婆活了一百二十幾歲老化的證據，但，就算這隻手已經失去了人類的模樣，來自五指間，一股無法言喻的莊嚴與慈祥，仍讓我不自覺的往前靠近。

然後我低下頭，單膝跪地，讓這隻蒼老的手，輕輕撫摸著我的頭。

「婆婆……」我聽到自己的聲音，充滿了哽咽。「可是，可是……」

「我問你，你想知道小雨現在在哪嗎？」婆婆溫和的說。

「想。」

「就算知道你一去，可能要付出生命作為代價？」

「想。」

「就算小雨可能依然對你冷漠？」

「想。」

「嗯。」婆婆蒼老的手，摸著我的頭。「好，那我告訴你小雨現在在哪。」

「在哪？」

「一個你絕對知道的地方。」

「欸？」

「強陰聚集之地，百魂喪命之處，更可說是這座城市陰氣最烈的所在，也就是……」婆婆輕輕的說，「薇薇回來的地方。」

薇薇回來的地方？

這一剎那，我感到自己身體像是被雷轟到般，強陰聚集之地？薇薇回來的地方？

「地下道！」我抬頭，眼睛睜大。「婆婆妳說，她在地下道？」

「對。」婆婆輕嘆了一口氣。「午夜十一點時，小雨在地下道，她和黑皮約在那裡。」

「午夜十一點……」我喃喃自語著，午夜十一點，陰陽交界時，我記得十年前在地下道，我和胖子等人也是在這個時間撞鬼的。

「言盡於此。」婆婆說，「孩子，你可以先離開了。」

「好。」

「嗯，那我請琇帶你出去。」婆婆輕輕敲了太師椅一下，然後，門嘎一聲開了，剛剛那藍衣收驚婆正在門外等著。

「婆婆，謝謝。」我正要離開，忽然，我又聽到了咯咯的笑聲。

那小女孩的咯咯笑聲，又出現了？

只是，當我回頭，這次，我在太師椅的椅腳，看到了這聲音的真面目。

一個約莫五六歲的小女孩，身體是青冷色，手裡抱著泰迪熊，正笑著對我揮手。

泰迪熊？小女孩？似曾相識的感覺，湧上了心頭。

這不就是印雪被陰咒殺害的大廈中，那寄宿在老鼠之間的小女孩怨靈嗎？

小女孩抓著婆婆蒼老的手，正笑著和我揮手。

我看著那小女孩，忍不住，也微笑了。

因為，此時此刻，就算小女孩仍帶著鬼魂獨有的淒冷顏色，但她的笑容，卻暖暖的，天真的，像是回到了家的孩子，終於有了依靠，正依偎在父母身旁。

「這小女孩，是小雨帶回來的。」婆婆的聲音也同樣溫暖，「在我這裡待一陣子，等到怨念完全淨化了，就該讓她到該去的地方了。」

「婆婆，妳是一個好婆婆。」我看著婆婆，用力鞠躬。「我一定，一定會把小雨帶回來。」

「嗯。」婆婆那乾瘦的手，揮了揮，算是告別。

然後，門在藍衣收驚婆的手裡，慢慢的關上，關上……直到看不見婆婆為止。

接下來，就是地下道了。

記憶中，最深沉可怕的所在，「此去大凶」的惡靈，地下道。

晚上十點五十分，我和小裕及老莫三人，正站在地下道入口，站在這裡，隱隱約約的預感告訴著我，這一晚，將是整個陰咒事件，最後的高潮了。

這個地下道入口，與我記憶中幾乎一模一樣，微髒泛黃的白色瓷磚，一直往下延伸，最後一個彎角，人的視線就此中斷，地下道也從那個彎角開始，再也沒有被半絲陽光照拂，陰氣自此匯聚，鬼魂更是自在遊蕩。

站在這裡，我忍不住想起十年前的那個晚上，表弟、大頭、黑皮、胖子等等我們幾個人，帶著一顆追求答案的心，進入這深邃黑暗之地，沒想到，等待我們的，卻是一場無法想像的殘殺。

當我們走出了地下道，只有三個倖存者。

而其中一個被冤魂附身，成為下一個事件「陰咒」的元兇。

看著地下道，看著這台中最著名的地下道，我忍不住苦笑，也許，當時的地下道事件，並沒有結束，它是延續了整整十年的惡夢，到了此刻，才是它該劃下句點的時候！

惡夢嗎？不，想到這裡，我又禁不住推翻了自己。

因為，若非這地下道事件，也許我不會和小雨碰面。

第一次遇到小雨，是在新竹的咖啡館，那超乎想像的緣分，讓同與地下道事件相關連的我們，在大雨中相遇，相知，然後相愛。

如果沒有地下道事件，也許，我不會碰到小雨，又或者說，就算那天喝咖啡很開心，也許只是一次短暫的萍水相逢。

碰到小雨，我很開心。

更是我今生最美好之事，若為了此事，也許地下道的慘烈經歷，就沒有那麼可怕了。

而就在我看著地下道，陷入漫長沉思之際，突然背後被人輕輕拍了一下。

「哥，幹嘛發呆啦。」小裕輕拍了我一下，我頓時從回憶中驚醒。「婆婆不是說，小雨和黑皮約在晚上十一點嗎？剩下十分鐘了，我們趕快下去等啊。」

「好。」我點頭，然後用力吸氣。

晚上十一點，當台鐵的末班車走了，人潮散去，這地下道的人，自然也少了。

不過減少的，也許只是「人」，其他的靈體，可能正是開始熱鬧的時候。

「小雨姐姐，為什麼要和黑皮，約這麼奇怪的時間與地點啊？」

「子夜之時，強陰之地，是黑皮這些亡靈最強大的時候，也許只有在這樣的環境與地點，黑皮才會願意出來，所以小雨以破釜沉舟的決心，和黑皮約在這裡。」我沉吟。「小裕，時間的確快到了，我們下去吧。」

「好。」

十點五十一分，我踏入了第一個階梯，往地下道走去。

腳才踏下，我就忍不住回過頭，看著此刻的夜空。

原本明亮的月，恰好被一片烏雲遮住，原本仍有淡淡月光的城市，突然黯淡下來。

「十年了啊。」我將頭轉回來，繼續往下走去。「沒想到，有這麼一天，我會再回來哩。」

十年。

地下道。

惡靈。

我回來了。

這次，我回來，不為表弟，不為一封表白信，而是為了我自己。

為了我要保護的女人，小雨。

踏著堅毅的步伐，我一路往下，背後跟著小裕，還有態度看起來滿不在乎的老莫。

然後，當我們走到了樓梯底部，一個轉彎，轉入了地下道內部，這裡，也就是終年無法被陽光照射的起點。

而當我一轉彎，眼前的畫面，頓時嚇了我一跳。

因為，轉彎處，竟是一個算命攤，這算命攤實在眼熟，連算命師父點頭打盹的模樣，都與我記憶中，一模一樣。

當我走過算命攤時，忽然，那算命師父陡然睜開細長的眼睛，伸出手，抓住了我的手臂，手臂上的冰冷觸感，清楚的告訴著我，這算命師父，不是人。

我，果然已經踏入不屬於人的領域了。

「你，你要做什麼？」

「你……」算命師父眼睛看著我，嘴角忽然揚起。「回來了？」

「是的。」此刻，我已經肯定，這絕對就是當年那個算命師父了。

「今晚，很熱鬧，你回來湊什麼熱鬧？」算命師父看著我，他的雙眼是墨黑色的，沒有半點反光，古怪而陰森。

「情非得已，你說，今晚很熱鬧？」

「剛剛，這地下道，已經來了三個生靈，兩個死靈，其中一個生靈和兩個死靈還共用肉身。」算命師父咯咯的笑著，「你們選在這個地下道見面，是怎樣？是想在這裡做個了斷嗎？」

「三個生靈？兩個死靈？這是怎麼算出來的？」我眉頭皺起。「一個生靈和兩個死靈共用肉身，那肯定是黑皮，約莫二十歲快三十歲的男人，是嗎？」

「算你聰明。」

「一個生靈是長髮美女，有道行，對吧？」

「也對。」

「沒錯，如果這樣算起來，不過兩個死靈和兩個生靈，那第三個生靈是誰？」

「我怎麼會和你說？說了不就不夠熱鬧了嗎？」算命師父說到這，再次露出邪惡的笑。「我只能給你一個提示，第三個身上有戴東西，怨靈很討厭那東西，但又無可奈何，你如果可以把那東西拿走，我們怨靈就會馬上料理掉他，咯咯咯咯咯咯。」

「聽不懂……」我皺眉，看向一旁的小裕和老莫。

兩人也同樣聳肩，其中老莫的神情更是無奈，突然想到，他是看不到鬼的體質，所以，他看不到算命師父嗎？

「你們兩個人都看得到我，咯咯，還找一個看不到鬼的來啊，這樣的人，可不能進入地下道喔。」算命師父說到這，忽然歪著頭，笑了。「不對不對，你背後有鬼，那個鬼在保護你，好吧，你可以進去。」

「老莫的背後有鬼？」我抬起頭，看著老莫。

忽然，我看到了她。

小女孩，比拿泰迪熊的小女鬼年紀大一些，身穿小學生的衣服，後腦綁著兩條辮子，身體也是陰界的青冷色，此刻，她的小手正勾著老莫的大手。

當然，老莫完全沒有感覺到自己的手被勾著。

「你和小裕，幹嘛突然看我？」老莫皺眉。

「小學生。」小裕喃喃的唸著。「莫叔叔，你身邊有一個小學生的鬼。」

「小學生？」這一剎那，老莫的五官從質疑，變成了驚訝，然後又慢慢的轉為柔和。

我知道，老莫已經想出了小學生是誰？

「是的。」我對老莫笑了一下，「我想，你不會介意，她跟在身邊吧？」

「當然不會。」老莫說到這，突然轉過頭，用袖子擦了一下眼淚。「她真的在我旁邊？」

「真的，而且她還勾著你的手。」我笑了一下。

「是嗎？那她，她的樣子還好嗎？」

「看起來不錯，但臉很嚴肅。」

「哈哈。」老莫笑了，「對對對，我這女兒的臉和我一樣臭，對是她沒錯，她還能臭臉，那應該不錯吧。」老莫說到這，特地把手放低一點，讓旁邊的小學女生，勾手方便些，就算感覺不到身邊的女兒，老莫仍然展現了父親獨有的溫柔。

「好，走吧。」我說，「地下道是聚陰之地，加上子時陰陽交界，人與鬼的界限混淆，所以她的樣子相當清楚，看樣子，今天所有的事情，都會一起解決了。」

就在我們所有人要繼續往下之際，忽然，那算命師父又喊了我一聲，「等等，少年，既然來了，我替你算個命吧。」

我看著算命師父，回想起當年，忍不住笑了。

「又是那張此去大凶的紙？」

「不，這次不是了。」算命師父將命運籤給我，又是那帶著邪氣的笑。「這次是……」

我一看到那紙，忍不住詫異的張開了嘴巴，因為同樣一張籤，但這次的籤上，卻沒寫任何的字。

這是空白的籤？空白的籤的含意是？

「空白……表示命運由你自己創造，自己解釋。」說完，算命師父打了一個呵欠，頭一點，又開始打盹了。

「什麼命運？」

我看著算命師父，我心裡知道，他不會再回答我的問題，於是，我將這張籤收入了口袋之中，然後對小裕和老莫招了招手。

「走吧，再過三分鐘，就剛好是十一點了。」

踏進地下道，感受著周圍這獨特的陰冷霉味，我真的可以感覺到，沒錯，我又回來了。

當時，哭泣的大頭，垂死的表弟，胡亂噴灑在牆上的血跡，長長的火紋，那些驚悚的畫面，瞬間湧回了我的心頭。

而當我在現實與回憶中擺盪時，我發現，我看見了「他們」。

他們，正兩兩對峙。
一個，身穿黑色斗篷，將近三十歲的年紀，全身散發無比陰氣，他是男生。
一個，長髮披肩，美麗如昔，右手黃絲，左手藍絲，一身靈光正氣，她是女孩。
男生，自然就是黑皮。
女孩，不用說，當然就是小雨。
十一點整，他們已經在這。
男生，體內三個魂魄，一個生靈，就是黑皮，兩個死靈，薇薇與美倫。
女生，是有道行的生靈。
雖然，我仍猜不出第三個生靈是誰？但此刻，似乎也無暇細想了。
因為，小雨已經率先出手了。
她右手張開，五指，五條美麗的黃絲顫動，在空中舞出華麗的五條金色絲線，然後在空中一甩，朝著黑皮甩去。
黑皮見狀一笑，笑得如孩童，笑得如被濃濁惡意污染至極的孩童，不用說，現在掌控黑皮身體的，是美倫。
「地下道，子時十一點，妳可知道？這完全符合了死靈最強條件。」美倫咯咯笑著，「妳挑這時候來挑戰我，根本就是送死啊！」
「嗯。」小雨眼神專注，沒有絲毫動搖，右手甩，五條金絲已經纏上了黑皮。
「吼！」黑皮張開嘴大吼，越吼越大，嘴巴大到後來，裡頭竟然浮現了一雙眼睛。
然後，那雙眼睛的主人，全身纏著血紅的髮絲，緩緩爬了出來。

漫天飛舞的金線彷彿察覺到了那血紅髮絲的存在，在空中盤桓了一圈以後，化成尖銳鋒利的金針，一口氣衝向了血紅髮絲的主人。

金線與血髮，在這一刻，猛力交纏起來。

當然，血紅髮絲的主人，就是這場陰咒之主，美倫。

她雖然外型仍是小女孩，但全身都被血紅髮絲包圍，散發著令人打從心裡戰慄的濃烈陰氣，爬出了黑皮的嘴，雙手雙腳伏地，開始在地下道的地板與牆壁上爬竄。

而小雨的右手不斷來回拉扯，金色靈線也跟著隨之前後飛舞，拚命追擊著美倫，美倫則不斷發出宛如鬼哭的尖叫，在地下道四處移動。

只是，美倫身上的血紅髮也相當厲害，她不只躲避，血紅髮更屢屢破除金線的攻勢，雙方就這樣以地下道這個狹窄的區域為舞台，在迴盪不絕的鬼哭聲中，進行一場場猛烈的追逐戰。

追逐了約莫三分鐘，美倫忽然回頭，發出尖吼，血紅髮絲延長，化成蔓蔓的紅潮，朝著小雨撲來，開始了，美倫開始反守為攻了。

血紅之髮如狂潮，夾著無比強大妖靈之力，一下子就蓋住了燦燦的金絲，朝著小雨狂湧而來。

「這地下道果然是強陰之地，又是陰陽互換的子時，鬼氣倍增了一倍以上。」小雨眉頭微微一皺，左手張開了。

左手。

所以，是藍絲，來了。

藍絲登場，比黃絲更深沉，更優雅，更充滿了力量的藍絲，在小雨的手心不斷盤繞迴旋，最後形成一個如同陀螺的巨大藍色物體。

「去。」小雨低吼一聲，手一揮，藍絲形成的陀螺，緩緩的飛入了紅潮之中。

然後，小雨的左手猛力一握。

這一握，藍色陀螺，頓時炸開。

這一炸，成千上萬密密麻麻的藍光靈絲，往四面八方，炸了出去。

血紅之髮，在猛力炸開的藍絲中，頓時被炸成了無數個宛如紅色血片的煙塵。

當血紅煙塵緩緩散去，小雨呼出了一口氣。

她用左手的運動護腕，擦了擦下巴的汗水，緩緩的呼了一口氣。

「終於，被逼出來了。」小雨吐氣，沒有絲毫開心，只充滿了不畏艱難的意志。「第二隻怨靈，薇薇。」

眼前，血紅煙塵已散，地上站著，是兩隻鬼。

兩隻鬼互相牽手，像是姐姐與妹妹。

妹妹，全身血紅長髮，上身赤裸，雙眼泛黑，赤著雙腳，面目猙獰，不用懷疑，她是美倫。

姐姐，身上衣衫襤褸，慘青色長髮，長髮蓋住臉孔，只露出一雙恨意十足的雙眼，她，當然就是薇薇。

「呼。」小雨雙手握拳，拳頭外圍，散發飽滿的一黃一藍靈光。「來吧，第二回合。」

第二回合。

然後，美倫往上一跳，剛好跳到了薇薇的肩膀上，然後兩隻厲鬼同時尖吼，接著，我感到眼睛一花。

那兩隻鬼，竟然消失了。

下次出現，竟然直接出現在小雨的正後方，慘青色髮絲，猛力繞住了小雨的脖子，然後一拉。

「小雨！」就當我發出大喊，想要衝上去幫忙時，戰局又發生變化。

因為，小雨不愧是小雨。

她身體極為柔軟，順著來自脖子的拉力，往後一仰，宛如瑜伽姿勢中的下腰，硬是讓雙鬼的這一拉，失去了威力。

也是這一個後仰，替小雨自己爭取了珍貴的一秒，只要一秒，就足以絕地反攻。

小雨雙手同時伸出，右手抓住了繞在自己脖子上的慘綠髮絲，左手則抓住了薇薇的手。

下一秒，右手的黃色靈絲與慘綠髮絲交互纏繞，更在燦爛黃光中，先解了斷頸的危機。

然後第二秒，藍絲也跟著發動攻勢，順著薇薇的手腕，爬上了手臂，以極驚人的速度，直衝上薇薇的臉部。

「咯咯。」薇薇發出奇怪的笑聲後，趴在她背上的美倫出手了，血紅髮絲從美倫體內再度竄出，迎擊向小雨的藍絲，一藍一紅雙色靈絲，一個精燦如藍天，一個淒厲如血池，就這樣在薇薇的身體各處，高速交鋒。

啪啪啪啪啪啪，明明是細長的靈絲，這幾下撞擊卻響亮如重鎚互擊，但互擊聲過後，雙方的靈絲都沒佔到半點便宜，咻一聲，同時收了回來。

也在此刻，三人又再次分開。

一邊是小雨，她一甩長髮，再度擺出架式，左手藍絲，右手黃絲。

一邊是薇薇和美倫雙鬼，環繞她們體外的血紅與慘綠髮絲，張牙舞爪，與小雨緊緊對峙。

「好厲害。」我聽到小裕呼吸沉重。

「真的很厲害。」我呼吸也同樣緊張。

我一直覺得小雨很厲害，但沒想到，她已經厲害到這種程度了。

而一旁的老莫，雖然看不到雙鬼，但似乎也可以感覺到眼前黑皮與小雨的緊張氣氛，還有那帶著武術與舞蹈的動作。

所以，老莫選擇以沉默，來表示對這場人鬼戰鬥的尊敬。

就在下一刻，雙方又交鋒了。

慘綠髮絲與血紅髮絲同時竄出，像是兩隻兇猛的野獸，一上一下，殺向小雨。

「呼。」小雨輕吐了一口氣，然後她開始移動。

她沒有選擇如剛才以靈絲硬拚，反而開始躲避，左一躲，右一閃，在這狹窄的地下道內，小雨每次躲避都驚險萬分，幾次都差點被紅綠雙髮捆住。

「哈哈哈哈。」而佔盡優勢的雙鬼，則發出尖銳的笑聲。「這裡是強陰之地，更是陰陽之時，有源源不絕的陰氣，在這裡還殺不死妳，就丟了我們惡靈的臉了。」

沒錯，真的是時辰與地點的強化效應，這雙色髮絲的顏色比在大廈時見到更深，更沉，而數量與威力都更猛烈。

面對這樣的劣勢，小雨還有辦法解決嗎？

只見小雨依然維持著她一貫的冷靜，在不斷追擊的雙色髮絲中，驚險萬分的逃竄。

但，我卻發現了一件事。

小雨，的確不是坐以待斃，因為每當她逃到一個地方，她的手心都會悄悄的壓住地板一下。

而當她逃離那地方，那地板就會出現一個散發著淡淡藍光或黃光的印記。

小雨越逃，印記就越多。

印記散落在雙鬼周圍二十公尺內，有的在地板，有的在牆壁，有的在雙鬼的背後，有的在雙鬼頭頂的天花板，有的更在雙鬼的腳邊。

小雨逃得驚險，但印記卻在這些驚險的躲避中，越來越多……

而就在小雨已經將印記種得密密麻麻之時，紅綠髮絲忽然分成兩組，一組直攻向小雨的臉，小雨低頭閃避，但另一組紅綠髮絲則已經溜到了小雨的背後。

咻的一聲，這負責偷襲的紅綠髮絲一個盤旋，竟從背後抓住了小雨手腕上的護腕處，用力一扯，護腕脫落，頓時露出了底下令我心痛的陰咒數字，壹。

只剩下壹了？

「其實殺不殺妳也無所謂了，妳的陰咒只剩下壹，咯咯，不過，和妳交手這麼多次，清心寡慾的妳，這幾年數字倒是減得特別快啊！」美倫和薇薇兩張嘴，說的話一模一樣，每字每句都相疊，給人一種極度刺耳的感覺。「啊，難道是因為……他？」

他？

這一剎那，我看見美倫和薇薇的眼睛，竟然同時看向了我。

所以，那個他，是指我？

忽然，無法解釋的，我回憶起小雨那「小小失控的夜晚」。

當晚，因為我和女同事小菁加班到半夜，加上小菁又刻意讓我漏接小雨的電話，那晚，當我回去時，立刻察覺到小雨的不對勁。

原本以為小雨已經熟睡，但她非但沒有，還在被窩中擁著我的背，用我從未聽過的失落語調輕輕說著，「怎麼辦？又減一了。」

那個又減一了，當時的我無法了解，現在的我卻忽然明白了，原來，她指的就是陰咒？

難道，這些年來我與小雨深刻的情感，竟是將她一步步推向死亡的元兇？

因為愛情，所以平靜的小雨心中，產生了罕見的「惡意」？是這樣嗎？想到這裡，我突然覺得心好痛。

但，這些想法在我腦海中一閃而過，在小雨臉上，卻找不到任何的蛛絲馬跡。

因為她的臉上不帶任何表情，只是看著美倫和薇薇的怨靈，嘴唇輕啟。「開始。」

開始。

這一剎那，雙鬼愣住了，因為她們突然發現，她們的周圍，從地板，天花板，牆壁上，竟然浮現了一個又一個的光點。

光點有藍有黃，像是煙火的引信般，閃閃發光，散發出細微但充滿了威脅性的光芒。

「這是什麼？」雙鬼臉色驟變。「這些是什麼？」

「這是陣法。」小雨閉上眼。「然後，讓一切結束吧，陣法。」

讓一切結束吧，陣法！

接著，我眼睛忍不住睜大了，因為，我看見了我生平最奇幻，最綺麗，最讓我今生難忘的畫面。

每個光點，在小雨這聲「結束」時，都同時往外炸開。

但那種炸，卻非火藥引爆時，那粗暴的火焰，反而像是春天的午後，突然下了一場大雨，大雨溼潤原本空寂的黑褐土壤，冒出數以百計的翠綠豆苗。

翠綠豆苗，以人眼難辨的高速，破土而出，然後伸展莖葉，化成一整株華麗而充滿破壞力的花朵。

而那些花朵，就是一個又一個小雨佈下的光點。

當花朵伸展到了極致，它的花瓣，開始散開。

每一片，都夾著驚人靈力，一起捲向了雙鬼。

數百株花朵，化成上千片花瓣，將雙鬼全身上下左右，沒有絲毫縫隙的全部包圍起來。

「該死！」這是，雙鬼在花瓣完全淹沒前，所發出最後的吶喊。「該死啊！」

然後，地下道下起了藍色與黃色的花瓣之雨，雙鬼從此徹底淹沒。

「該死？」小雨輕嘆了一口氣，「既然是鬼，又何必計較死這個字？」

這一剎那，雙鬼伏誅，第二回合，小雨贏得驚險，也贏得漂亮。

藍黃雙色花瓣發出燦燦靈光，如雨般灑落時，小雨緩步向前，從懷裡拿出一個小酒甕，酒甕周圍被一層層符紙貼滿，符紙泛黃且老舊，依稀就是當時收住泰迪熊女孩的小甕。

「跟我回去吧，也許會花些時間，但婆婆一定會讓妳們超渡的。」小雨輕聲說，蹲下，並打開小甕的塞子。

地面上，已不見雙鬼，只有兩條又粗又鮮豔，宛如長蟲的兩條長髮。

長髮一色呈血紅，一色呈慘綠，陰氣飽滿，似乎就是美倫與薇薇的化身。

「來。」於是，小雨伸出手，像是哄著小孩般，小心翼翼的用手指捏起第一條紅髮，長髮在她的指尖扭動了幾下，最後還是落入了甕中。

當她捏住第二條綠髮，準備移入甕中時，忽然，她的動作停了。

然後，她慢慢的，慢慢的皺起了眉頭。

「這是你的決定？」小雨歪著頭，眼睛瞇起，注視著她自己的手臂，不知何時，小雨的手臂上，多了一隻手。

這隻手又粗又大，是男生的手，正緊緊的握著小雨纖細的手腕。

「你可知道，我收走了這兩個怨靈，你的身體才能自由？你才能真正做你自己？」小雨看著那男生的手，語氣沉靜。

「……」但那隻男生的手，沒有動，依然抓著小雨的手。

「如果你強行介入，表示你放棄自己生靈的身分，轉為死靈，從此你不再是人，而是一隻鬼，就算如此，你還是不後悔？」

「……」男生的手沒有動，一點移動的意思都沒有。

「好吧。」小雨閉上眼，輕嘆了一口氣，「第三局，開始吧。」

說完，整個地下道陡然暗下，陰沉的黑暗中四處都是猛鬼哀號，而就在陰慘的哀號聲中，第三種顏色的髮絲，就這樣從地板的縫隙中，慢慢的伸長出來。

白色。

象徵著蒼老，象徵著等待，象徵著被歲月侵蝕到無怨無悔的白色髮絲，來了。

「白髮啊，這是你的決定，那我就要連你一起收了，懂嗎？」小雨咬著牙，「黑皮。」

黑皮。

第三個慘白髮絲，果然就是黑皮，只見他滿臉滄桑，白髮順著肩膀蔓延而下，歪著頭，看著小雨。

「薇薇。」黑皮面無表情，依然抓著小雨的手。「為了妳，我無怨無悔。」

「好。」小雨才說完這個字，忽然，黑皮白髮狂湧而來，爬上了小雨的手臂，然後繼續往上。

白髮經過小雨掌心慘綠髮絲時，也將慘綠髮絲一併捲入，一白一綠，盤桓交錯，當爬過右手小甕，小甕的蓋子被頂開，血紅髮絲彷彿也受到了召喚，湧了出來。

白，綠，紅，三色髮絲盤桓交錯，合而為一，最後一起湧向了小雨的嘴巴。

「嗯。」小雨縱然雙唇緊閉，但三色髮夾著強大靈力，依然不斷滲入小雨嘴中，再加上髮絲如水般細膩柔軟，小雨就算想手抓，髮絲也不斷的從她的指縫中流入，不一會，髮絲竟然全部都進到了小雨口中。

而當三色鬼髮入體，小雨突然頭猛一後仰，目露凶光，全身散發如同黑皮般的濃重陰氣。奪舍。

這就是道家所謂的奪舍，如今這三色死靈，要對小雨進行最禁忌的道法，奪舍！

但，她是小雨，她畢竟是道行深厚的小雨，只見她雙手突然綻放燦燦光芒，左手為藍，右手為黃，然後小雨雙手交握，藍黃雙絲在她手心交錯，美不勝收。

下一秒，小雨張開嘴，然後把手上的黃藍雙絲，全放入了嘴中。

那美麗的雙色之絲，就這樣隨著小雨的手，緊追著三色鬼髮，全部流入了自己口中。

就這樣，白，紅，綠，藍，黃，五色靈絲，邪與正，陰與陽，善與惡，一口氣都湧入小雨的口中，消失了蹤影。

看到如此超乎想像的畫面，能見到鬼的我與小裕，都驚呆了。

而下一刻，我們發現，小雨開始發生改變了。

她的長髮，竟然開始轉變了顏色，轉成了詭異的，血紅色！

「他們在搶奪小雨的身體？」我見狀，感到一陣心痛，急忙往前奔去。

「哥。」

小雨的髮色轉紅之後，面目跟著變得猙獰，眼放戾光，嘴吐黑氣，變得十分恐怖。

但，也在下一刻，髮色忽然又轉回黃色。

金黃色長髮流洩在她肩上，有如精靈般美麗，她的臉，也從原本的猙獰，變得慈祥溫和，宛如百歲的婆婆。

「小雨……」我站在小雨面前，但她眼中卻依然無我，而下一刻，她髮色又變了。由黃轉為慘綠。

那宛如厲鬼的表情又出現，忽然，手一伸，竟抓住了我的脖子，猛力一掐。

這一掐，力氣之大，掐到我幾乎斷氣。

「小雨，別這樣……」我痛苦的抓著自己的脖子，但又在下一刻，我又看見了慘綠之色，轉回了慈祥的金黃色。

而我脖子的壓力，也跟著減輕。

「小雨，」我伸出手，想撫摸小雨，想告訴她我在這裡，卻又在下一瞬間，黃色失守，這次，是陰森悲傷的白色。

彷彿不抱任何希望，絕望的空白色。

而掐著我脖子的力量，更再度轉強，我痛到幾乎斷氣。

同時間，我聽到了我身後，傳來兩個聲音，一個是老莫，「怎麼回事，少年仔，你女友瘋了嗎？」還有一個是小裕，她看得到真相，她只是哭著，「哥，小雨姐姐快入魔了，怎麼辦？」

怎麼辦？我也不知道怎麼辦？

但我只覺得好心疼，好心疼，我可以感覺到雖然與人群有著距離，但一身正氣的小雨，正陷入前所未有的苦戰。

美倫的血紅怨氣、薇薇的慘綠怒氣，以及黑皮的苦情白氣，化成三道暴力可怕的力量，正在和小雨的雙色靈絲，爭奪身體的主導權。

雙色靈絲若輸，從此由道轉魔，墮入鬼道，成為下一個陰咒的傳染者。

我熟知小雨，她若成為魔，成為害人工具，一定痛不欲生，甚至可能選擇結束自己生命。

所以，我不希望妳輸，妳一定要撐過去，我能做什麼嗎？我能做什麼嗎？我能做什麼嗎？

眼看，小雨頭髮顏色，已經幾乎停在慘白色時，我睜開了眼，在脖子巨大的勒力下，我輕輕笑了。

「咳咳……想聽笑話嗎？咳咳……」我看著小雨，回想著那天，大雨中，我推開咖啡館的門，迎面而來的，除了濃濃的咖啡香氣，還有小雨那雙讓人永遠難忘的眼睛。

「……」小雨雙手還在用力，髮色依然冷白。

「我說……一個……咳咳……我最拿手……的冷笑話，」我脖子被壓，呼吸困難，但仍努力的擠出一字一句。「咳咳……妳知道……如果門外都是貓和狗……表示什麼？外面在下……大雨……」

小雨的雙手仍在用力，髮色依然慘白。

然後，我還聽到小裕的哭喊聲，「哥，你在說什麼？這時候你還在說什麼？」

「還有我說……咳咳……這還不是最大的雨……妳知道有次……雨大到……滿地都是雨傘……妳知道為什麼？咳咳……因為……傘的主人……都被沖走了……」

小雨依然沒動，髮色，依然是絕望的白。

「再來……咳咳……我發現……那些傘……不是被沖走……而是主人被吃掉……因為雨大到……出現了鰭……咳咳……對……鯊魚的鰭……」

白色，髮色依然沒變，小雨抓住我脖子的力道，也依然沒有減弱。

「不過……咳咳……我發現……最誇張的……是我的手心裡……咳咳……出現了……」我

伸出了拳頭，停在小雨的臉上，呼吸困難的痛苦中，我擠出了笑容。

然後，我的手突然張開。

「螃蟹！！」

螃蟹！

而當我的手，慢慢從小雨的臉上移開，我看見依然白髮，依然帶著冷冽鬼氣的小雨，雙唇顫動了起來。

然後，顫動的雙唇中，吐出了這樣一句話。

「講過了。」小雨雙眼的焦距正在緩緩的凝聚，然後，她嘴唇輕啟。「好笨喔你，這笑話講過了啦！」

小雨……

「你講過了啦。」小雨笑，笑得無力，但也笑得好輕鬆。「這笑話，我聽過了啦！」

「小雨……」

「我回來啦……」小雨微微一笑，忽然提氣一吼。**「是！我回來了！」**

也就在這聲大吼中，小雨的白髮突然猛烈散開，藍光陡現，最強的藍色瞬間蓋滿了白髮，隨即，她嘴巴大張，三色鬼髮竄了出來，而緊追在鬼髮後頭的，則是更強猛的藍色與黃色靈絲。

藍黃雙色威力絕倫，竟在空中不斷追擊著三色鬼髮，五色靈絲在空中不斷交纏，或捲，或鬥，或逃，或捉，這樣纏鬥了數秒之後，三色髮絲被黃藍雙絲捆住，一同往下墜落。

而小雨嘆了一口氣，往前走了兩步，拔開了懷中小甕，剛好接住落下的這五色靈絲，當藍色與黃色退回小雨的雙手中，甕中，也只剩下那充滿邪氣的三條粗大長髮。

紅色、綠色，以及白色，三條如巨蟲的頭髮，就這樣被小雨封在小甕之中了。

「結束。」小雨的聲音，帶著經歷了數年歲月的疲倦與放鬆。「呼，終於，終於，結束了。」

終於，結束了。

這個恐怖的陰咒傳說，源自一場國小惡意的災難，更在另一次地下道鬧鬼事件中被重啟，為此，十年間，死了二十七個人，其中還包含了一位如同母親的老師。

終於，結束了。

七個數字，七個惡意，就會致人於死，死後還會化成殺人狂屍，造就下一場悲劇的陰咒。

終於，結束了。

雖然仍有些許謎團未解，像是阿珠的陰咒轉移自誰？計時器究竟是誰放到美倫身上的？算命師父說第三個生靈是誰？以及，一路上經歷的許多不合理的線索，但，都不重要了。

因為，美倫與薇薇已經被收了，就在小雨的小甕中，接下來，只要交給道行更高深的婆婆，一切都會沒事了。

終於，結束了。

而就在此時，小雨看向了我。

她沒有笑，也沒有哭，沒有太多表情，但從她的眼中，我卻讀到了一個訊息。

『我把小甕給婆婆，讓這件事真的結束，再去找你，好嗎？』

「嗯，好。」我好想伸手給小雨一個大大的擁抱，但我知道現在還不是時候，因為任務還差一點，再等一下。「那，那，那妳手上的陰咒，終於消失了吧？」

「……」小雨沒有說話，只是看著自己的手，拆下已經破爛的護腕，露出完整的手臂模樣。

但，也就在她拆下護腕的同時。

所有人，包含我、小雨，以及小裕，卻都愣住了。

徹底的愣住了。

因為那個圓形，上頭一個箭頭，箭頭下面的數字，壹，還在。

陰咒，竟然沒有消失？

忽然，所有人都聽到小甕中，傳來咯咯的笑聲，「咯咯咯咯，這是陰咒規則喔，就算施咒者被捉到，陰咒，也不會消失喔，破解陰咒有另外的方法啦！咯咯咯咯咯咯！」

「什麼……」我和所有人都同時目瞪口呆，無法相信的看著小雨手上那倒數的壹。

要解開陰咒，還要別的方法？

「所以，咯咯咯咯，祝你們幸福啊，愛人們。」小甕內懷著惡意，瘋狂的笑著。

祝你們幸福啊，愛人們。

此刻，地下道一片靜默，只有咯咯咯咯的鬼笑聲，在愁慘的地下道中，幽幽迴盪著。

第十六章

地下道內，時針已經超過十二點，所有人陷入了寂靜。

我們看著小雨，小雨則看著自己手臂上的陰咒，所有人都很安靜。

安靜，是因為我們都想著同一件事。

數年前的某個晚上，當小雨走進廟宇，穿過上千個曲折的房間，走進婆婆的房間內，跪下，告訴婆婆，她要面對陰咒，要追擊陰咒的施咒者。

因為小雨覺得，這是唯一的方法。

陰咒太毒，太惡，不該誕生於這世界，不斷的傳染，擴散，十年內已經害死了二十七個人，其他二十餘個人，恐怕也因為躲避陰咒而讓人生變得殘缺不全。

所以小雨決定，她要追擊施咒者，透過她的雙石道法，將美倫這魂魄收回去，交給婆婆，請婆婆渡化。

婆婆說好，但也提醒小雨，這是一條漫長的路，因為美倫不是一般的惡鬼，她的道行隨著陰咒擴散不斷的增強，再加上，她是死了十五年後才重新回來，怨念經過地獄的洗禮，其兇狠程度，連修道超過三十年的高手，都未必是美倫的對手。

但，小雨仍堅持著。

因為她認為，只有這樣才能拯救剩下的人，不要再讓生者哭泣，讓一切回歸常態。

這是小雨的堅持，也因為這份堅持，小雨多次與美倫死靈交手，多次出生入死，多次以自己的性命為賭注，一直到這次，終於在這「強陰之地，陰陽之時」，擊敗了美倫。

不只是美倫，是美倫、薇薇，加上黑皮，三個怨靈。

這場戰役，若有任何差錯，小雨都會被惡靈吞噬。

所幸，三個怨靈，陰咒的施咒者，終於被她收到了小甕中，就要交給婆婆，讓一切結束。

這時，最驚人也最殘酷的現實，卻血淋淋的呈現在她的面前。

那就是沒有用。

小雨手上的陰咒，仍然維持著冷酷的「壹」。

小雨無法回去過往的生活，那些中了陰咒的人，終究會死亡。

於是，地下道很安靜。

小雨很安靜。

直到，老莫那帶著蒼老的聲音，傳了過來，稍微干擾了我們的思緒。

「少年仔，這倒是奇怪，你們說陰咒還在？我怎麼看不到？」

「老莫先生，陰咒並非每個人都看得到喔。」這時，小裕開口。「我記得是這樣？哥，你的規則也是這樣記的吧？」

「是嗎？」老莫抓了抓頭，「那我弄錯了，可是我記得我看過。」

「有嗎？」小裕歪著頭，看著老莫。「何時？」

「最近。」

「最近？我們有機會看到陰咒，印雪？小雨？還是小茂？」

「應該是小茂。」老莫沉吟了半晌，「我記得是他。」

「老莫，現在的氣氛不適合問這個啦。」小裕拉了拉老莫，「我們回去再慢慢想，現在當務之急，是先找到真正破解陰咒的方法，不然小雨姐姐就死定了欸。」

「嗯。」

聽著老莫與小裕的對話，我內心的確也閃過一絲疑惑，沒錯，當時我們一起去找小茂時，老莫有提過，他有看見陰咒，那為何現在又看不到呢？

要找解釋當然有很多，例如，老莫也許體質和我們類似，只是靈感能力沒有我們這麼強，例如，小雨的特殊體質配上陰咒，也許剛好形成特殊狀況，讓老莫無法看到，又也許……

只是，現在是追究這件事的時候嗎？想到這裡，我不禁搖頭。

現在當務之急，是解決小雨陰咒剩下壹的問題，想辦法救她，只是，當我決定放棄追尋這問題的答案時，反倒是小雨，她看著老莫，眼睛瞇起。

「您說，您曾經見過陰咒，在小茂手上？」

「是。」

「不對。」小雨搖頭。

「哪裡不對？」

「就是不對。」

「哪……」正當我們對小雨的問題感到疑惑之際，忽然，整個地下道的電燈，啪的一聲，陷入了一片黑暗中。

「有人關掉電燈開關。」老莫反應最快，只是他才開口，忽然，地下道又出現了光。

這光，是一條亮白色光束，也是會議中最常出現的一種光，這是投影機的光束。

為什麼？為什麼突然有人在地下道把燈關掉？在這裡放映投影機？

但，我們的困惑很快就有了答案，因為那白色光束，打出了彩色的影像，照映在地下道斑駁的白色牆面上，畫質極差，但內容卻是無比清楚。

清楚，是因為我認得畫面中的那對男女。

男生，帶著工程師才有的一點拘謹與傻氣，女生則是可愛而聰明，兩個人，正在旅館的走廊上，擁抱哭泣著。

女生明明酒後哭泣，但畫面拍不出來，旅館很高雅，但畫面呈現起來如同低級賓館，這畫面，切頭去尾，扭曲事實，但偏偏扭曲後的畫面，訴求如此清楚明確。

這對男女，正擁抱在一起。

我之所以感到驚悚，是因為我認出了那工程師的男生，那是我。

而我更感到身邊的小裕也在顫抖，因為畫面中的女生，正是她。

那是昨天晚上的事情？當時，小裕帶著濃濃酒意來找我，因為小茂騙小裕說「計時器是小雨放的」，而當事情結束後，我感受到走廊盡頭的神祕拍攝者，果然存在！原來，當時拍的真的是我和小裕！

只是，為什麼要錄我們的影片？又會挑此刻此地播放這段影片？他想要播給誰看？

「呼，呼，呼。」

畫面播放，地下道一片安靜，我開始聽到一個聲音，那是呼呼的喘氣聲。

「呼，呼，呼。」

我轉頭，同時找到了喘氣聲的來源。

「呼，呼，呼。」

然後，我看到了那雙眼睛。

那雙曾經在咖啡館中，宛如燈塔般明亮的眼睛，如今，卻飽含著淚水。

「呼，呼，呼，為什麼？」那雙眼睛的主人，用雙手，拉住了我的手，「遇到你，我就控制不住，自己的惡意？」

我看著她，然後也看著她的手，那只剩下最後一絲希望的壹，開始消失，要歸零了。

忽然，一種雷擊般的感覺，在我身體每個毛細孔，竄動著。

我懂了。

忽然間，我懂了。

然後，我抓著那雙眼睛主人的手，我語氣近乎求饒，「不要，請不要，不要想到不好的，我們真的沒有……」

「呼，呼，我知道，可是，我就是，沒辦法……沒辦法……」那眼睛的主人苦笑，「呼，呼，呼，真是沒辦法，你還記得你和同事小菁加班的那個晚上嗎？我實在控制不住，現在，我依然是。」

「不要……」我的手不斷的抖著，不要，我拚了命追尋的她，如今卻要因我而死嗎？「不要……」

「每次看到你和其他女生在一起，呼呼，我就會，像一般女生，呼呼呼呼，好忌妒，好……忌妒……」然後，下一瞬間，壹終於消失。

說話聲停了。

取而代之的，是那雙美麗的眼睛，開始往眼眶深處陷落。

「小雨！」此刻，我發出大吼，聲嘶力竭的大吼，「不要！」

陰咒，轉眼歸零。

這趟旅程，終於，就要結束，以如此悲劇的方式，徹底結束了嗎？

就在我已經六神無主，倉皇無助之時，老莫卻在此刻喊了出來，「是誰！投影片是誰放的？給我出來！」

說完，老莫掏出了槍，對準了投影機的方向，咬著牙，宛如雄獅怒吼。

「老子三十幾年來出生入死，就算黑暗中開槍，我也對自己有信心，你他媽的再不出來，我保證在三槍內讓你終生癱瘓！」

聽到老莫這樣充滿威脅性的低吼，忽然，原本明亮的投影片光束，閃了兩下，被一個人影遮住了。

這人影高瘦而瘦長，像是一個高大的男孩。

只見他發出輕浮的笑聲。「老莫警察，別激動嘛，我這不就出來了嗎？」

看到這人影，聽到這聲音，如此的熟悉，我忍不住失聲喊出。

「小茂！」

沒錯，就是小茂，投影機的放映者，把小雨最後一個數字逼到零，偷拍並曲解我與小裕擁抱的男人，竟是小茂。
一個陰咒數字在幾年內，一直穩穩維持在陸，宛如聖人的男孩。
「是啊，是我。」小茂攤開手，「咯咯，你們好，這是第三次見面了吧？」
「你為什麼要準備這樣的投影機？你不知道這是非常，非常充滿惡意的嗎？」我將小雨抱在懷中，狠狠地瞪著小茂。「你不要命了嗎？你不怕你手上的陰咒……」
「陰咒？」小茂看著我，在晦暗的投影機光線下，他露出了一個笑容。
這笑容，沒有他大男孩一貫的純真，反而充滿了惡意，而且這惡意中，還帶著對我的不屑與憐憫。
「怕？你是說這東西？」他臉上帶著那惡意的笑，慢慢的捲起了袖子，露出了那個依然保持在陸的陰咒，然後另一隻手捏住陰咒的邊緣皮膚……接著，不可思議的事情發生了。
陰咒，竟然就這樣被撕了下來。
「這，這，這……」我感到背後的寒毛直豎。
「不用這來這去了啦。」小茂獰笑。「你們說的陰咒，是這張『貼紙』嗎？」
貼紙。
我看著小茂手上，那輕輕搖晃的透明陰咒貼紙。
忽然，我腦海裡面，一塊始終處於深沉黑暗的地圖角落，突然明亮了起來。
「是你！」我大叫，放聲大叫，「原來是你！你就是算命師父說的第三個生靈！你也是……」
「喔？」

「計時器！」我聲音接近怒吼，「對，計時器是你放的，你的確是最有可能放的那個人！」

「喔？怎麼說？」

「因為，」我顫抖著，「當變態殺人魔在教室裡，你是最後一個從置物櫃中跑出來的，只要前面有人死了，你就安全了，所以，你才放了計時器！」

「哈哈。」小茂不斷的笑著，笑到像是要岔氣。「對對對，就是這樣的邏輯，可惜你們都不夠壞，所以想不到，對，我就是這樣想的，我沒有特別要害美倫，我只是找一個替死鬼而已。」

「可惡。」我握拳。

「當時，那個自以為是的小竣，說自己跑得最快，可以吸引殺人魔，我呸，他根本就知道第一個跑的存活率最高。」小茂冷冷的說，「他做這樣的處置，是為了救他自己，而最後一個最危險，所以為了確保自己不會死，我在當時，想到了計時器這招，怎麼樣？我很聰明吧，哈哈哈。」

聽著此時晦暗的地下道中，傳來小茂哈哈的笑聲，我只覺得背脊宛如墜入冰窖般冰冷。此刻小雨即將發狂死去，周圍那些怨靈蠢蠢欲動，我還能做什麼？

「但你怎麼知道我們會去找你？還貼上假陰咒騙我們？」我聽到自己的聲音充滿著沮喪。

「我不知道你們會來找我，但我卻知道，遲早會有人找上我，所以，我將貼紙日夜貼在手上，然後再用袖子蓋住，就是在等你們這些人，如果找到了我，我稍微露出手上的陰咒貼紙，再用這個看似『偉大』的數字陸，來騙你們，沒想到……」小茂繼續笑著，「你們真的被我騙倒了，哈哈哈，你們以為我從未說謊嗎？哈哈哈，放屁！」

我看著眼前這男人，看似純真無邪的大男孩模樣，沒想到他的心機竟然才是最深的一個，論計謀，他肯定還在印雪之上。

「難怪，老莫也看得到你的陰咒？」我聽到這，眼睛看向老莫，而老莫也看向我。

他手裡雖然有槍，但我知道，老莫無法開槍。

因為，小茂其實並沒有犯罪，「惡意」並不是人類法律能判定的罪，在別的小孩身上掛計時器，無法被人類定罪，在自己手上貼貼紙，也無法被人類定罪，在地下道播放投影片，更難被人類的法律，視為一種犯罪。

這就是人類法律的悲哀，也許，就是陰咒出現的真因。

陽世定不了罪的東西，就讓我們陰界來裁決吧！

「對，當時真的嚇死我了，還好你們一直沉浸在找到計時器的喜悅中，沒注意到這個最基本的陰咒規則。」小茂繼續笑。「好啦，囉唆了半天，小雨，妳還真能撐？還不變成狂屍啊？」

我聽到小茂這樣說，不禁怒火中燒，這男人，竟然以別人變成狂屍為樂？

「你！你！」

「嘿，就說別你來你去的。」小茂臉上依然是冷笑。「我等這一刻，可是等了好多年，小雨會道法，但美倫怨靈可不是普通的厲害，她們打了這麼多年，終於，美倫惡靈被收服了，我才可以這麼自在的站在這裡啊。」

「你也會怕？」

「當然會怕，陰咒可是殺了我二十七個同學，啊，不是，包含老師和小雨，是二十九個了。」小茂笑，說完伸手搖了搖他手上的黑色佛珠。「我還是得小心啊，你看我都怕到……隨身攜帶這東西了。」

我看著小茂手上的黑色佛珠，感受著黑色佛珠散發出來的強大靈壓，忽然，我又明白了一件事。

「你也有道法？」

「賓果。」小茂聳肩，「是的，我也有一些道法，但是呢？我沒小雨厲害，也沒小雨瘋狂，我才不想和美倫硬拚，什麼拯救剩下的同學？那是啥狗屁？我帶著這密宗佛珠，只是為了讓美倫找不到我。」

「可是，」我看著懷中的小雨。「既然你都已經得逞了，美倫也被小雨收服了，你為什麼要佈局，害小雨的最後一個數字？」

「這問題，就問得挺專業的，」小茂冷笑著。「你要聽表面的原因？還是真正的原因？」

「哼。」

「表面的原因，是因為小雨知道太多，她也許早就猜出計時器是誰放的？當然真正的原因……」小茂說到這，眼神突然變得極度鄙夷，瞪著小雨已經半昏迷的臉。「因為老子和這臭女人表白了好幾次，她竟然都拒絕我！」

拒絕？我看著小茂，又看了看小雨，小雨拒絕小茂？

忽然，有點開心，因為小雨的眼光很好，我比小茂好上百倍。

「是啊，你很得意嘛，你可別小看我，很少有女生能拒絕我的，咯咯咯咯，我明明和小雨一樣都懂道法，從國小開始，我就知道她能看到我所看到的東西，但她就是不肯和我在一起！」小茂表情猙獰，「所以啊，我只好串連冥王星幫，去排擠她，哈哈，她好可憐，整個國小六年，最好的朋友，竟然是一隻狗。」

「最好的朋友，是一隻狗。」我抱著小雨，是啊，小雨和我說過這故事，那是她一個小小悲傷的記憶，沒想到，這份記憶之所以悲傷，和眼前這男人有關。

「總而言之，這些都是過去的事了。」小茂雙手抱胸，露出我有史以來見過最惡意，最惡意的笑。「今晚，讓我們盡情欣賞……小雨的狂屍秀吧！」

小雨的狂屍秀？

聽到這句話，一直在強忍的我，終於按捺不住，發出一聲從肺腑深處爆發的怒吼，雙手握拳，朝著小茂，直衝而去！

我要揍這傢伙，我要把這傢伙揍到臉爆掉，我要把這傢伙的壞心眼掏出來，我要把這傢伙滿肚子壞水倒出來，我要……

但我才跑沒幾步，忽然，我聽到了背後，那常年吸菸，沙啞的說話聲音傳來了。

「小子，蹲下。」

蹲下？也許是基於對這聲音主人的信任，也許是一種強烈的直覺，我放低了速度，同時往下一蹲。

然後，一聲火藥迸裂聲，從我背後傳來。

開槍了？我猛然回頭，看著這個雖然表面離經叛道，但骨子裡面比誰都尊重法律的老警察，老莫。

他開槍了？

「什麼？」不只是我，小茂也同樣詫異，然後，子彈咻的一聲，擦過他的耳畔，幾滴鮮血同時噴出。「你不怕，不怕違法嗎？」

「沒什麼違法的。」老莫單手拿槍，嘴裡叼著菸，姿勢帥氣。「因為我有種感覺，我女兒支持我這樣做。」

你女兒？我眼睛看向老莫的腳邊，那身體呈現青冷色的嚴肅女孩，用力點了點頭。

「第二槍，我絕對不會失手了。」老莫笑，眼放精光，然後扣下了扳機。

撞針砰的一聲，伴隨著螺紋路徑的子彈，射了出來。

子彈的角度與方向，都精準的朝著小茂的腦門而去，而小茂此刻只能發出大叫，然後轉身要逃。

砰的一聲。

小茂跌倒，但他這一跌倒，卻沒有血跡，他張開雙手，似乎詫異自己還活著。

然後，他聽到了他身邊有個聲音，「小茂哥哥，別擔心，你還活著，老莫叔叔的槍法很準，他沒打算打中你的話，你不會死的。」

「呃……？」小茂轉頭，他看清楚了身邊那聲音的來源，是小裕。

她趁著小茂轉身跌倒時，蹲在小茂的旁邊，並露出了她獨有的甜美笑容。

「所以，」小裕伸出了手，手心上，似乎多了一串黑色球體串起的東西。「真正的攻擊主力，其實是我喔。」

「妳！」小茂看見了小裕手上的東西，臉色頓時大變。「那東西還我，還我！」

「才不要。」小裕跳了起來，朝老莫方向跑去。「這東西啊，就是保護你，不被惡鬼騷擾的東西吧。」

「還我！」小茂一改原本的悠閒態度，整張臉五官猙獰，宛如厲鬼，朝著小裕抓去。

但，小裕卻相當靈活，快速逃過了小茂的雙手，然後溜到了老莫的身後，而小茂則因為忌憚於老莫的手槍，只能咬著牙，停下了腳步。

然後，小裕也在此刻，改變了她原本俏皮的態度，變得冷硬而嚴肅，雙目放出冷冽光芒，直瞪著小茂。

「我不還你。」小裕一字一字，咬牙切齒，宛如一柄柄的冰刀，直穿向小茂。「因為，我剛剛看到了我**表姐**。」

「表姐？」小茂打了一個好大的寒顫。「妳說……阿……阿……阿珠？」

「你還記得我表姐？」小裕冷酷的說。「她剛剛和我說，傳那個害死她簡訊的人，就在這裡。」

「……」小茂聽到這這句話，一直維持著勝利者姿態的他，突然打了一個寒顫。「別，別亂說。」

完全沒有剛才的悠閒，此刻的小茂，不斷左顧右盼，他說過他是看得到鬼的人，他一定能感受到地下道的惡鬼們，已經開始聚攏了。

拖著腳步，發出痛苦的呻吟，朝著小茂方向聚攏著。

「表姐！」小裕突然發出大叫，「勒住他的脖子！勒住！」

「啊啊啊啊啊！」小茂聽到這句話，發出古怪的尖叫，就要逃跑，但他只逃了兩步，就突然低下頭，看著自己的腳踝。

腳踝上，竟然纏著血紅色的頭髮。

「這是？」小茂這一剎那，從原本的害怕，變得驚恐，驚恐到了極致，竟然開始哭，哭得好慘，哭得滿臉鼻涕眼淚。

「這是，」小裕語氣好冰冷。「你的報應。」

下一秒，所有人就這樣眼睜睜的看著小茂的靈魂，被血紅色的長髮，硬生生從肉體內拖了出來。

當他的靈魂一被拖出，整個地下道的惡鬼，都一起笑了。

包括滿臉陰沉的阿珠，臉上都是老鼠咬傷痕跡的印雪，穿著醫生白袍的阿竣，以及地下道內，原本就被火燒得全身是傷的怨靈們。

「不要抓我，不要抓我，不要抓……」小茂慘叫，滿臉的淚痕，鼻涕，口水亂飛，但所有的鬼仍不斷的笑著，笑著靠近小茂。

「不要抓我！」

這句話喊到一半，所有的鬼，一口氣湧向了小茂的靈魂，一直拖，一直拖，拖入了地下道的陰影角落，從此消失了。

當小茂被拖入了陰暗的角落，所有的鬼都追了上去，地板上，只剩下那攤血紅色的長髮，長髮慢慢游動，後退，後退……

最後退回了小雨胸口的小甕中，然後，小雨纖纖細手啪的一聲，把蓋子蓋了上去。

「小茂的魂魄，看樣子會被困在地下道內了。」小雨滿臉都是忍住疼痛的汗水，但汗水下，卻是專屬於她的調皮笑容。「可能永遠，永遠，永遠都無法跳脫輪迴，受盡永生永世的折磨，美倫，妳覺得他這下場，妳滿意嗎？」

小甕輕輕的搖晃了一下，彷彿在回答。

「滿意，謝謝。」

小茂死了，計時器找到了，美倫的怨氣已經發洩了，所有的事情都告一段落了嗎？

不，很悲慘的說，並沒有。

因為，陰咒並沒有消失。

小雨手上的那個符號，數字已經逼近了零，而且沒有消失。

「沒想到，要破解陰咒，不只是收服屍咒者，更不是找到惡意的源頭。」小雨輕輕嘆氣，說完，她頭一仰，眼睛再次轉黑。

而且我可以感覺到，在這強陰之地，當小雨發病，四周的鬼魅氣氛，也隨之改變。變得更冷，更陰，往無邊無盡的地獄下沉。

突然，我想起黑皮說過的，像小雨這些有道行的人，一旦發了病，是否威力更強，傷害更大？

「你們走吧。」小雨看著我，此刻的她，雖然逼近死亡邊緣，眼神卻彷彿回到了我們相遇的那幾年，那是依戀著我的眼神。

「但是……」

「婆婆會來。」小雨咬著牙，我看見她手臂上浮現了一條一條宛如黑蟲的皺褶，不斷蔓延到她的眼睛，與當時印雪相比，不只雷同，陰氣更增數倍。「她會派琇師姐來。」

「嗯……」

「我若發病，破壞力太強，」小雨看著我，眼中是她最後的溫柔。「你們得快走。」

「我要留下來。」

「這樣你會死。」

「我不怕。」

「走。」小雨把臉別開，此刻的她，眼睛又開始凹陷了，以她不斷散發出來的強大陰氣來看，我知道，這次小雨就要真正發病了。

「其實我在想一件事，」我抱著小雨，看著她懷裡的小甕。「整件事到了這裡，幾乎所有的謎都解開了，誰放計時器？印雪藏在哪裡？計時器在哪？誰害死阿珠？全部都解開了，但唯獨還有一個規則，至今未解，對吧？」

「還有一個規則？」

當我這一開口，現場不只小雨，所有人都同時看向我。

「對，老師最後對我撒了謊，那個謊，究竟是什麼？」

聽到我這樣說，現場頓時靜默。

「我猜這問題的答案，一定很多人猜到了。」我抬頭，看著小裕，「妳從阿珠的經驗，一定猜到了，對吧？」

「……」小裕忽然搗起嘴巴，眼眶淚水打轉。「哥，別做這樣的決定，拜託。」

「小雨，妳也知道那方法，對吧？」我低頭看著小雨。

「……」小雨別開了頭，眼淚順著臉頰流下。

「我知道有這方法，但我不知道正確的方式，也不知道該問誰……」我最後的目光，是落在小雨的胸口。

小甕。

那藏著三色鬼髮的小甕。

「所以，我只能問妳了，陰咒的創始者。」我看著小甕，語氣溫柔且堅定。「美倫，請妳告訴我，陰咒轉移的方法。」

陰咒轉移。

從我接觸到的第一個死者，阿珠開始，就知道陰咒可以轉移，但也就是我始終解不開的謎。後來，當小裕問起老師這問題，老師卻刻意隱瞞，也許她是為了保護我，也許是她不希望外人受害，但總而言之，她卻為了這謊言而付出了生命。

但，確信的是，陰咒，的確可以轉移。

不然小茂中了陰咒後，無法逃過一劫，所以，我要知道轉移的方法，如此一來，我就能救小雨。

「哈哈。」這時，小甕裡面突然笑了。「陰咒轉移是最後一個規則，你確定要用？」

「要。」我堅定的說。

「你知道，當你把陰咒轉移到自身，可不是從柒開始喔，而是直接繼承對方的數字喔。」美倫的聲音從小甕中傳來，尖銳而漂浮，令人不舒服。

「嗯。」我吸了一口氣，點頭，這表示我會接到「零」的陰咒嗎？

「你知道陰咒歸零時，你將進入一個夢境，在夢境中，你若被殺死，肉體就會跟著死了？」此刻，美倫的聲音混入了薇薇與黑皮的聲音，三聲一起，「你可知道，那最後的夢境，有多麼可怕嗎？」

「我不知道。」我淡定的看著小雨，「但我的答案，還是要。」

「要轉移陰咒？」

「是。」

忽然，小甕震動起來，像是在大笑，像是在哭。

「小雨，老同學啊老同學，妳真是幸福到令人羨慕啊，」美倫的聲音笑了，「那我就告訴妳陰咒轉移的方法吧，很簡單，把手放在陰咒上，然後想著『轉移』就好了。」

「這麼簡單？」

「可不簡單，惡意的反向是善意，而善意的極致就是犧牲，若非你有一顆純淨的善意之心，陰咒根本不可能轉移。」美倫說，「把手放上去吧，看你有多少誠意！」

「嗯。」我看著小雨，看著小雨身上的黑蟲皺紋，已經爬到了眼眶，眼眶也完全陷入，不用一分鐘，她就會進入瘋狂狀態了，而現在的她，一定就在美倫所說的惡夢之中吧。

不知道那惡夢是啥?但，我已經做了決定。

抑或者說，早在五年前，那個下著雨的咖啡館之日，我就已經做了這個決定。

為了小雨。

我願意。

為了妳。

我願意。

然後，我淡然一笑，將手放在陰咒圖形之上。

「少年仔，」老莫的手，放在我的肩膀上。「老子欣賞你，把妹就要是要這樣的決心。」

「哥，」我的另一個肩膀，被一雙纖細的手抓著，那是小裕。「對不起，那晚上是我自己去抱你的。」

「沒關係。」我對兩人微笑，再對小雨微笑。「若陰咒不解決，小雨遲早會死，這是遲早的事，嗯，小雨，我來了喔。」

小雨，我來了喔。

「轉移吧。」我輕聲說著，用我最堅定與最溫柔的語氣，對著那只殺人無數的兇惡圖騰。

「轉移到我的身上吧，陰咒。」

轉移到我身上吧。

陰咒。

第十七章

記憶中，這是一個慵懶的冬天清晨，我睜開眼睛。

看見了一雙美麗的眼睛，正看著我，眼中帶著調皮與笑意。

「幹嘛？」我揉了揉惺忪的睡眼。「小雨，幹嘛趁我睡覺時，偷看我？」

「你真的沒有很帥欸，」小雨身體藏在棉被下，單手托著下巴，對我笑著。「但我怎麼會這麼喜歡你呢？」

「哈，我怎麼聽不出妳是在稱讚我還是在罵我？」

「稱讚啊。」小雨把臉靠在我的胸膛，細長的髮絲，在我的胸口撒開。「我剛剛表白了欸。」

「是喔。」我伸出雙手，環住了小雨纖細的身體。「那我也來表白好了。」

「怎麼表白？」

「用我的身體答謝妳啊。」

「哈哈，不要，不要。」小雨邊笑，邊躲進大棉被中。「你這個色鬼，你這個色狼！」

那天清晨，棉被好溫暖，天空很藍。

那是我人生中，最美麗且溫暖的記憶。

而那個記憶的名字，就叫小雨。

然後，陰咒轉移了。

我看著自己的手掌心，多了一個血紅色的圓圈，圓圈內是一個箭頭，箭頭下是一個數字，零。

「零啊。」我笑，感覺到周圍的陰氣濃烈，那些原本隱約的鬼影，都變得好清楚。「直接進入結局嗎？」

而在那些鬼影中，我看到了好多熟悉的影子。

當年惡靈地下道的流浪漢、小男孩、孕婦，還有算命師。

忽然，我看到算命師拿起了一張紙，寫了幾個字，然後在我面前一抖。

「這次不是空白的？」

「不是。」

「還是此去大凶？」

「也不是。」

「那是什麼？」

「看仔細了。」算命師父仔細攤開了紙。「陰咒有法可解。」

「陰咒有法可解？」我一愣，「你說什麼?陰咒怎樣才能解？」

「雖然天機不可洩漏，但看在你一片誠心的份上，我還是洩漏一點好了。」算命師父陰惻惻的笑。「如果你在惡夢中倖存，陰咒即可解，只是，至今為止，還沒人能從那惡夢中存活而已。」

惡夢中倖存，陰咒可解？

我還在思考著這幾個字，忽然我眼前的世界一變，竟然不再是冰冷陰沉的地下道，而是明亮的下午，而我周圍都是小學生。

我怎麼會在這裡？然後我低頭，看見自己的手很小，小得像是小學生。

等等，這惡夢究竟是……

接著，我忽然聽到了教室外傳來一聲淒厲的尖叫！

「有變態！有變態拿著刀進來了！」

隨著老師在混亂中，指揮著小學生往外逃，我轉頭看向了教室的窗戶玻璃，我發現，此刻的我，留著妹妹頭，腳下是一雙紅色鞋子，胸口的制服上更繡著兩個字，「美倫」。

忽然，我懂了，我徹底懂了，所謂的惡夢究竟是什麼了！

所謂的惡夢，就是在整個悲劇的起點，變態殺人事件。

二十七個人，他們在陰咒歸零時，都體驗了殺人事件一次嗎？而他們都沒有倖存？

然後，當小學生們逃走散開，我被四個小學生半抓半拉，一起拉入了掃除櫃中，到此刻，我明白了。

開始了，生存之戰，就要開始了。

此刻，在我生命歸零之前，我進入了一場惡夢，按照算命師鬼魂的說法，只要我倖存，就可以解開這個縱橫十年的惡意之咒，陰咒。

只是，十年來，超過二十七個人，都死了。

他們沒有倖存。

現在，輪到我了。

我化身成那個被殺死的小孩，美倫，正與其他四個小孩，藏身在掃除櫃中，我可以感覺到自己的心跳，正瘋狂亂跳著，而教室外，那個拿著刀的變態正喘著氣，朝著我們的方向，慢慢移動過來。

「我們該怎麼辦？」掃除櫃中一個小身影，男生，語帶哭音，壓抑的聲音說道，「我們該怎麼辦？」

而我聽著這男孩的聲音，再由掃除櫃中昏暗的光線中，我已經猜到這愛哭的男孩是誰了？小茂！

他，就是計時器的放置者。

就是看起來溫馴儒弱，但卻是惡意的極致！

此刻，隔壁教室傳來開門的聲音，乒乒乓乓，桌椅被踢倒，還有伴隨著宛如瘋狗般的低嚎。

「別想躲，小孩們！我會一間一間找，找出所有的小孩，然後，一個一個殺掉！」

這時，某一個男生開口了。「我覺得，在老師之前，那個瘋子可能會先找到我們……」

這個男生我不認識，但這五人只有兩個男生，既然小茂已經被辨認出來了，這個男生肯定就是阿竣，跑得最快的男生，阿竣。

他是被陰咒逼到發狂，踢了流浪漢，最後橫死在地下道的醫生。

「那怎麼辦？」第四個身影也說話，這是女生，她的聲音與其他小孩相比，略顯稚嫩。這聲音稚嫩的女生，也同樣給了我一股熟悉感，沒錯，她是惡靈地下道的關鍵人物，薇薇。

「我覺得，我們該逃。」最後一個開口的第五個聲音，也是女生。「他一定比警察更快找到我們。」

這女生，扣掉了薇薇和美倫，基本上連猜都不用猜，她是印雪。

聽到這裡，我能想到的是，我必須阻止這場逃亡，只要所有人都待在掃除櫃內，就不一定會死，美倫就能得救。

於是我拚命主張所有人不要離開。「那壞蛋只會隨便踢踢桌椅，我們躲在掃除櫃裡面，裡面又鎖著，不要出聲音，不會有事的！我們要相信老師！」

「被抓到怎麼辦？我們五個會一起死掉！」阿竣開口抗議。

這時，印雪開口了。「要逃一起逃，我們五個是好朋友，我們還有自己專用的圖騰呢。按照規矩，我們投票決定，決定要逃的舉手！」

「好，投票！」

投票？我聽到這裡，感到一陣氣沮，難怪其他二十七人都無法倖存，因為這是一個多數暴力的狀況，這二十七人多數都知道衝出去會死，但他們也無力抵抗，因為這是投票決定的。

該死！

而眼前，五隻小手中，有三隻舉了起來。

三隻小手之後，是第四隻猶豫的手，那是薇薇，她看了我一眼，眼中都是歉意。「美倫，對不起啦。」

「沒關係。」我嘆了一口氣，我不怪薇薇，因為這是安排好的劇本。

「美倫，妳成績好，老師疼妳，但現在不是傻傻聽老師話的時候。」這時印雪說，「不逃，我們五個會一起死掉的。」

「是嗎？」我嘆氣，接著來的，又是一個熟知的場景，阿竣開始分配逃亡順序了。

「我們要往四面八方散開，最會跑的先跑，引開壞蛋注意，讓壞蛋去追前幾個，後面的才有機會逃走。」

「我們之間……誰最會跑？」印雪問。

「我，五十公尺十秒，」阿竣苦笑了一下，看了第四個女生一眼，「我記得有一個人只比我慢一點，是妳吧？陳薇。」

第四個女生，聲音雖然稚嫩，但卻擁有一點都不遜於男生的運動神經。「是的，我跑十一秒。」

「那就這樣決定囉。」阿竣說到這，所有人沉默，只剩下第一個男生發抖的聲音。

「那我呢？阿竣？」始終害怕的第一個男生，綽號小茂。「我跑第幾個？」

「小茂，你跑得很慢，你可以慢一點跑。」阿竣拍了拍小茂的肩膀。「那我決定順序了，第一個是我，第二個是陳薇，第三個是美倫，第四個是印雪，第五個是小茂。」

「有意見嗎？」

「有！」我舉起手來，「不行，我不能接受這樣的順序！」

但我話還沒說完，忽然，教室的木門被撞開了。

砰的一聲，所有的小身影都屏息了。

所有人都知道，瘋子已經進來了，任何的決定都已經沒有時間翻案了，就是要進行了。

「哎啊啊。」我拚命嘆氣，沒想到就算我知道一切事情的順序，還是讓事情演變到這地步，現在開始，距離美倫死亡，應該只剩下不到一分鐘了，剩下一分鐘，我能做什麼？我還能做什麼？讓美倫不要死亡？

掃除櫃外，瘋子又開始踢著桌椅，砰砰亂響中，朝著掃除櫃而來。

「數到三，」阿竣咬著牙，所有小身影呼吸都越來越粗重。

瘋子拿著刀，似乎也察覺到了異狀，他停住抬到一半的腳，猛然抬起頭，「什麼聲音？」

「一。」

「在哪裡？」瘋子開始往前，順腳踢倒了桌子，桌子裡面的作業本，嘩啦垮落一地，「這教室裡面，還有小孩嗎？還有嗎？」

「二。」

瘋子不斷撞倒椅子和桌子，往前衝刺，最後，衝到了掃除櫃的前方，他的影子，甚至透過掃除櫃的縫隙，投射到了五個小孩驚恐的臉上。

「三。」阿竣突然大喊。「我們出去！」

然後他拉開了櫃子門，開始往外跑。

不過，也就在阿竣要開始跑之前，那短短的十秒鐘，另一件事發生了。
那就是，我，突然抓住了小茂的手。
而他的手心，正是那該死的東西，計時器。
「小茂，你要幹嘛？」我瞪著他。
此刻，剛剛一直在哭的小茂，臉色驟變，不只變得害怕，更變得陰沉。
「妳……怎麼知道？」
「這是優勢。」我咬著牙，笑著。「因為我是二十七個人之後，唯一知道計時器在哪的人。」
「什麼？」小茂露出不解的神情。
「你不用懂。」我瞪著小茂，「因為你以後會永遠困在地下道中，與那些亡靈為伍。」
「啊？」
我沒有再說下去，因為這「計時器」是我最後的王牌了，包括躲進掃除櫃，決定是否逃亡，甚至決定順序，身為受害者的我，都是無力抵抗的。
但唯獨計時器，是我可以做的，因為如果按照之前調查的結果，美倫應該可以逃過一劫的，只是因為受了計時器的陷害，所以我只要剔除這變因，美倫，或是我，就一定能得救了。
然後，就在此刻，掃除櫃的門被猛然拉開了，
「跑！」阿竣大吼，然後開始猛力往外衝了出去。

跑！

阿竣猛然拉開櫃子門，埋頭往外衝，幾乎撞到瘋子，瘋子愣住，短暫的停滯一秒，竟讓阿竣衝了過去。

然後緊跟在後的，正是薇薇。

陳薇身材比阿竣小上一號，像是個小精靈一樣，巧妙鑽過了瘋子的腋下，瘋子雖然有了準備，但手一撈，卻沒撈到陳薇。

「好樣的！不止一個啊？」瘋子露出殘缺帶血的牙，就要朝陳薇追上之時……我也跳出來了！

雖然沒有了計時器，但這場逃跑賽仍是兇險異常，所以，我集中所有的精神，算好瘋子因為錯過薇薇而驚愕的瞬間，我從櫃子中跳出，算好角度，剛好從瘋子的背後跑過去，等到瘋子發現我已經慢了……

「有三個？」瘋子連漏三個，正要發狂大吼，第四個也來了。

印雪。

印雪的身高是五個小身影中最高的，在這年紀，女孩發育略快於男生，所以她高䠷的身材很醒目，她離開了掃除櫃後，邁步跑過了瘋子旁邊，但瘋子連漏三個，其實已經有了準備，所以用力一甩手上的汽油瓶，朝著印雪的身體砸了下去。

砰。

印雪被打中，就在所有小身影尖叫之時，印雪不知道哪來的力氣，用力一蹬，又繼續往前跑。

瘋子嘶吼，他遲疑了一秒，似乎在考慮要抓誰？直覺上，他放棄了第一個男生，因為已經跑遠，第二個女生速度也快，加上身材嬌小，若藏入角落中，實在難找。

所以他能選的，只剩下第三個和第四個。

本能的，瘋子選了第四個，被汽油桶打到的第四個。

印雪。

也許因為她高，也許因為她被汽油瓶打中，更也許，只是因為瘋子就是瘋子，他根本沒考慮那麼多，他，就是想抓印雪。

於是，瘋子丟下汽油瓶，抓著刀，發出怪吼，鎖定了印雪的背影，開始加速。

只是，第五個呢？那個跑最慢，哭得最慘，最膽小的小茂呢？他沒有出來。

而我回頭，看見瘋子已經找上了印雪，在印雪帶著哭音的尖叫聲中，印雪的臂膀被瘋子抓住。

而我身上則是一片安靜，沒有任何嗶嗶聲。

因為計時器沒響，計時器果然是小茂放的，只要知道計時器的祕密，就可以躲掉這場浩劫。

我贏了，我可以倖存了。

但，不知道為何，我發現我有些不忍。

因為印雪已經跌倒，而那瘋子也順勢舉起了刀子，只要刀子一落，印雪就會踏上當年美倫的後塵，然後化成一具被砍得亂七八糟的屍體。

但，我卻仍然不忍，也許因為是印雪此刻的模樣，不是光鮮亮麗充滿心機的大人，而是孩子。

只有六七歲，晚上睡覺還想黏著爸爸媽媽，遇到叔叔會大聲問好又會馬上害羞，可能會欺負其他孩子但內心其實仍維持一片純淨的孩子，此刻的她，還是孩子。

這個孩子，就在自己的面前，要被殺掉了啊？

這樣對嗎？

就算是惡夢，就算我可以因此存活，這樣，對嗎？

如果是小雨，她又會如何做呢？如果是老師，又會怎麼處理呢？

就在這激烈的內心掙扎與不捨之間，我聽到自己大喊，「瘋子叔叔！看我這裡！」

這聲大喊，讓所有孩子都停下腳步，用無比詫異的眼神，看著我，也就是看著有著美倫身軀的我。

然後，我做了這輩子最勇敢，也最瘋狂的一件事，我低下頭，用我的頭頂對著瘋子。

「瘋子叔叔。」我咬著牙。「你看，我的髮窩，你想要嗎？」

沒錯，當時在監獄，我知道了變態瘋子的起點，就是髮窩。

所以，我用美倫的髮窩召喚他，我知道他一定會來！

接著，我聽到那瘋子發出聲嘶力竭，卻又帶著興奮瘋狂的吼聲，朝我奔來。

對，現在才開始，生死之戰，現在才開始。

瘋子拚命跑著，而我知道他一定會追來，因為我曾經在監獄與他面對面，我知道他瘋狂的起點，那就是「髮窩」那變態的執著。

所以，他一定會放下印雪，他一定會追來。

而我能做的事情，只有跑。

開始往教室後面跑。

我拚命想著，小雨曾和我說過一件事，只要那件事是真的，我就還有機會。

教室後面，如果「他」還在，我就有機會。

瘋子叔叔跑得極快，轉眼，我就聽到背後傳來他的喘息聲。

而我，也已經到了教室後面，打開後門，然後，我卻獃住了。

哪一邊？

我原本以為一到教室後面，就會看見「他」的身影，但，偏偏不是這樣，我必須選擇左邊或右邊，一旦跑錯，就死了。

而背後瘋子的腳步聲，已經來了。

「我要殺了妳，我要髮窩，我要，我要，」瘋子的聲音宛如呻吟。「我要，妳的髮窩！妳的命！」

怎麼辦？

怎麼辦？怎麼辦？怎麼辦？怎麼辦？

忽然，我感覺到我旁邊多了一個人，我轉頭，竟是一個比美倫大上幾歲的小學生，她的臉與老莫有著幾分相似，都是臭臭的嚴肅臉。

然後，她的手指往左邊一比。

「謝啦。」我已經沒有時間感動，猛力朝左邊跑去，而同時間，我感到背後傳來一陣風，那是瘋子伸手要撈我產生的風，而他差點就撈到了。

左邊，我跑了不到十幾公尺，我就看到「他」了。

他，應該是是「牠」。

一隻全身土黃，身材中等，雖然看起來不起眼，但充滿了捍衛學校氣勢的狗。

「萊恩！」我大吼，然後奔到牠的身邊，手用力一扯，扯開了牠的皮帶。

接著，瘋子剛好到了。

接著，我看見黃狗的身影猛力竄起，精準，暴力，也大快人心的，咬住了瘋子的脖子。

瘋子跌倒，喉嚨噴出一片鮮血，刀子滾落，名為萊恩的黃狗又展開第二次攻擊，牠原本也許溫馴，但此刻的牠的確像是戰士，完全不怕死的戰士，牠攻擊的，是瘋子的眼睛。

瘋子被連咬兩口，摀著臉，開始逃跑。

但，瘋子才逃幾步，我就突然笑了。

因為，我終於看到了他們。

披頭散髮，神情緊張中帶著強烈責任感的老師，他們來了。

年輕的老師、年輕的老莫，還有一群警察。

「沒事了。」我看著瘋子就這樣被老莫一把踹住，然後一陣亂打，然後老師朝我們奔來。

一把抱住了薇薇、阿竣、印雪，還有哭得亂七八糟但眼神仍在游移的小茂。

最後，老師抬頭看向美倫，也就是我。

「謝謝妳，」老師也在哭，她表情也好輕鬆。「一個都沒有死，謝謝妳救了印雪，你們一個都沒死，不然我會內疚一輩子，還好，你們一個都沒死。」

一個都沒死。

而我基於直覺，轉頭，我看見了那不斷進來的人群中，還有另外一個小孩的身影。

長髮，苗條，一雙美麗大眼睛中帶著強韌且孤獨的天性，懷裡正抱著剛剛的狗英雄，萊恩。

她，對我豎起了拇指。

「謝謝。」我咧開嘴巴，笑得好開心。「小雨。」

「回家了吧。」小孩版的小雨看著我，溫暖的笑著。「我們都在等你回來哩。」

下一秒，我眼睛睜開，這裡，已經不是國小教室，甚至不是陰森的夜晚地下道，而是醫院，燈光明亮的午後醫院。

而我身邊，正是我今生的唯一，小雨。

當然，是長大版，三十歲的小雨。

但她的笑容一點都沒變，與抱著黃狗的小雨，一模一樣。

看到她這樣的笑容，我也笑了，輕鬆而愉快的，笑了。

第十八章

半年後，我和小雨舉辦了婚禮。

婚禮開的桌數不太多，但該來的，基本上都到了。

其中還包含了我科技公司的主管，他走來我的座位旁，替我和自己都斟了一杯酒，「這杯酒，我有資格灌你，你知道要讓你回來後，還擔任原來的職務，我花了不少力氣。」

「謝謝。」我也痛快的喝了這杯酒，算是對這老長官的感謝。

「幸好，你真的帶了晴天回來。」老長官笑得開心，而我則滿心感謝，因為我知道，在這個殘酷的世道，人與人之間尚存的情義，是多麼的珍貴。

主管走後，不久後來的老莫，他穿著便服，走到我面前，他自己先喝了一大杯。「少年仔，我不打算等你敬酒了，先來和你乾一杯。」

「老莫叔叔，你好。」我笑，而一旁的小雨也笑著打招呼。

「我最近申請退休了。」老莫一手拿著酒，表情輕鬆。「你們猜我現在在幹嘛？」

「在幹嘛？」

「我現在巡迴各校園，教導小孩們防身方式。」老莫笑，他的笑已經沒有刑警冷漠的殺氣，反而溫和得像是老爺爺。「偶爾會去監獄，看看那些被我逮捕的混蛋們。」

「去探監？」

「對啊，和他們聊一聊，看有沒有要出獄的，可以幫他們安排一些工作啊。」老莫笑瞇瞇的，「老是抓人也不是辦法，偶爾要替那些人安排出路。」

「是嗎？老莫，你不一樣了欸。」我笑，而這時，我感覺到小雨用手肘頂了頂我，比了比老莫的腰際。

然後，我訝異了，因為，在小雨的指引下，我看到了「她」。

接著，我看到小雨蹲了下來，摸了摸她的頭。

「妳好，妳來參加我們的婚禮？」小雨眼睛瞇著，表情溫柔。「婆婆，讓妳出來？」

那小女孩點頭，她的臉，就算害羞，還是維持著和老莫一樣嚴肅的臭臉。

「婆婆說，小雨阿姨的婚禮我可以來。」

「非常歡迎妳喔。」小雨笑得溫柔。「小雨還要謝謝妳，因為妳幫叔叔比了狗狗的位置。」

「不客氣。」

這時，老莫也開口了。「我女兒，在我身邊？」

「是啊。」我點頭。

「嗯。」老莫依然是看不到自己的女兒，但表情滿足而開心，他舉起了酒杯，對著我的酒杯撞了一下，「這杯我喝，當謝禮，謝謝你們。」

「講這樣。」我用力拍了一下老莫的肩膀。「雖然年紀有點差，但我們是兄弟。」

「哈。」

當老莫離去，接著來的，是當時陰咒旅程的另一個夥伴，小裕。

此刻的她，手正挽在另一個男生手上，這男生不算帥，但挺高，笑起來很靦腆，一看就知道是很疼另一半的那種男生。

「哥，恭喜。」小裕手裡拿的是麥茶，對我們衷心的祝福，「小雨姐姐好漂亮。」

「謝謝。」我和小雨同時說，然後同時一笑。「妳男朋友？」

「是啊，他很照顧我。」小裕拉著男友的手，「他叫做小陽。」

「小陽你好。」和小陽簡單寒暄後，小裕主動要求，說要要抱新娘。

而當兩個女人彼此擁抱時，我隱約聽到她們說了什麼，然後同時開懷大笑，當我湊近時，她們立刻把我推開，一起說：「這是祕密，臭男生不能聽。」

不過，光看到她們笑，其實我就很開心，因為我了解小雨，她神祕而美麗，但最缺少的，就是一個知心好友。

而我知道，開朗大方同樣具備靈異體質，又一起經歷過難關的小裕，肯定能成為小雨非常重要的女性好友。

尤其看她們笑起來的樣子，我更肯定了我的推測。

再轉頭，又看見小陽望著小裕，那痴傻迷戀的模樣，我想，小裕接下來應該會很幸福吧。

後來，又陸陸續續有人找我們敬酒，我們這對新人，還沒拿酒去巡桌，就快喝飽了。

其中包含拿著茶來的琇師姐，她依然是一派高雅端莊的模樣，她對小雨微笑。「婆婆說，恭喜妳。」

「謝謝琇師姐，也謝謝婆婆。」

「有空多回去看婆婆，她很念妳。」

「一定。」小雨雙手合十，謙卑的說。

此外，還有一個人令我印象深刻，只是，我們相遇的地點，在男生廁所。

小便池前，我才站定位，就聽到一個熟悉的聲音響起。

「怎麼樣？」他對我眨了眨眼睛。「我的名字有幫上忙嗎？」

「幫上忙？」我看著他，拚命搜尋他的名字。「你說什麼？」

「沒事。」他先我一步洗手，然後對我微笑。「順便一提，還好你決定回去救那個女孩，不然啊……」

「什麼？」

「那東西是解不了的。」那個男人，甩乾了手。「你的決定是對的。」

「嗯……」我看著這男人，內心疑惑越來越多。「你究竟是？」

「我是你的朋友，恭喜你破解了死神、逆，還有……」萊恩離開廁所前，對我揮了揮手。

「你忘了我的名字？我叫做萊恩。」

萊恩？我吃了一驚，想追上，但礙於自己還在「解放」，所以實在動彈不得，直到……那人消失在廁所的門外，然後我忍不住笑了。

萊恩，是我的朋友嗎？

對啊，如果以名字來說，「萊恩」這個名字，還真是幫了我一個超級大忙呢。

最後的最後，當婚宴終於結束，我倆拖著疲累的身軀，一起在房間，這時，小雨看見了我正在看手機。

「幹嘛?是誰沒來嗎?」小雨何等聰明,見微知著,馬上就知道我正在找一個朋友。

他不只沒來,之前我發了簡訊給他,他也沒有回我,甚至沒有來幫我,這完全不像是他的個性,更不像是當年我與他的義氣。

小雨坐在我旁邊,蓬蓬的裙子和我擠在一起,「誰啊?」

「胖子。」我拿著手機,開啟了簡訊。「我昨晚還傳了簡訊給他,剛剛看到他回傳簡訊給我。」

「喔。」

而就在此刻,簡訊完全打開了。

上面寫的是……

「老友,抱歉我上次沒去幫你,因為抽鬼事件還沒有結束,消失的大華又……」

抽鬼事件?大華?沒有結束?我的天!

就在我驚疑之際,忽然,我感到自己的臉被一雙纖細的手抱住,輕輕轉了半圈,這一轉,剛好讓我迎向小雨那雙美到令人屏息的雙眼。

然後,那雙眼睛離我越來越近,近到,她的唇碰上了我的唇。

唇與唇之間,是一個又深又柔,又帶著些許甜蜜水氣的吻。

「那些事,以後再說,好嗎?」她說。

「嗯,以後再說。」我享受著小雨的吻,笑了。

對,什麼抽鬼?地下道?陰咒?那些事,以後再說吧。

至少現在我有妳,小雨。

這樣,就很幸福了。

Div作品 11

陰咒

國家圖書館出版品預行編目資料

陰咒 ／Div 著. — 初版. — 臺北市：
春天出版國際, 2015. 05
面； 公分. —（Div 作品；11）
ISBN 978-986-5706-20-3（平裝）

857.7 103009340

ISBN 978-986-5706-20-3
Printed in Taiwan

作者 Div
繪者 Cash
總編輯 莊宜勳
責任編輯 黃郁潔
美術設計 三石設計

出版者 春天出版國際文化有限公司
地址 台北市信義路四段458號3樓
電話 02-7718-0898
傳真 02-7718-2388
E-mail frank.spring@msa.hinet.net
網址 http://www.bookspring.com.tw
部落格 http://blog.pixnet.net/bookspring
郵政帳號 19705538
戶名 春天出版國際文化有限公司
法律顧問 蕭顯忠律師事務所
出版日期 二〇一五年五月初版
定價 299元

總經銷 楨德圖書事業有限公司
地址 新北市新店區寶興路45巷6弄6號5樓
電話 02-8919-3186
傳真 02-8914-5524